ELKE SCHWEIZER
Der Weihnachtskater

Über die Autorin:

Elke Schweizer hat 2007 ihr erstes Buch veröffentlicht. Seither schreibt sie unter Pseudonym erfolgreich Liebesromane. Die Autorin lebt mit ihrer Familie in der Nähe von Düsseldorf. Sie hat selbst drei Katzen, die ihr lebhafte Inspiration für den *Weihnachtskater* bieten. Elke Schweizer liebt es außerdem, zu backen und zu kochen.

Elke Schweizer

Der Weihnachtskater

Roman

lübbe

Dieser Titel ist auch als E-Book erschienen

Originalausgabe

Textredaktion: Marion Labonte, Labontext
Titelmotive: © Dora Zett/shutterstock und © voidframes/shutterstock
Umschlaggestaltung: Tanja Østlyngen
Satz: two-up, Düsseldorf
Gesetzt aus der Goudy
Druck und Verarbeitung: GGP Media GmbH, Pößneck
Printed in Germany
ISBN 978-3-404-18550-4

1 3 5 4 2

Sie finden uns im Internet unter luebbe.de
Bitte beachten Sie auch: lesejury.de

Prolog

An einem sonnigen Morgen im Juli kam der kleine Kater zusammen mit seinen drei Geschwistern zur Welt. Mehr als fünf Wochen lang war sein junges Leben schön und unbeschwert. Er spielte mit seinen Brüdern und seiner Schwester auf dem Bauernhof, seine Mutter umsorgte ihn. Gerne schlief er in dem Heuschober, in dem er zur Welt gekommen war, oder auch draußen in der Sonne. Doch dann, von einem Tag auf den anderen, wurde alles anders.

»Den will ich haben.« Das kleine Mädchen hob den kleinen Kater hoch, drückte ihn sanft an sich. »Bitte, bitte, darf ich den mitnehmen?« Es sah flehend zu ihren Eltern auf.

»Nein, das geht nicht«, wandte die Bäuerin ein. »Die Kätzchen sind nicht einmal sechs Wochen alt. Sie sollten mindestens acht bis neun Wochen bei ihrer Mutter bleiben.«

Das Mädchen war tief betrübt. Sein Bruder griff nach dem kleinen Kater. Seine Finger waren nicht so liebevoll und zärtlich, sondern bohrten sich in das Fell des Tieres.

Der Kater ließ ein böses Fauchen hören.

Der Junge lachte. »Guck mal, Meike, der denkt, er wäre ein Tiger.«

»Lass ihn in Ruhe.« Meike drückte die Handvoll Kater an sich. »Der gehört mir.«

»Wie gesagt, der muss noch ein bisschen bei seiner Mutter bleiben«, meldete sich die Bäuerin erneut zu Wort.

»Entweder nehmen wir das Vieh sofort mit oder überhaupt nicht.« Der Vater des Mädchens und der beiden Jungen zeigte deutlich seine Ungeduld.

Der Bauer kam dazu. Offensichtlich hatte er die letzten Worte des Mannes vernommen. »Nehmen Sie ihn mit, Herr Rohnen. Ich bin froh, wenn wir einen von denen los sind.«

Seine Frau sagte nichts mehr, und so zog Meike überglücklich mit ihrem eigentlich noch viel zu jungen Tier los.

Der kleine Kater vermisste seine Mutter und seine Geschwister. In der ersten Nacht suchte er miauend nach ihnen, bis Meikes Mutter ihn im Wohnzimmer einsperrte, das für ihn fremd aussah und roch. Er fühlte sich einsam, und dann meldete sich auch noch ein dringendes Bedürfnis.

Dieses flauschige Ding auf dem Boden schien der angemessene Platz zu sein, um ein Häufchen und eine Pfütze zu hinterlassen. Sosehr er aber auch kratzte, verbergen konnte er das Malheur nicht.

Als Meikes Mutter das am nächsten Morgen sah, schrie sie sehr laut, gab ihm zur Strafe einen festen Klaps und sperrte ihn in den Keller. Zusammen mit einer Sandkiste, einer Dose Futter und einem Teller voller Milch.

Woher sollte der kleine Kater auch wissen, dass die köstliche weiße Flüssigkeit ihm nur weitere Probleme bescherte? Er bekam davon Durchfall. Instinktiv suchte er die Sandkiste auf, schaffte es aber nicht ganz.

»Wir können dieses Vieh nicht behalten«, sagte Petra Rohnen nach ein paar Tagen.

»Aber er war Meikes Geburtstagsgeschenk«, wandte ihr Mann ein. Als der Kater an ihm vorbei aus dem Keller huschen wollte, versetzte er ihm einen festen Tritt. Der kleine Kater flog mit der

Seite gegen die Kante der Sandkiste und stieß ein lautes Miauen aus.

»Sie kümmert sich doch kaum um ihn«, sagte Petra Rohnen. »Und die Jungen haben ohnehin kein Interesse an ihm. Wir bringen ihn zurück.«

Der Mann schüttelte den Kopf und erinnerte sie an das Ultimatum, mit dem er die Herausgabe des Katers erzwungen hatte.

»Aber weg muss er.«

»Ja, er muss weg«, stimmte er seiner Frau zu.

Der kleine Kater fauchte, als Hubert Rohnen grob nach ihm griff, ihn in einen Karton sperrte und diesen ins Auto trug. Genauso wie wenige Tage zuvor, als der Kater von seiner Familie getrennt worden war.

Herr und Frau Rohnen fuhren lange mit dem Kater durch die Gegend, zuerst über die Autobahn, dann durch abgelegene Dörfer. In Windungen zog sich die Straße schließlich durch die hügelige Landschaft, bis Hubert Rohnen an einer Abzweigung in einen schmalen Feldweg einbog.

Er blickte sich sorgsam um, bevor er den Karton aus dem Kofferraum nahm, ihn unsanft abstellte, öffnete und umkippte. Der Kater fiel hart zu Boden, rappelte sich aber wieder auf und schaute sich verängstigt um.

»Hau ab! Verschwinde!« Hubert Rohnen klatschte in die Hände und trat auf ihn zu. Der Kater wich zurück.

»Bist du sicher, dass wir weit genug gefahren sind?«, fragte seine Frau.

»Der findet nie zurück«, erwiderte der Mann mitleidlos.

»Und was sagen wir Meike?«

»Wir kaufen ihr einen Wellensittich«, schlug Hubert Rohnen vor. »Der macht nicht so viel Dreck und Arbeit. Und ist immer schön eingesperrt.« Er lachte belustigt. Dann stiegen er und seine Frau in das Auto und fuhren erleichtert davon.

Der kleine Kater stieß einen klagenden Laut aus, als er allein war. Früher hatte er damit seine Mutter herbeigerufen, doch jetzt blieb alles still. Nichts war zu hören außer dem Zwitschern der Vögel. Niemand kam.

Er wartete eine ganze Weile, rief noch ein paarmal, vergeblich. Einsam setzte er sich in Bewegung.

Er trank aus einem kleinen Bach, Fressen aber fand er nicht. Irgendwann kam er zu einem abgeschiedenen Bauernhof. Erwartungsvoll lief er durch das Hoftor, blieb aber wie angewurzelt stehen, als ein Hund auf ihn zustürmte. Als er die Bedrohung erkannte, war es bereits zu spät: Zähne bohrten sich tief in sein Fell. Er schrie auf vor Schmerz.

»Hektor!«

Der Hund gehorchte sofort und ließ seine Beute fallen. Der kleine Kater lief davon, so schnell er konnte. Sein Instinkt trieb ihn voran, doch dann wurden seine Schritte langsamer. Er schleppte sich voran. Immer weiter, bis er nicht mehr konnte. Der Schmerz in seiner Flanke nahm zu, und er fühlte sich unendlich müde.

Er versteckte sich unter einem Strauch, rollte sich zusammen. Dann schloss er die Augen …

Kapitel 1

Lauras hohe Absätze klackten auf dem Boden des altehrwürdigen Gerichtsgebäudes. Obwohl sie es eilig hatte, nachdem ein Mandant sie bereits am frühen Morgen in ein langes Gespräch verwickelt hatte, hielt sie einen Moment inne.

Sie hatte beinahe täglich Termine im Landgericht, aber jedes Mal, wenn sie das Gebäude betrat, erschauderte sie im ersten Moment immer noch ehrfürchtig.

Mehr als dreißig Meter erhob sich die Eingangshalle über ihr, getragen von Sandsteinsäulen, dazu die geschwungenen Zwillingswendeltreppen, die zu den emporeartigen Umgängen in den oberen Etagen führten. Laura ließ ihren Blick über die Geländer und Gitter gleiten, die allesamt Rokokoelemente aufwiesen. Sie atmete einmal tief durch und setzte sich wieder in Bewegung, begleitet vom Klacken ihrer Schuhe auf den Originalfliesen mit dem Emblem der königlichen Krone.

In der linken Hand trug sie ihre Aktentasche, über den rechten Arm hatte sie ihre Anwaltsrobe gelegt, die sie gleich über ihr hübsches Sommerkleid ziehen würde. Ihre dunklen Haare hatte sie aufgesteckt, doch sie spürte bereits jetzt, dass sich wieder einige Strähnen lösten.

Während sie die Treppe hinaufstieg, ging sie in Gedanken den Prozess durch. Insbesondere die heutige Verhandlung würde schwer werden, aber sie war gut vorbereitet. Allerdings galt das ganz sicher auch für den Anwalt der Gegenseite, Boris Schäfer. Er war ein hervorragender Anwalt – er selbst bezeichnete sich gerne als Berlins besten –, und Laura nahm es immer als sportliche Herausforderung, wenn sie in einem Fall gegen ihn antrat.

Benedikt hingegen, mit dem sie Tisch, Bett und eine erfolgreiche Anwaltskanzlei teilte, konnte Boris Schäfer nicht ausstehen. Er nahm jede Niederlage gegen den Kollegen vor Gericht sehr persönlich.

Laura lächelte bei dem Gedanken daran. Sie war sicher, dass sie heute für ihren Mandanten den Sieg erringen würde – vor allem, nachdem sich gestern ein neuer Zeuge bei ihr gemeldet hatte.

Boris Schäfer würde protestieren, weil sie diesen Zeugen nicht angemeldet hatte und gleich kurzfristig aufrufen lassen wollte. Aber sie war sicher, dass Richter Carsta ihrem Antrag stattgeben würde.

In diesem Moment klingelte ihr Handy. Sie zog das Gerät aus ihrer Handtasche. *Tante Agnes* verkündete das Display.

»Oh nein, nicht jetzt«, sagte Laura genervt und drückte den Anruf kurzerhand weg.

»Schlechte Nachrichten, Frau Kollegin?« Boris Schäfer, der plötzlich neben ihr stand, grinste sie an. Er trug einen teuren Anzug, perfekt geschnitten und ganz bestimmt nicht von der Stange, dazu ein helles Hemd. Der Clou aber war wie immer seine Krawatte. Laura konnte nicht anders, als unverwandt auf die Scheußlichkeit zu starren. Gelbe, grüne, türkise und blaue Mondgesichter in unterschiedlichen Größen tummelten sich auf rotem Grund. Das Teil übertraf alles, was er sich jemals um den Hals gebunden hatte. Die Krawatten waren, neben Boris' unbestrittener Fähigkeit als Anwalt, inzwischen sein Markenzeichen geworden. Aber wieso wählte ein Mann, der bei der Wahl seiner Anzüge einen ausgezeichneten Geschmack bewies, derart grässliche Modelle?

Boris Schäfer grinste selbstgefällig und strich mit der Rechten über seine Krawatte. »Gefällt sie Ihnen?«

»Äh ...« Mehr fiel Laura nicht ein.

Boris Schäfer schien aber nicht an einer Antwort interessiert. »Ich geh dann mal, Frau Kollegin. Viel Glück«, rief er ihr zu. »Das werden Sie nämlich brauchen.«

Laura nickte lediglich zur Antwort, während in ihr die Vorfreude wuchs. Er war es, der Glück brauchte. Sie hatte diesen Zeugen, von dem er noch nichts wusste und der Boris' gesamte Argumentation zunichtemachen würde.

In diesem Moment meldete ihr Handy den Eingang einer SMS. Von Tante Agnes. Laura öffnete sie eilig. *Du musst kommen*, stand dort. *Sofort! Jemand muss sich um die Kinder kümmern. Ich kann nicht mehr!*

Laura starrte darauf. Die Nachricht kam überraschend, bisher hatte sie geglaubt, dass Tante Agnes die beste Lösung für die Kinder war.

Weil ich es glauben wollte, schoss es ihr durch den Kopf. *Weil es vor allem für mich am besten war und ich nicht mehr darüber nachdenken musste. Du hast gar nicht versucht, eine andere Lösung zu finden ...*

Mit voller Wucht meldeten sich die Schuldgefühle in ihr. Natürlich hatte sie tief in ihrem Inneren gewusst, dass die Lösung mit Tante Agnes nur eine vorübergehende war. Aber sie hatte sich einfach nicht damit auseinandersetzen wollen, auch um den Schmerz zu verdrängen, der seit einem halben Jahr in ihr rumorte.

»Verdammt, Tante Agnes«, flüsterte sie. »Kannst du nicht noch ein halbes Jahr durchhalten?«

Ein völlig unsinniger Gedanke, das war Laura durchaus klar. Was genau sollte in einem halben Jahr anders sein als heute? Mal abgesehen davon, dass sie ein weiteres halbes Jahr Zeit hätte, ihren Schmerz und das Problem zu ignorieren, für das sie jetzt eine Lösung finden musste. Kurzfristig, wenn sie Tante Agnes' SMS richtig deutete.

Ich weiß nicht, was ich machen soll! Angst ergriff sie, und das Gefühl der Überforderung. Sie hatte keine Ahnung, wie es weitergehen sollte.

Früher hätte sie einfach zum Telefon gegriffen, ihre Schwester angerufen und sie um Rat gefragt. Aber Anette war nicht mehr da ...

Eine Träne löste sich aus ihrem Augenwinkel. Laura wischte sie hastig weg, bevor eine ganze Flut folgen würde, die sie nicht mehr stoppen konnte. Sie stand immer noch gedankenverloren auf der Treppe des Gerichts, als Benedikt plötzlich neben ihr auftauchte und sanft ihren Arm berührte. »Mein Termin ist ja erst in einer Stunde, aber solltest du nicht längst im Gerichtssaal sein?«

»Benedikt, ich ...« Sie brach ab, als ihr bewusst wurde, dass er ihre Gefühle nicht verstehen würde. Weil es ihn einfach nicht interessierte, was in Tannreuth und mit den Kindern passierte. In seinen Augen war es ihre Familie, und damit auch ihr Problem. Benedikt hatte es ihr nie direkt so gesagt, aber unterschwellig schwang es in seinen Worten und in seiner Stimme mit, jedes Mal, wenn sie mit ihm darüber reden wollte.

Aber jetzt musste er es zumindest zur Kenntnis nehmen, auch wenn ihr klar war, dass er damit nicht einverstanden sein würde: »Ich muss nach Tannreuth.«

Benedikt hatte in den Jahren seiner Anwaltstätigkeit gelernt, seine Mimik unter Kontrolle zu halten. Auch jetzt war ihm nicht anzusehen, was er dachte. »Lass uns heute Abend darüber reden«, sagte er lediglich.

»Heute Abend bin ich längst in Tannreuth. Du musst meine Termine übernehmen und ...«

»Nicht jetzt und nicht hier auf der Treppe«, fiel er ihr unwirsch ins Wort. Damit ließ er sie einfach stehen.

Laura blickte ihm nach. Sein Verhalten ärgerte sie, half ihr aber zugleich ein wenig, ihre Gedanken auf das zu konzentrieren, was vor ihr lag: die Verhandlung. Um alles andere würde sie sich im Anschluss kümmern. Sie atmete tief durch und stieg entschlossen die Treppe hinauf.

»Wie schön, dass Sie es auch noch einrichten konnten, Kollegin Strohner.« Richter Carsta schaute sie über den Rand seiner Brille hinweg strafend an.

»Ich habe doch gesagt, dass sie schon im Haus ist.« Boris Schäfer grinste.

»Entschuldigung«, murmelte Laura und nahm neben ihrem Mandanten Platz.

»Das wurde aber auch Zeit«, zischte Lothar Keeler nervös. Für ihn hing viel von diesem Termin heute ab.

Jemand muss sich um die Kinder kümmern. Ich kann nicht mehr!, regte sich Agnes' Mitteilung in Lauras Kopf. Sie schob ihn beiseite. Jetzt war zunächst einmal Lothar Keeler auf ihre Hilfe angewiesen.

Die Kinder sind es aber auch ...

Laura sah zu Boris Schäfer. Er saß ihr direkt gegenüber und betrachtete sie mit offensichtlicher Schadenfreude, als spüre er bereits jetzt den Triumph über den vermeintlichen Sieg. Ebenso wie sein Mandant, Ulrich Teucke, der feixend neben ihm saß, die Arme über seinem dicken Bauch verschränkt.

Es war genau diese Selbstgefälligkeit, die Laura jetzt half, sich zu fokussieren. Sie suchte Boris Schäfers Blick und sah ihn direkt an, während der Richter die Verhandlung eröffnete. Kaum dass er geendet hatte, meldete sie sich zu Wort. »Herr Vorsitzender, ich möchte einen weiteren Zeugen benennen.«

Der hastige Blickwechsel zwischen Boris Schäfer und Ulrich Teucke entging ihr nicht.

»Einspruch«, sagte Boris Schäfer. »Die Gegenseite hatte Zeit genug, nicht nur Fakten, sondern auch Zeugen zu benennen. So kurzfristig ...«

»Es handelt sich um einen Zeugen, der sich erst gestern gemeldet hat«, fiel Laura ihm ins Wort. »Und er hat Wesentliches zu diesem Fall beizutragen.«

Boris Schäfer nahm auch das nicht widerspruchslos hin. »Alle wichtigen Punkte liegen dem Gericht bereits vor.«

»Offensichtlich nicht! Bei dem Zeugen handelt es sich um einen ehemaligen Mitarbeiter der Gegenseite. Er kann bestätigen, dass Herr Teucke wissentlich schadhafte Radlager an meinen Mandanten verkauft hat. Ich beantrage hiermit, dass Herr Mark Brandauer als Zeuge zugelassen wird.« Zu Lauras Zufriedenheit zuckte Ulrich Teucke sichtlich zusammen und ließ seine vor der Brust verschränkten Arme sinken, als sie den Namen nannte.

»Ausgerechnet der«, polterte er sogleich. »Der will sich doch nur an mir rächen, weil ich ihn entlassen habe.«

»Wir werden sehen«, erwiderte Richter Castra. »Jedenfalls will ich den Zeugen hören.«

Laura hatte genau diese Antwort erwartet, war aber dennoch erleichtert. Auch ihr Mandant neben ihr wirkte jetzt entspannter und lächelte ihr zu.

Das Verfahren war danach schnell vorbei. Der Zeuge sagte nicht nur gegen Ulrich Teucke aus, er konnte seine Aussage auch durch entsprechende Papiere belegen. Danach knickten auch die Entlastungszeugen ein, die Boris Schäfer benannt hatte. Keiner von ihnen wollte sich eine Strafe wegen einer Falschaussage einhandeln.

Lothar Keeler bedankte sich auf dem Gang überschwänglich bei Laura, bevor er das Gerichtsgebäude verließ. Unmittelbar danach traten Ulrich Teucke und Boris Schäfer aus dem Gerichtssaal.

Ulrich Teucke rauschte wortlos und mit wütender Miene an Laura vorbei, Boris Schäfer jedoch trat lächelnd zu ihr. »Glück gehabt, liebe Kollegin.«

Laura ärgerte sich über seinen gönnerhaften Ton. »Ich verlasse mich nicht auf mein Glück, sondern arbeite lieber sorgfältig«, gab sie spitz zurück. Benedikt hätte eine solche Antwort zur Weißglut getrieben, doch Boris Schäfer legte nur den Kopf in den Nacken und lachte laut auf. »Gute Arbeit, liebe Kollegin. Ich freue mich auf den nächsten Schlagabtausch mit Ihnen vor Gericht.« Damit verabschiedete auch er sich.

Laura blickte ihm nach. *So schnell wird es dazu nicht kommen*, dachte sie niedergeschlagen. *Unsinn!*, schalt sie sich gleich darauf selbst. Sie würde eine Lösung finden, die allen gerecht wurde.

Benedikt war noch nicht da, als sie die Kanzlei betrat. Sie nutzte die Zeit, um ihre wichtigen Termine in seinen Kalender zu übertragen und ihm die entsprechenden Unterlagen zusammenzustellen. Danach beauftragte sie Luisa Karminer, die Mandanten entsprechend über die Änderung zu informieren.

Nach einem kurzen Blick auf den Planer rief die Bürovorsteherin empört aus: »So geht das aber nicht! Der arme Herr Carstens kann doch nicht auch noch Ihre ganzen Termine übernehmen. Er …«

Laura stöhnte innerlich auf. Sie hatte sich schon oft darüber geärgert, dass Luisa Karminer sich vor allem als Benedikts Mitarbeiterin betrachtete. Nie hätte sie gewagt, eine seiner Entscheidungen infrage zu stellen, gegenüber Laura aber nahm sie sich diese Freiheit immer wieder heraus. Aber zum ersten Mal nahm Laura es nicht zähneknirschend hin. »Machen Sie einfach, was ich Ihnen sage«, fiel sie ihr grob ins Wort.

Luisa Karminer starrte sie an. Für sie war es eine völlig neue Erfahrung, dass Laura die Chefin herauskehrte. Für Laura allerdings auch – und sie musste zugeben, dass es ihr unglaublich guttat. *Warum habe ich das nicht schon viel früher gemacht?*, dachte sie überrascht.

Luisa hingegen wirkte weniger zufrieden, ihr Mund klappte auf und zu, sie brachte jedoch keinen Ton hervor. Mit beleidigter Miene drehte sie sich auf ihrem Bürostuhl herum und begann, auf die Tastatur ihres Computers zu hämmern.

Laura ging ohne ein weiteres Wort zurück in ihr Büro und rief Tante Agnes an. Sie gab sich kurz der Hoffnung hin, das Problem am Telefon lösen zu können. Für die Kinder war Tante Agnes wirklich die beste Lösung …

»Hallo, hier ist Laura. Was ist denn passiert?«, fragte sie, nachdem ihre Tante das Gespräch nach dem ersten Klingeln angenommen hatte.

»Nicht jetzt! Nicht am Telefon! Du musst kommen, sofort.« Laura bemerkte die Unerbittlichkeit in der Stimme ihrer Tante und kannte sie gut genug, um zu wissen, dass jegliche Diskussion zwecklos war.

Damit blieb nur eine Option. »Okay, Tante Agnes, wenn es wirklich so dringend ist, komme ich. Ich fahre in einer Stunde los. Es wird aber spät, bis ich in Tannreuth ankomme«, sagte sie. Etwas mehr als acht Stunden würde sie für die Fahrt von Berlin in das kleine Schwarzwalddorf brauchen.

»Danke. Ich bin froh, dass du kommst«, sagte Tante Agnes jetzt sanfter. »Wenn es zu spät wird, lege ich den Hausschlüssel unter die Hausmatte. Und etwas zu essen stelle ich dir auch noch hin.« Sie wünschte ihr eine gute Fahrt, dann verabschiedete sie sich und beendete das Gespräch.

Laura verharrte auf der Stelle, das Telefon in der Hand. All die Bilder, die sie in dem letzten halben Jahr mit sehr viel Arbeit übertüncht hatte, liefen im Zeitraffer an ihrem inneren Auge vorbei. Der Unfalltod ihrer geliebten Schwester Anette und ihres Schwagers Daniel. Der Schock über den plötzlichen Verlust. Die

Beerdigung. Der Schmerz, vor allem in Tannreuth, wo alles an ihre Schwester erinnerte. Die Sorge um die drei Kinder.

Und dann die Erleichterung, als Tante Agnes sich bereit erklärte, zu helfen. Als Schwester von Lauras und Anettes Mutter war sie zugegebenermaßen auch die einzige Verwandte, da weder Lauras und Anettes noch Daniels Eltern noch lebten.

Laura selbst konnte sich nicht um die Kinder kümmern, die im tiefsten Schwarzwald lebten. Sie wollte es auch nicht. Ihr Leben fand in Berlin statt, hier in der Großstadt. Hier waren ihre Arbeit, Benedikt und ein paar Freunde, die sie hin und wieder traf. Keine engen Freunde, so wie Sonja, die sie seit der Schule kannte, aber die lebte seit zwei Jahren in New York.

»Luisa Karminer hat mir gerade gesagt, dass ich deine Termine übernehmen soll«, durchbrach Benedikt, der mit gereizter Miene ihr Büro betrat, ihre Gedanken.

»Ich muss nach Tannreuth«, erwiderte Laura so ruhig wie möglich.

»Das geht jetzt nicht. Ich muss mich in den nächsten Tagen auf den Mangold-Prozess vorbereiten, da kann ich nicht auch noch deine Termine übernehmen.«

»Dann soll Luisa Karminer meine Mandanten anrufen und sie bitten, sich einen anderen Anwalt zu suchen.« Laura sagte das nicht, um Benedikt zu ärgern, aber es gab schlicht keine andere Lösung.

»Was soll der Unsinn? Wir können unsere Mandanten doch nicht wegschicken!«, rief Benedikt wütend.

Laura hob hilflos die Hände und ließ sie wieder fallen. »Aber was soll ich denn machen? Ich kann Tante Agnes nicht im Stich lassen! Sie und die Kinder brauchen mich. Und wenn du die Mandanten nicht übernehmen kannst ...«

»Es sind nicht deine Kinder. Du bist für sie nicht verantwortlich«, erwiderte er hart. »Aber es sind deine Mandanten.«

Laura war geschockt. »Wie kannst du nur so herzlos sein?«, stieß sie hervor. »Es sind die Kinder meiner Schwester, Benedikt! Ihre Eltern sind tot! Und sie brauchen mich. Natürlich fahre ich heute nach Tannreuth.«

»Ich verbiete es dir!«

Laura starrte ihn an, während sich die Wut in ihr mit einer solchen Macht ausbreitete, dass es ihr sekundenlang den Atem nahm. »Was fällt dir ein?«, flüsterte sie heiser. »Ich brauche deine Erlaubnis nicht, wenn ich mich um meine Familie kümmern will. Und nein, es ist mir nicht egal, wenn wir Mandanten wegschicken müssen, aber das hier geht nun einmal vor.« Laura griff nach ihrer Handtasche und verließ ohne ein weiteres Wort ihr Büro. Benedikt versuchte nicht, sie aufzuhalten, doch seine Miene spiegelte die Wut, die sie selbst empfand. Eigentlich hatte sie ihm noch erklären wollen, welche Vorgänge vorrangig bearbeitet werden mussten, doch sie war außerstande, mit ihm zu reden, zumal er offenbar kein Interesse daran hatte, ihre Fälle zu übernehmen.

Wütend stieg sie die Treppe in ihre Wohnung hinauf, die sich praktischerweise in der Etage über der Kanzlei befand. Es war die einzige Privatwohnung in dem Townhouse am Hausvogteiplatz, alle anderen Räumlichkeiten waren als Büros vermietet. Sie gehörte Benedikt und ihr.

Aus der Küche drang Musik. Ein kurzer Blick zeigte Laura, dass Rosa Braun, die Hauswirtschafterin, das Radio eingeschaltet hatte und im Rhythmus zu einem Schlager die Küche putzte, wobei sie lauthals mitsang. Sie sorgte tagsüber für Ordnung und Sauberkeit in dem luxuriösen Apartment.

Laura hatte sich nie zur Hausfrau berufen gefühlt. Sie hasste Hausarbeiten jeglicher Art. Sie konnte auch nicht kochen, das machte ihr einfach keinen Spaß. Ein paarmal hatte sie es versucht – Benedikt zuliebe –, danach hatte auch er es vorgezogen, auswärts zu essen. Oft ließen sie sich das Essen einfach nach

Hause liefern. Manchmal kochte auch Rosa Braun für sie, vor allem, wenn sie abends zur gleichen Zeit aus dem Büro kamen.

Es gelang Laura, unbemerkt an der offenen Küchentür vorbei ins Schlafzimmer zu huschen. Leise schloss sie die Tür hinter sich und begann, ihre Reisetasche zu füllen. Sie packte viel ein, jedenfalls weitaus mehr, als sie für ein paar Tage in Tannreuth benötigte. Als ihr der alte Pyjama mit den aufgedruckten Teddybären in die Hand fiel, hielt sie nachdenklich inne. Anette hatte ihn ihr vor ein paar Jahren zu Weihnachten geschickt. Er war unglaublich bequem, warm und in Benedikts Augen das unerotischste Kleidungsstück, das er sich vorstellen konnte. Er hatte sie gebeten, das Teil nur in seiner Abwesenheit zu tragen.

Laura hatte ihm diesen Wunsch erfüllt, deshalb hatte sie diesen Pyjama so gut wie nie angehabt. Jetzt packte sie ihn ein. Im September konnten die Nächte im Schwarzwald sehr kalt werden. In Berlin auch, aber Laura schob den Gedanken beiseite. Mit jeder Minute, die verrann, hoffte sie mehr, dass Benedikt auftauchen würde. Er würde sie doch nicht wirklich so fahren lassen? Aber nein, natürlich würde er sich nicht entschuldigen. Benedikt entschuldigte sich nie ...

Sie zuckte erschrocken zusammen, als die Tür aufflog. Aber es war nicht Benedikt, sondern Rosa Braun. Mit grimmigem Blick schwang sie die schwere gusseiserne Pfanne hoch erhoben in der rechten Hand. Als sie Laura erkannte, ließ sie die Pfanne langsam sinken. »Ach, Sie sind es.«

»Tut mir leid, ich wollte Sie nicht erschrecken«, entschuldigte sich Laura.

»Haben Sie nicht«, beteuerte Rosa Braun. »Ich wäre mit einem Einbrecher schon fertiggeworden.«

Daran zweifelte Laura keine Sekunde. »Ich verreise ein paar Tage«, sagte sie hastig und ohne eine weitere Erklärung, als sie Rosas Blick auf die offene Reisetasche bemerkte.

»Gute Fahrt«, sagte Rosa Braun lediglich und ging zurück in die Küche.

Minuten später schloss Laura ihre Reisetasche und verließ die Wohnung. Eine Etage tiefer spielte sie mit dem Gedanken, noch einmal in die Kanzlei zu gehen und sich zu verabschieden. Sie verharrte kurz vor der gläsernen Eingangstür, überlegte es sich dann aber doch anders und machte sich auf den Weg zu ihrem Wagen.

Kapitel 2

Es war fast dreiundzwanzig Uhr, als sie ihr Ziel erreichte. Tannreuth lag in völliger Dunkelheit da. Hinter keinem Fenster brannte Licht.

Laura hatte bereits bei der Einfahrt in das Dorf Heimweh nach Berlin. Nach dem Trubel, der dort Tag und Nacht herrschte. Berlin schlief nie, während hier alles wie ausgestorben wirkte. Niemals würde sie verstehen, wieso ihre Schwester und ihr Mann sich in diesem Kaff so wohlgefühlt hatten.

In der Dunkelheit musste sie aufpassen, dass sie die richtige Abzweigung nicht verpasste. Nach zweihundert Metern erreichte sie das Haus, das Anette und Daniel vor zehn Jahren gekauft hatten. Auch hier war es dunkel hinter den Fensterscheiben, aber neben der Haustür war, wie angekündigt, das Licht eingeschaltet. *Das Waldhaus*, wie die Bewohner in Tannreuth es nannten, war ein typisches Schwarzwaldhaus mit einem Walmdach, das nach allen Seiten schräg abging. Ein großer Balkon befand sich an der Vorderseite. Normalerweise hingen dort die Kästen mit den Geranien, ebenso wie auf den Fensterbrettern im Erdgeschoss. Dazu war Anette in diesem Jahr aber nicht mehr gekommen ...

Laura bog in die Einfahrt und parkte neben dem silbernen Smart von Tante Agnes. Sie stellte den Motor ab, vermochte aber nicht sofort auszusteigen, sondern blieb eine Weile reglos im Wagen sitzen, als der Schmerz, dem sie in Berlin entfliehen konnte, sie hier unvermittelt traf. Sofort verspürte sie den Impuls, umzudrehen und nach Hause zu fahren.

»Wage es nicht!« Erschrocken fuhr Laura herum, als sie glaubte, die Stimme ihrer Schwester dicht neben ihrem Ohr zu hören. Natürlich war da niemand. Anette war tot. Seit etwas mehr als einem halben Jahr lagen sie und Daniel auf dem kleinen Friedhof neben der Kirche.

»Du lässt die Kinder nicht im Stich!«

Diesmal klang es mehr wie ein verwehender Hauch. Und es war auch nicht Anettes Stimme, sondern Lauras Gewissen, das zu ihr sprach.

Absolute Stille umfing sie, als sie schließlich auf steifen Beinen aus dem Wagen stieg. Rechts neben dem Haus und auf dessen Rückseite begann der Wald. Sie blieb stehen, versuchte, mit den Blicken die Dunkelheit zu durchbrechen, doch der Wald wirkte wie eine schwarze, undurchdringliche Wand.

Laura legte den Kopf in den Nacken und ließ ihren Blick über das von zahllosen Sternen übersäte Firmament gleiten, durch das sich schimmernd das Band der Milchstraße zog. In Berlin wurde der Himmel selbst in der Nacht durch die vielen Lichter der Stadt so aufgehellt, dass der Sternenhimmel in dieser Deutlichkeit nicht mehr zu sehen war.

Das hier war beeindruckend. Und die Luft so klar ... Laura gab sich einen Ruck und nahm ihre Reisetasche vom Rücksitz. Sie zuckte erschrocken zusammen, als das Geräusch der zuschlagenden Autotür die Stille überlaut durchschnitt. Sie rechnete damit, dass im Haus das Licht angehen würde, weil sie alle aufgeweckt hatte, doch es blieb dunkel, nichts regte sich.

Auf dem Weg zur Haustür bemerkte sie die dunklen Umrisse des Nachbarhauses. Das *kleine Waldhaus* hatte schon leer gestanden, als Anette und Daniel hierhergezogen waren.

Ein Schauer überlief sie. Irgendwo hinter den Scheiben des düsteren Gebäudes könnte jemand lauern und sie beobachten ... könnte jemand aus der Dunkelheit auf sie zukommen ...

Was für ein alberner Gedanke! Trotzdem beeilte Laura sich nun. Sie fühlte sich immer noch beobachtet, als sie die Matte aufhob und den Hausschlüssel fand, den Tante Agnes tatsächlich daruntergelegt hatte. Was hätte da nicht alles passieren können!

Ich habe in meinem Beruf zu viel mit Verbrechern zu tun, dachte sie. *Und ich lebe in Berlin. Das hier ist Tannreuth, Laura.* Trotzdem blieb dieses ungute Gefühl in ihr. Eilig schloss sie die Tür auf und betrat das Haus. Im Flur brannte nur eine kleine Wandlampe, deren schwacher Lichtschein gerade ausreichte, um sich zu orientieren. An der Garderobe bemerkte Laura einen großen Koffer. Ihre Kehle schnürte sich zu. Es sah nicht so aus, als würde Tante Agnes noch diskutieren wollen.

Ein paar Schritte weiter betrat sie den großen Wohnraum und schaltete das Licht ein.

Es war alles so, wie sie es in Erinnerung hatte. Die Wände, die Decke und auch der Fußboden waren mit Holz vertäfelt, das im Schein der Deckenlampe honigfarben glänzte. Nur die Wand, an der sich der Kamin befand, war weiß gestrichen, davor lag eine dunkle Metallplatte, um den Holzboden vor Funkenflug zu schützen. Dicke, flauschige Teppiche bedeckten den Boden.

Rechts befand sich eine kuschelige Couchgarnitur, links ging es durch einen Bogen weiter ins Esszimmer, in dem, wie Laura jetzt sah, immer noch ein großer Tisch stand, umgeben von Stühlen unterschiedlicher Machart. Dahinter befand sich die ebenfalls offene Küche.

Zwischen Wohnraum und Esszimmer führte eine Treppe im Bogen in die obere Etage.

Laura bemerkte einen Zettel auf dem Esstisch. Tante Agnes hatte ihr eine Nachricht hinterlassen: *Essen steht ihm Kühlschrank, falls du noch Hunger hast. Und ich habe dir das Bett im Elternschlafzimmer frisch bezogen.*

Anettes und Daniels Schlafzimmer?

Alles in Laura sträubte sich dagegen. Sie war nicht einmal dazu in der Lage, den Raum zu betreten, geschweige denn, dort zu schlafen. Das letzte Mal war sie darin gewesen, als sie ein Kleid – das letzte Kleid – für Anettes Beerdigung aussuchen sollte. Damals war sie fast zusammengebrochen. Schnell hatte sie sich für ein festliches Kleid entschieden, das Anette zu Tante Agnes' fünfundsiebzigstem Geburtstag getragen hatte, dabei war sie sich keineswegs sicher, ob ihre Schwester selbst dieses Kleid gewählt hätte. Auch jetzt, in der Erinnerung, füllten sich Lauras Augen mit Tränen. Vor allem, als sie daran dachte, wie ihre zwölfjährige Nichte Hanna ins Zimmer gekommen war.

»Nein, nicht das, Tante Laura. Mama kann das Kleid nicht leiden«, hatte sie gesagt und ein leichtes Sommerkleid aus dem Schrank gezogen. »Das war Mamas Lieblingskleid.« Hanna hatte es ihr gegeben, dann war sie in Tränen ausgebrochen und davongelaufen. Und Laura, selbst in verzweifelter Stimmung, war unfähig gewesen, dem Mädchen zu folgen und es zu trösten. Vielleicht hatte es auch an der fehlenden Bindung zu den Kindern gelegen, denn sie war keineswegs sicher, ob Hanna ihre Nähe überhaupt zugelassen hätte. Als sie im März zur Beerdigung nach Tannreuth kam, waren seit ihrem letzten Besuch auf den Tag genau vier Jahre vergangen. Der inzwischen sechsjährige Leo und die fünfjährige Juna waren damals noch Kleinkinder gewesen, ohne eine Erinnerung an die Tante aus Berlin.

Hanna hatte diese schon eher, aber Laura fehlte die Erfahrung mit Kindern, und sie wusste nicht, was sie mit den dreien anfangen sollte. Eigentlich galten ihre seltenen und kurzen Besuche ja auch nur ihrer Schwester. Mehr als ein paar Tage hatte sie es im Schwarzwald nie ausgehalten.

Laura legte den Brief zurück auf den Tisch und warf einen Blick in den Kühlschrank. Hunger verspürte sie nicht, aber sie nahm die Wasserflasche heraus und ein Glas aus dem Küchenschrank. Sie würde die Nacht auf dem Sofa verbringen und morgen mit Tante Agnes klären, wie es weiterging. Inständig hoffte sie, dass sie schon morgen wieder nach Berlin zurückfahren konnte …, auch wenn der gepackte Koffer im Hauseingang eine deutlich andere Sprache sprach.

»Wer ist das?«

Die Kinderstimme weckte Laura. Sie hatte in der Nacht kaum geschlafen und öffnete müde die Augen. Ein kleiner Junge stand vor dem Sofa und schaute ihr ins Gesicht. Das musste Leo sein. Ein Mädchen, das ein Stück kleiner war als er, stand neben ihm. Juna.

»Kennst du die?«, fragte Leo.

Juna schüttelte wortlos den Kopf.

»Hallo, ihr beiden.« Laura richtete sich auf. »Ich bin eure Tante Laura.«

Leo zog nachdenklich die Stirn kraus, dann kam ihm offenbar ein Gedanke. »Die war da, als Mama und Papa vergraben wurden«, sagte er erklärend zu seiner Schwester. Laura ignorierte er völlig.

»Ja«, bestätigte Laura. »Ich war bei der Beerdigung eurer Eltern da. Und ich habe euch auch früher schon besucht, aber da war Juna noch ein Baby und du konntest gerade mal laufen.«

Beide Kinder schauten sie jetzt an. Misstrauisch, abweisend. Leo sah aus wie eine Miniaturausgabe seines Vaters, während Juna sie an Anette erinnerte.

In diesem Moment trat Tante Agnes ins Zimmer. »Du bist ja wach.« Sie sah blass aus. Ihr graues, sonst sorgfältig frisiertes Haar wirkte strähnig und unfrisiert. Laura fand, dass ihr jetzt jedes ihrer siebenundsiebzig Jahre deutlich anzusehen war. Sie fragte nicht, wann Laura angekommen war und warum sie auf dem Sofa geschlafen hatte.

»Ich bin dann mal weg«, beschied sie lediglich.

»Weg?«, fragte Laura, obwohl sie verstand. Aber sie wollte es nicht wahrhaben. Tante Agnes konnte sie doch nicht mit den Kindern alleinlassen!

Doch offenbar hatte sie tatsächlich genau das vor. »Pass gut auf die Kinder auf«, sagte Tante Agnes, mehr nicht. Dann wandte sie sich um und ging in den Flur.

Mit einem Satz sprang Laura auf. Barfuß folgte sie ihrer Tante, die gerade ihren Koffer zur Tür zog.

»Das kann doch nicht dein Ernst sein! Du fährst, ohne ein Wort der Erklärung? Du kannst die Kinder doch nicht einfach im Stich lassen!« *Und vor allem nicht mich*, fügte Laura in Gedanken hinzu.

Tante Agnes blieb stehen. »Weißt du noch, was du zu mir gesagt hast, als du gleich nach der Beerdigung wieder abgereist bist?«

Laura dachte kurz nach, dann erinnerte sie sich. »Tut mir leid, aber ich habe morgen einen Gerichtstermin.« Die Lüge holte sie jetzt ein und rüttelte an ihrem Gewissen. Sie hatte den Gerichtstermin vorgeschoben, weil sie dem ganzen Leid, dem Schmerz und auch der Verantwortung so schnell wie möglich hatte entfliehen wollte.

»Nein, das meine ich nicht.« Tante Agnes lächelte. »Deine letzten Worte lauteten: Du schaffst das schon.«

»Das habe ich gesagt?« Laura konnte sich nicht erinnern. »Aber ich hatte ja recht damit. Es klappt doch wunderbar mit dir und den Kindern.«

»Ja? Woher willst du das wissen?«

»Ich …« Laura verstummte. Es stimmte, sie hatte keine Ahnung.

»Du hast dich nicht ein Mal gemeldet, um dich nach den Kindern und mir zu erkundigen.«

»Aber wir haben doch einige Male miteinander telefoniert«, warf Laura hilflos ein.

»Genau zweimal«, sagte Tante Agnes. »Beide Male habe ich dich angerufen.«

»Ja, das stimmt«, musste Laura zerknirscht zugeben.

»Und beide Male hattest du keine Zeit für mich, weil gerade wichtige Verhandlungen bevorstanden.«

Laura senkte den Blick. Denn auch das war nicht so ganz ehrlich gewesen. »Es tut mir sehr leid«, murmelte sie und meinte es diesmal ehrlich.

»Ich hätte dir gerne anders klargemacht, dass ich mich nicht dauerhaft um die Kinder kümmern kann, aber du wolltest mir ja nicht zuhören.«

Laura wusste nur zu gut, dass ihre Tante recht hatte, und fühlte sich schuldig. »Aber jetzt bin ich hier, ich kann dir jetzt zuhören, Tante Agnes.« Laura hörte selbst, dass ihre Stimme flehend klang. »Ich bin sicher, wir finden eine Lösung, die für alle passt.«

»Jetzt ist es ein bisschen zu spät. Und ich habe eine Lösung gefunden, die für mich passt«, sagte Tante Agnes und griff erneut nach ihrem Koffer.

»Aber was soll ich denn jetzt machen?« Laura war zutiefst verzweifelt. »Ich kann das doch gar nicht, Tante Agnes.«

Tante Agnes lächelte. »Du schaffst das schon«, bemühte sie dieselben Worte, die Laura vor einem halben Jahr zu ihr gesagt hatte.

»Bitte, bleib!«, bat Laura. »Lass uns noch mal drüber reden. Ich könnte Personal einstellen, das dir zur Hand geht ...«

»Nein!« Tante Agnes machte die letzten Schritte bis zur Haustür, auf Rollen glitt der Koffer hinter ihr her zur Tür.

»Tante Agnes, bitte«, versuchte Laura es noch einmal.

»Pass gut auf die Kinder auf.« Tante Agnes' Augen glitzerten verdächtig, dann war sie weg.

Langsam drehte Laura sich um. Leo und Juna standen im Flur und schauten sie aufmerksam an. Sie bemühte sich um ein aufmunterndes Lächeln, hatte aber nicht das Gefühl, dass ihr das wirklich gelang. »Alles wird gut«, versprach sie.

Junas Hand tastete nach der ihres Bruders.

»Was machen wir denn jetzt?«, fragte Laura.

Die Kinder sagten kein Wort.

»Habt ihr Hunger?«

Nichts!

»Oder wollt ihr was trinken?«

Endlich öffnete Leo den Mund. »Wann kommt Tante Agnes wieder?«

»Bald«, behauptete Laura wider besseres Wissen.

»Ich hab Hunger«, sagte Leo. »Juna auch.«

Laura sah das Mädchen an. »Stimmt das?«

Juna nickte.

Laura atmete tief durch. Dann würde sie jetzt erst einmal Frühstück machen. Sie selbst hatte morgens in der Regel keine Zeit dafür, meist trank sie nur Kaffee und vertiefte sich dabei bereits in eine ihrer Akten. »Was wollt ihr denn essen?«

Juna sagte auch jetzt kein Wort, Leo zuckte nur mit den Schultern.

»Was gibt Tante Agnes euch denn immer zum Frühstück?«

»Schokolade«, erwiderte Leo prompt.

Laura glaubte ihm kein Wort. Anette hatte immer großen Wert auf eine ausgewogene Ernährung gelegt, und Laura war sicher, dass auch Tante Agnes die Kinder eher nicht mit Süßigkeiten vollgestopft hatte.

In diesem Moment stieß Hanna dazu. In dem gleichen Pyjama,

den auch Laura von Anette bekommen hatte. Laura spürte einen Kloß in ihrem Hals. Sie konnte sich genau vorstellen, wie Anette diese Pyjamas gekauft hatte. Für sich, für Daniel, für ihre Kinder und auch für Laura. Laura sah das lachende Gesicht ihrer Schwester vor sich und schluckte schwer.

Hanna warf den Kopf in den Nacken und schaute Laura feindselig an. »Du bist schon da?«

Laura bekam eine vage Ahnung von den Schwierigkeiten, die sie in nächster Zeit erwarteten. Sie bemühte sich um ein freundliches Lächeln. »Hallo, Hanna. Schön, dich wiederzusehen.«

Hannas Miene wurde um keinen Deut freundlicher.

»Ich benötige deine Hilfe. Deine Geschwister ...«

»Du kannst mich mal«, stieß Hanna böse hervor. Damit drehte sie sich um und lief zurück, kurz darauf waren ihre Schritte auf der Treppe zu hören.

»Hanna ist sauer auf dich«, stellte Leo fest. Überflüssigerweise, denn das hatte Laura auch begriffen. »Ja, aber warum?«

»Das weiß ich nicht. Aber wenn Hanna sauer auf dich ist, sind wir auch sauer auf dich«, erklärte er mit einer kindlichen Logik, die für Laura nur schwer nachzuvollziehen war.

Laura schaute Juna an. Das kleine Mädchen hatte immer noch kein Wort gesagt. »Bist du auch sauer auf mich?«

Zuerst nickte das Mädchen, dann zuckte es unschlüssig mit den Schultern. Das sah ja nicht ganz so hoffnungslos aus.

»Was machen wir denn jetzt?« Diesmal sprach Laura das kleine Mädchen direkt an.

»Sie spricht nicht mit dir!«, stellte Leo klar.

Juna nickte, dann drehte sie sich um und eilte in die Küche. Leo lief ihr nach.

Langsam folgte Laura den beiden. Dabei gab sie sich in Gedanken selbst Anweisungen: *Frühstück zubereiten, Kinder anziehen ...*

Und dann?

Gingen die beiden in den Kindergarten? In die Schule? Kannten sie den Weg oder mussten sie dorthin gebracht werden?

Und was war mit Hanna? Die musste doch ganz bestimmt zur Schule. Aber von ihr war nichts mehr zu sehen und zu hören.

Laura beschloss, erst einmal den Kontakt zu ihrer großen Nichte zu suchen. Hanna würde ihr zumindest einige drängende Fragen beantworten können. Sie stieg die Treppe hinauf. Auch hier oben war alles aus honigfarbenem Holz. Die Wände, der Fußboden, selbst der kleine Schrank an einer Wand zwischen zwei Türen.

Laura wusste, dass Hannas Zimmer ganz am Ende des Flures lag. Gleich neben dem Schlafzimmer ihrer verstorbenen Eltern. Leise klopfte sie an die Tür.

Innen blieb alles still.

»Hanna, darf ich reinkommen?«

»Nein!«

Laura drückte die Klinke nach unten und stellte erleichtert fest, dass die Tür nicht abgeschlossen war.

Hanna, die sich gerade angezogen hatte, fuhr herum. »Warum fragst du erst, ob du reinkommen darfst, wenn du danach doch das machst, was du willst?«

Laura antwortete mit einer Gegenfrage. »Warum bist du so sauer auf mich?«

Lange blieb es still, dann wandte Hanna sich ab und flüsterte heiser: »Weil du uns im Stich gelassen hast.«

»Ich habe euch doch nicht im Stich gelassen!«, flüsterte Laura erstickt. »Ich habe nur ... ich musste zurück nach Berlin, ich ...« Sie verstummte unter dem Druck ihres Gewissens. »Ja, verdammt, ich habe euch im Stich gelassen«, brach es schließlich aus ihr heraus. »Aber was hätte ich denn machen sollen? Ihr lebt hier im Schwarzwald, ich in Berlin. Hätte ich euch etwa mit nach Berlin nehmen sollen? Damals? Oder heute?«

Sie dachte an Benedikt, stellte sich sein Gesicht vor, wenn sie morgen mit drei Kindern nach Hause kommen würde. Oder wenn sie ihm vorschlug, mit ihr nach Tannreuth zu ziehen.

Plötzlich war ein lautes Gepolter zu hören, gefolgt vom klirrenden Zerbrechen von Geschirr. Laura machte auf dem Absatz kehrt und lief nach unten.

Leo stand in der Küche. Zerbrochene Teller lagen auf dem Boden, eine Milchflasche auf dem Schrank war umgekippt. Milch lief an den Schubladen hinunter, auf dem Boden hatte sich eine weiße Pfütze gebildet.

Leo schaute Laura ängstlich an. »Das war ich nicht!«

»Hat Juna das angerichtet?«

Obwohl Leo klargestellt hatte, dass er nicht der Verursacher war, wollte er seine Schwester offensichtlich nicht verraten. »Das weiß ich nicht.«

Laura sah sich nach dem Mädchen um, konnte sie aber nicht entdecken. »Wo ist sie denn?«

»Das weiß ich auch nicht.«

Beunruhigt lief Laura aus der Küche und eilte zur Terrassentür im Wohnraum, die, wie sie jetzt bemerkte, nur angelehnt war. Doch Laura registrierte kaum die Aussicht über saftige Wiesen und bewaldete Berge bis hinunter ins Tal. Auf der gegenüberliegenden Seite setzte sich das Spiel fort. Berge, die ineinanderzufließen schienen. Dichte Wälder, dazwischen Wiesen. Rechts konnte sie zwischen den Bäumen den Ort Tannreuth sehen. An der Rückseite des Hauses begann der dichte Wald, der sich den Berg hinaufzog.

Laura machte sich Sorgen um Juna. Hatte das Mädchen so große Angst vor ihr, dass es wegen ein paar zerbrochener Teller weggelaufen war?

»Juna!«

Keine Antwort.

»Juna, wo bist du?« Laura lief los, noch in Hausschuhen, rief dabei immer wieder den Namen ihrer Nichte. Sie schaute hinter jeden Busch, jeden Baum, jeden Strauch. Aber vielleicht war Juna gar nicht talwärts gelaufen, sondern in die andere Richtung? Den Berg hinter dem Haus hinauf in den dichten Wald? Dorthin, wo sie das Mädchen niemals allein finden würde?

Ich brauche Hilfe! Aber wer war für so was zuständig? Polizei? Bergwacht? Gab es hier überhaupt so etwas wie eine Bergwacht? Rastlos rannte sie weiter, bis sie Juna schließlich entdeckte.

Das Mädchen hockte zusammengekauert hinter einem Strauch. Sie hielt etwas in den Armen.

»Juna, da bist du ja!« Lauras Augen füllten sich mit Tränen der Erleichterung. »Ich hatte solche Angst um dich.« Laura gab sich alle Mühe, nicht vorwurfsvoll zu klingen.

Juna schaute sie schweigend an. Als Laura näher kam, sah sie, dass ihr Nachthemd blutbefleckt war – das Blut kam von dem Bündel, das Juna in ihren Armen hielt. Eine tote Katze!

»Ist das eure?«, fragte Laura entsetzt.

Das Mädchen schüttelte den Kopf.

»Kennst du die?«

Wieder schüttelte das Mädchen den Kopf.

»Juna, wirf das weg«, stieß Laura hervor.

Juna schüttelte heftig mit dem Kopf, drückte das Bündel noch fester an sich.

Die Katze reagierte. Sie öffnete ein Auge, ein Pfötchen bewegte sich. Dann lag sie wieder reglos in Junas Armen.

Das hat mir gerade noch gefehlt, schoss es Laura durch den Kopf. *Drei Kinder, mit denen ich nichts anfangen kann, und dazu auch noch eine sterbende Katze!*

Kapitel 3

Dr. Gröning war genau so, wie sie sich einen Landtierarzt vorstellte. Groß, vierschrötig und nur mäßig begeistert, als Laura ihn vor der Öffnungszeit seiner Praxis aus seiner Privatwohnung klingelte.

»Ich war die ganze Nacht bei einer kalbenden Kuh«, beschwerte er sich unfreundlich.

»Das tut mir leid«, behauptete Laura, obwohl es ihr völlig egal war. Sie war sicher, dass der Tierarzt sie wieder weggeschickt hätte, wenn Juna nicht vorgetreten wäre und ihm die kleine Katze hingehalten hätte. Inzwischen bewegte sie sich überhaupt nicht mehr, und Laura vermutete, dass sie tot war.

Auch Hanna und Leo waren mitgekommen. Auf Lauras Einwand hin, dass zumindest Hanna in die Schule gehen musste, hatte das Mädchen pampig geantwortet: »Scheiß auf die Schule, hier geht es um Leben und Tod.«

Wie gewichtig diese Worte für Hanna waren, konnte Laura nur erahnen, deshalb hatte sie nicht weiter auf dem Schulbesuch bestanden. Außerdem konnte Hanna ihr den Weg zum Tierarzt zeigen, vielleicht war das zugleich auch ein erster Zugang zu dem Mädchen.

»Oh mein Gott!« Die Frau des Tierarztes kam dazu. Sie war klein, sehr korpulent und betrachtete entsetzt die Kinder.

Laura wurde erst jetzt bewusst, dass Juna noch immer ihr Nachthemd und Leo noch immer seinen Pyjama trug. Hanna hatte so sehr darauf gedrängt, sofort zum Tierarzt zu fahren, dass Laura dem keine Beachtung mehr geschenkt hatte. Außerdem hätte sie Juna ohnehin nicht anziehen können, die ließ den Kater einfach nicht los.

»Ist das dein Kätzchen?« Die Frau beugte sich zu Juna und strich dem Kind liebevoll übers Haar. Ihre Miene war voller Mitleid. Natürlich, die Leute hier kannten die Kinder und ihre Geschichte.

Juna schüttelte den Kopf.

»Ich hab Hunger«, sagte Leo. »Tante Laura gibt uns nix zu essen.«

Die Frau des Tierarztes schaute auf. Ihr Blick streifte Laura befremdlich. »Dann kommt mal rein.« Sie übernahm jetzt das Kommando und wandte sich an ihren Mann. »Du gehst mit der Frau ...«, sie wies mit spitzem Finger auf Laura, »... und dem Kätzchen in die Praxis. Ich sorge in der Zwischenzeit dafür, dass die Kinder etwas zu essen bekommen.«

Laura schämte sich schrecklich. Sie hätte sich gerne erklärt, aber dazu bekam sie keine Gelegenheit. Selbst der Tierarzt wagte es nicht, seiner Frau zu widersprechen. Mit sanften Händen nahm er Juna das Kätzchen aus der Hand.

Laura war froh, dass wenigstens Hanna bei ihr blieb. Sie wartete, bis die Kleinen zusammen mit der resoluten Tierarztgattin außer Hörweite waren, bevor sie fragte: »Lebt die Katze noch?«

»Kommen Sie mit«, sagte der Mann brummig, ohne auf ihre Frage einzugehen. Eine Tür führte in einen Anbau, direkt in das Wartezimmer seiner Praxis. Er ging weiter ins Behandlungszimmer, legte das Kätzchen auf den Tisch. Mit einem Stethoskop begann er seine Untersuchung. »Ja«, sagte er nach einer für Laura schier endlosen Weile. »Er lebt. Ich glaube aber nicht, dass wir ihn durchkriegen.«

Hanna begann zu weinen. »Das müssen Sie aber. Das ist wichtig für Juna!«

Laura hatte das Gefühl, dass es nicht nur für Juna wichtig war.

»Spricht sie immer noch nicht?«, fragte Dr. Gröning.

Hanna schüttelte den Kopf. »Kein Wort.«

Es dauerte einen Moment, bis Laura die Tragweite dieser Worte aufgingen. »Juna spricht auch mit euch nicht?« Sie hatte geglaubt, dass das Mädchen nur mit ihr nicht reden wollte.

»Kein Wort.« Hanna wischte sich mit den Händen über die Wangen. Die Tränenflut konnte sie damit aber nicht stoppen. Dr. Gröning reichte ihr ein Päckchen Papiertaschentücher.

»Seit Mama und Papa tot sind, redet Juna nicht mehr.« Hanna begann zu schluchzen.

Laura zögerte kurz, dann folgte sie ihrem Gefühl und nahm Hanna in die Arme. Erleichtert spürte sie, dass das Mädchen die Nähe zuließ und sich weinend an sie klammerte.

Laura liefen selbst die Tränen über die Wangen, und sie bemerkte, dass selbst Dr. Grönings Augen feucht schimmerten. Aber der Tierarzt konnte sich wenigstens mit der Untersuchung ablenken. Er beugte sich wieder über das Tier.

»Es ist übrigens ein Kater«, sagte er. »Und ich werde ihn mal eben röntgen. Wartet hier auf mich.«

Laura war froh, dass sie einen Moment mit Hanna allein war. »Es tut mir leid, dass ich bisher nicht für euch da war«, sagte sie leise.

Das Schluchzen des Mädchens ebbte ab. Sie hob den Kopf, schaute Laura an. Ein schwaches Lächeln umspielte ihre Lippen. »Jetzt bist du ja da.«

»Ja, jetzt bin ich da.« Klang es überzeugend? Denn eigentlich wollte sie ja nur so schnell wie möglich nach Berlin zurückkehren.

Kurz darauf kam Dr. Gröning. »Ich bin sicher, der kleine Kerl ist ein Kämpfer.« Er legte den Kater behutsam auf den Behandlungstisch. »Er hat keine inneren Verletzungen, ist aber völlig dehydriert und unterernährt. Außerdem hat er eine Bisswunde, wahrscheinlich von einem Hund. Zum Glück ist sie nicht sehr tief.« Er zog bereits eine Injektionsnadel auf. »Ich gebe ihm ein Schmerzmittel, Antibiotika und ein Stärkungsmittel. Gegen die Dehydrierung verabreiche ich ihm eine Infusion mit Elektrolyten. Mehr kann ich im Moment nicht für ihn tun.« Der Tierarzt schaute auf. »Kämpfen muss er allein.«

»Aber wir können ihn dabei unterstützen?«

Dr. Gröning lächelte. »Ja, natürlich. Mit dem richtigen Futter und ganz viel Liebe.«

Nachdem die Infusion durchgelaufen und sie wieder nach Hause gefahren waren, verbrachte Juna den Rest des Tages neben dem Kater. Abwechselnd fütterten sie, ihre Geschwister und auch Laura den Kleinen mit Flüssignahrung, und nach und nach sog er immer kräftiger an der Pipette. Hin und wieder öffnete er sogar die Augen, doch er machte keine Anstalten, aufzustehen.

Auch Laura saß immer wieder bei den Kindern am Lager des Katers. *Hoffentlich kommt er durch!* Die Sorge um das Tier lenkte sie auch von den Gedanken ab, wie es nun weitergehen sollte – für sie, die Kinder und das Kätzchen.

Es war völlig unmöglich, dass sie dauerhaft in Tannreuth blieb. Wenn Tante Agnes es sich nicht doch noch anders überlegte, musste sie die Kinder mit nach Berlin nehmen.

Wieder stellte sie sich Benedikts Gesicht vor, wenn sie nicht nur mit den Kindern, sondern jetzt auch noch mit dem Kater in ihrer durchdesignten Wohnung auftauchte.

»Dein Handy klingelt«, sagte Hanna irgendwann am späten Nachmittag. »Da steht Benedikt auf dem Display.«

Laura war überrascht. Nach ihrem frostigen Abschied hatte sie nicht damit gerechnet, dass er von sich aus anrief. Und wenn sie ehrlich war, verspürte sie gerade überhaupt keine Lust, mit ihm zu reden. Trotzdem nahm sie das Gespräch an. »Hallo«, meldete sie sich knapp.

»Wie schön, jetzt weiß ich wenigstens, dass du gut angekommen bist.«

Laura atmete tief durch. »Diesen ironischen Ton kannst du dir sparen. Nach unserer Verabschiedung lag es an dir, dich zu melden.«

»Was ich ja jetzt mache. Was genau wirfst du mir also vor?«

Dass du mich in dieser Sache alleingelassen hast. Schon wieder. Doch Laura fühlte die Blicke der Kinder auf sich, das machte es ihr schwer, frei und offen zu sprechen. Sie entschied sich also zu schweigen, er würde es ohnehin nicht verstehen, und sie hatte weder die Kraft noch die Nerven für einen Streit, schon gar nicht am Telefon. Doch die Antwort auf seine nächste Frage war nicht einfacher: »Wann kommst du zurück?«

»Weiß ich nicht«, erwiderte sie ehrlich.

»Hast du das denn nicht mit deiner Tante Agathe klären können?«

»Sie heißt Agnes«, sagte sie gereizt und wiederholte den Namen gleich noch einmal. »Tante Agnes!«

»Es geht doch jetzt nicht um den Namen.«

»Nein, darum geht es nicht«, stimmte Laura ihm zu, während die Wut in ihr wuchs. »Aber es zeigt mir wieder einmal, dass dich alles, was mich betrifft, nicht wirklich interessiert.«

Sekundenlang blieb es still, dann lachte Benedikt spöttisch auf. »Als ob so ein Name ein Zeichen dafür wäre. Du hast dir garantiert auch nicht die Namen meiner entfernten Verwandten gemerkt. Zum Beispiel mein Patenonkel ...«

»Johann«, fiel Laura ihm ins Wort. »Dein Patenonkel heißt Johann, und er ist mit Tante Silvia verheiratet. Die beiden haben einen Sohn, der ebenfalls Johann heißt.«

Wieder schwieg Benedikt eine Weile. »Okay, eins zu null für dich.« Sein neuerliches Lachen klang amüsiert. »Ich bin froh, dass ich nie gegen dich vor Gericht antreten muss.«

Laura konnte förmlich hören, wie er grinste, und musste selbst auch schmunzeln. Ihre Wut verrauchte. »Du hättest keine Chance gegen mich. Und das weißt du.«

»Du fehlst mir«, sagte er leise.

»Du mir auch.«

»Warum kommst du dann nicht einfach nach Hause?«

Sie drehte sich um, schaute in drei erwartungsvolle Kindergesichter. »Ich kann hier im Moment nicht weg.« *Noch nicht*, hatte sie eigentlich sagen wollen, aber das brachte sie nicht über die Lippen.

»Gut, dann muss ich das wohl so akzeptieren. Lass mich aber bitte nicht zu lange allein.«

»Warum kommst du nicht her?«, schlug sie wider besseres Wissen vor, schließlich hatte er im Moment nicht nur seine, sondern auch ihre Mandanten zu betreuen. »Es wäre mir wichtig, dass du die Kinder kennenlernst. Und die Landschaft ist traumhaft, wir könnten ...«

»Ich habe keine Zeit«, wiegelte er sofort ab. »Außerdem kann ich nicht wirklich mit Kindern, das weißt du doch.«

»Ja.« Das stimmte in der Tat. Eine Mitarbeiterin hatte vor Jahren einmal ihre vierjährigen Zwillinge mit zur Arbeit gebracht, weil der Kindergarten wegen Renovierungsarbeiten geschlossen blieb und die Oma, die in solchen Fällen normalerweise auf die Kinder aufpasste, ausgerechnet an diesem Tag krank war.

Die Zwillinge hatten Benedikts Geduld auf eine harte Probe gestellt, weil sie – seiner Meinung nach ungestüm – durch die Büros tobten. Als sie dann auch noch auf einer der Akten herumkritzelten, wäre die Situation fast eskaliert.

Laura hatte die verzweifelte Mitarbeiterin nach Hause geschickt und beruhigend auf Benedikt eingewirkt.

»Ja, ich weiß«, sagte sie jetzt. »Ich muss jetzt Schluss machen. Wir telefonieren wieder«, verabschiedete sie sich von ihm.

»Fährst du zurück nach Berlin?«, fragte Hanna sofort, als sie das Handy auf den Tisch legte.

»Und euch lasse ich hier allein zurück?« Laura bemerkte selbst, wie gekünstelt ihr Lachen klang. »Natürlich nicht.«

Hanna starrte sie an. Ganz so, als versuche sie zu ergründen, was in Lauras Kopf vor sich ging. »Nimmst du uns also mit nach Berlin?«, fragte sie schließlich.

»Möchtest du das denn?«

»Nein, ich will zu Hause bleiben«, erwiderte Hanna prompt und sah dabei so aus, als würde sie gleich wieder weinen. Laura hatte Mitleid mit dem Mädchen. Der Gedanke, nach den Eltern auch noch ihr Zuhause zu verlieren, war wahrscheinlich unerträglich für sie.

»Ich will auch zu Hause bleiben«, erklärte Leo kategorisch. »Ich will nicht in das doofe Berlin.«

»Wir müssen sehen, wie es weitergeht«, sagte Laura. »Im Moment habe ich selbst noch keine Ahnung.«

Hanna verengte die Augen. »Heißt das, wir bleiben hier und du fährst zurück?«

»Nein, das heißt es nicht«, sagte Laura. »So gründlich, wie du nachfragst, solltest du Rechtsanwältin werden«, fügte sie schmunzelnd hinzu und war erleichtert, als es ihr gelang, Hanna mit ihrer Bemerkung auf ein anderes Thema zu lenken.

»Ich werde Astronautin«, verkündete Hanna. »Dann fliege ich zum Mond. Und zum Mars.«

Leo betrachtete sie nachdenklich. »Noch weiter weg als Berlin?«, fragte er.

»Ja, ein ganzes Stück weiter«, sagte Hanna und strich ihm liebevoll über den Kopf.

»Dann will ich nicht Astonaut werden«, stellte Leo fest.

»Das heißt Astronaut«, verbesserte Hanna.

Leo schüttelte den Kopf. »Das will ich auch nicht werden.«

»Musst du ja nicht. Du kannst auch Bauer werden«, schlug Hanna vor. »So wie der Hans. Oder Tierarzt wie Dr. Gröning.«

Leo schüttelte entschieden den Kopf. »Wenn ich groß bin, heirate ich eine Frau, die arbeiten geht«, beschloss er. »Dann muss ich nix machen.«

»Du bist faul«, sagte Hanna.

»Bin ich nicht!« Leo stapfte mit dem Fuß auf.

»Doch, bist du!«

»Nein«, kreischte Leo.

»Faul! Faul! Faul!« Hanna lief los, als ihr Bruder sich auf sie stürzen wollte. Sie hastete die Treppe hoch, ihren Bruder dicht auf den Fersen.

Laura ließ sie gewähren, erleichtert über diese kindliche Reaktion. Sie setzte sich aufs Sofa und beobachtete Juna, die den kleinen Kater bewachte. Er lag eingewickelt in einer Decke neben ihr, schlief tief und fest und atmete ruhig.

»Und was willst du einmal werden, Juna?«

Das Mädchen schaute sie an, sagte aber nichts. Eine weitere Baustelle, um die sie sich dringend kümmern musste.

Am nächsten Morgen fuhr Laura wieder zu Dr. Gröning. Diesmal während der offiziellen Sprechstunde. Juna und Leo, der ausnahmsweise wegen einer Lehrerkonferenz frei hatte, begleiteten sie. Laura hatte darauf bestanden, dass Hanna an diesem Morgen wieder zur Schule ging.

»Bist du noch da, wenn ich wieder nach Hause komme?«, hatte das Mädchen ängstlich gefragt.

Laura konnte ihre Angst gut nachvollziehen. »Ich verspreche dir, dass ich niemals weggehen werde, ohne dir das vorher zu sagen.«

Doch Hanna war nicht überzeugt. »Mama und Papa haben uns

vorher auch nicht gesagt, dass sie nie mehr wiederkommen«, hatte sie leise geantwortet.

Laura hatte das Mädchen einfach wieder in die Arme geschlossen. »Denk nicht so viel nach«, hatte sie geflüstert. »Manchmal passieren im Leben einfach Dinge, die wir nicht ändern können. Aber wir müssen lernen, damit zu leben.«

Hanna hatte die Umarmung noch eine Weile gehalten und war schließlich zur Schule gegangen. Doch als Laura jetzt ihren Wagen vor der Tierarztpraxis parkte, tauchte sie wie aus dem Nichts auf.

»Ich habe Pause«, sagte sie hastig. »Ich will doch wissen, wie es unserem Kater geht.«

Unserem Kater? Laura war klar, dass die Kinder den kleinen Kater inzwischen sozusagen adoptiert hatten. Aber was war, wenn sich der eigentliche Besitzer meldete und ihn zurückhaben wollte? Laura graute vor der Situation – es war ein weiterer Verlust, den die Kinder verkraften mussten.

»Der Kater gehört uns nicht«, sagte sie deshalb warnend.

»Jetzt schon«, stellte Hanna kategorisch fest. »Immerhin haben wir ihm das Leben gerettet und den Tierarzt bezahlt.«

Laura fiel siedend heiß ein, dass sie Dr. Gröning gestern nicht nach einer Rechnung gefragt hatte. »Noch haben wir nichts bezahlt.«

In der Praxis begrüßte sie seine Frau hinter dem Tresen. Im Wartezimmer saßen bereits ein Mann und eine Frau. Der füllige Mann hatte eine durchlöcherte Kiste vor sich stehen, aus der gurrende Geräusche kamen. Was wiederum die Frau, die ihm gegenübersaß, zu ärgern schien.

»Taubensport«, sagte sie höhnisch. »Dabei sind doch nur die Tauben sportlich, während du fett und feist zu Hause darauf wartest, dass sie zurückkommen.«

»So schlank bist du auch nicht«, gab der Mann mit einem scheelen Blick auf den Umfang der Frau zurück.

»Aber ich bewege mich wenigstens. Jeden Tag, mindestens drei Kilometer.«

»Du meinst, du läufst von unserem Haus bis zur Konditorei, um dich dort mit Balbine zu treffen und zu schlemmen.« Der Mann grinste.

»Das ist eine Unterstellung«, rief die Frau des Tierarztes. Sie kam hinter dem Tresen hervor und stemmte die Arme in die fülligen Hüften. Offensichtlich war sie Balbine.

»Nur damit du es weißt«, wandte sie sich an Laura. »Die beiden da sind Elias und Marie Krug und erstaunlicherweise seit dreißig Jahren miteinander verheiratet.«

Elias grinste gemütlich, seine Frau schmunzelte.

»Und das ist Laura«, führte Balbine die Vorstellungsrunde fort. »Anettes Schwester.«

Die Gesichter der Krugs wurden schlagartig ernst. »Stimmt, du warst ja auch auf der …« Marie Krug brach ab, ihr Blick fiel auf die Kinder.

»Ja, da war ich.« Laura wandte sich an Balbine Gröning. »Wir kommen noch mal wegen des Katers. Und mir ist eingefallen, dass Ihr Mann mir gestern keine Rechnung ausgestellt hat, vielleicht können Sie das nachher mit dem Betrag für heute zusammenfassen.«

»Also, mach dir darüber mal keine Gedanken«, sagte Balbine Gröning. »Und ich bin die Balbine und du. Wir duzen uns hier alle im Ort.«

Laura nickte vollkommen überrumpelt. So viel Vertraulichkeit war ihr fremd, sie wusste noch nicht, wie sie damit umgehen sollte. Eine Sache aber wollte sie unbedingt noch klären.

»Und wegen gestern, da muss ich noch erklären, dass Juna nur deshalb ihr Nachthemd trug, weil alles so schnell ging. Und Leo seinen Pyjama«, fügte sie schnell hinzu. »Ich habe einfach nicht darauf geachtet.«

Balbine Gröning winkte ab. »Das hat mir Leo doch alles schon erzählt.«

Laura war erleichtert. »Na ja, es dauert wohl eine Weile, bis ich weiß, woran ich alles denken muss.«

»Das heißt also, du bleibst hier«, stellte Balbine schlicht fest und fuhr fort, ohne Laura die Gelegenheit zum Widerspruch zu geben: »Das ist gut. Das ist sehr gut. Genau so hätte deine Schwester es gewollt. Sie hat so oft von dir gesprochen, dass ich das Gefühl hatte, dich zu kennen. Als du dann aber gleich nach der Beerdigung abgereist bist, war ich ... Ach, egal.« Balbine Gröning winkte ab. »Jetzt bist du da, alles andere ist unwichtig.«

Laura starrte sie an. Offenbar ging hier jeder davon aus, dass sie fortan für die Kinder zuständig war, und das auch noch vor Ort. Sie wagte nicht, ihr zu sagen, dass sie nach einer Lösung suchte, die den Kindern gerecht wurde, ihr aber gleichzeitig die Möglichkeit gab, nach Berlin zurückzukehren.

»Wenn du Hilfe oder auch nur einen Rat brauchst, kannst du dich jederzeit an mich wenden«, bot Balbine jetzt freundlich an.

»Danke«, sagte Laura leise. In ihrer Brust rangen zwei Gefühle miteinander. Es gefiel ihr, dass sie ohne Umschweife in der Dorfgemeinschaft aufgenommen wurde, und es tat gut, zu wissen, dass da jemand war, den sie um Hilfe bitten konnte. Aber sie fühlte sich auch eingeengt, in diesem kleinen Dorf, mit diesen wenigen Menschen, in einem Leben, das so gar nicht ihrem Alltag entsprach. Genau diese Freundlichkeit würde es ihr jedenfalls schwer machen, eine Entscheidung zu treffen.

Laura wusste noch nicht, welche Empfindung überwog. Und im Augenblick war sie nicht in der Lage, darüber gründlich nachzudenken. Hastig schob sie die Gedanken beiseite und nahm, begleitet von den Kindern, im Wartezimmer Platz.

Kapitel 4

»Miau!«

Langsam drehte Laura sich um. Der kleine Kater saß hinter ihr auf dem Boden und schaute sie auffordernd an. »Miau«, wiederholte er, als er bemerkte, dass er ihre Aufmerksamkeit besaß.

Laura war überrascht und erfreut, ihn hier in der Küche zu sehen. Es war das erste Mal, dass er aufgestanden war. Offenbar war er sogar ausreichend bei Kräften, um auf Erkundungstour zu gehen. »Da bist du ja«, sagte Laura leise, um ihn nicht zu erschrecken. Doch als sie langsam auf ihn zuging, stand er auf und wich im gleichen Tempo zurück.

Offenbar traute er ihr noch nicht. Laura blieb stehen, um ihm keine Angst einzujagen. »Ganz ruhig, kleiner Mann, ich tue dir nichts. Von uns hast du nichts zu befürchten. Schade, dass du mir nicht sagen kannst, was dir passiert ist.«

Der Kater setzte sich wieder, ließ sie aber nicht aus den Augen.

In diesem Moment betrat Juna die Küche.

Laura beobachtete überrascht, wie der kleine Kater sofort aufstand und um die Beine des Mädchens strich. »Er mag dich«, sagte sie lächelnd. »Und er hat keine Angst vor dir.«

Juna bückte sich und nahm den Kater auf den Arm. Er kuschelte sich sofort an sie und begann zu schnurren.

»Er weiß, dass du ihm das Leben gerettet hast.«

Juna strahlte sie an, dann verließ sie mit dem Kater auf dem Arm die Küche. Als Laura den beiden ein paar Minuten später folgte, lag das Mädchen mit dem Kater auf dem Sofa und spielte mit ihm. Langsam zog sie einen Papierstreifen an ihm vorbei.

Der Kater duckte sich, dann ging er zum Angriff über und packte den Streifen mit den Pfötchen. Er hatte offensichtlich ebenso viel Spaß wie Juna. Laura freute sich jetzt schon darauf, ihren Geschwistern nach ihrer Rückkehr aus der Schule davon zu berichten.

Laura schaute den beiden eine Weile zu, dann ging sie in den Keller. Hanna hatte sich heute Morgen darüber beschwert, dass sie keine sauberen T-Shirts mehr hatte. Zweifelnd stand Laura vor der Waschmaschine. Zu Hause hatte sie ein anderes Modell – und eine Hauswirtschafterin, die es bedienen konnte.

Rosa Braun!

Laura beschloss, auf Nummer sicher zu gehen und sie um Rat zu fragen. Sie schaute kurz nach Juna, die immer noch mit dem Kater spielte, holte ihr Handy aus der Küche und ging zurück in den Keller. Sie fotografierte die Waschmaschine, schickte das Foto an Rosa Braun und rief sie anschließend an.

Wie vermutet, wusste die Hauswirtschafterin sofort, wie das Gerät zu bedienen war. Ausführlich erklärte sie Laura die Funktionen, während im Hintergrund Helene Fischer atemlos durch die Nacht hetzte.

Laura stopfte die Wäsche in die Maschine, füllte das Waschmittel ein und stellte das Programm ein. Als sie hörte, wie das Wasser einlief, atmete sie erleichtert auf. Sie hatte also alles richtig gemacht. Zufrieden stieg sie die Kellertreppe hinauf. Inzwischen war es zwölf Uhr, wie ihr das Läuten der Kirchturmglocken verriet.

Juna stand an der Garderobe und zog sich ihre Jacke an.

»Willst du raus?«, fragte Laura überrascht.

Juna nickte.

»Magst du mir sagen, wohin du gehen willst?«

Diesmal schaute Juna sie nur wortlos an.

»Soll ich dich begleiten?«

Juna rannte zur Tür und riss sie auf.

Laura wertete das als Zustimmung. »Ich komme sofort!« Sie nahm ihre Jacke von der Garderobe, packte ihre Handtasche und den Hausschlüssel und folgte dem Mädchen.

Juna rannte bereits die Auffahrt hinunter. Laura warf einen kurzen Blick zum Nachbarhaus und zögerte, als sie meinte, einen Schatten hinter den Fenstern zu sehen. Dann war es schon wieder vorbei. Nein, das konnte nicht sein, schließlich stand es leer, das hatte Hanna ihr versichert. Vielleicht eine Spieglung der Wolken, die tief am Himmel hingen. Es sah nach Regen aus.

Sie bemerkte, dass Juna nach rechts abbog, und erhöhte ihr Tempo. Das Mädchen hatte offenbar ein Ziel.

Als Laura endlich zu ihr aufschloss, griff Juna nach ihrer Hand. Eine Welle der Zuneigung durchströmte Laura, gleichzeitig ergriff sie eine solche Rührung, dass sie das Kind am liebsten in die Arme geschlossen hätte.

Sie gingen bergab, bis sie nach wenigen Minuten die breite Brücke erreichten, die über den Mühlbach ins Dorf führte.

Kurz blieb das Kind stehen und sah zwischen den Pfosten des Geländers zu dem plätschernden Bach hinunter, dann setzte sie sich wieder in Bewegung. Immer noch war es Juna, die den Weg bestimmte und Laura an der Hand durch das mittelalterliche Dorf führte, einem Ziel durch die malerischen, kopfsteingepflasterten Gässchen zwischen den hohen Fachwerkhäusern entgegen. Auf den Fensterbänken und neben den Hauseingängen standen Kästen und Kübel mit üppig blühenden Blumen.

Als sie das Ende der Gasse erreichten, öffnete sich ein ebenfalls mit Kopfstein gepflasterter Platz, in dessen Mitte es einen

Brunnen gab. Rundum befanden sich Geschäfte, die Kirche, das Rathaus und die Schule des Ortes.

Vor der Schule stand Leo und schaute ihnen missmutig entgegen. »Ich warte schon tausend Stunden«, brummte er.

»Ich wusste nicht, dass ich dich abholen muss«, brachte Laura zu ihrer Verteidigung vor.

»Aber du bist doch jetzt da!«

Absolut logisch. »Wegen Juna. Sie wollte unbedingt raus und hat mich zur Schule gebracht. Sie kennt den Weg vom Haus zur Schule.«

»Den kenn ich auch.« Leo schaute sie finster an. »Ich darf aber nicht allein nach Hause gehen.«

»Das wusste ich nicht«, wiederholte Laura. »Warum hast du mir das nicht gesagt?«

»Weil ich nicht weiß, dass du das nicht weißt«, lautete die folgerichtige Antwort. »Kann ich jetzt nach Hause? Ich hab Hunger.«

»Ja, wir gehen jetzt nach Hause«, sagte Laura beschwichtigend.

»Was gibt es denn zu essen?«

Keine Ahnung!

Gestern und vorgestern hatte es Reste der Mahlzeiten gegeben, die Tante Agnes gekocht hatte. Oder belegte Brote.

»Wie wäre es mit einem Käsebrot?«, schlug sie vor.

»Ich will kein olles Käsebrot.« Leo war stehen geblieben und stampfte mit dem Fuß auf. »Ich will richtiges Essen.«

Laura versuchte es anders. »Worauf hast du denn Lust?«

»Pizza«, kam es prompt.

Gab es eine Pizzeria im Ort? Am besten eine mit einem Lieferservice?

»So eine Pizza, wie Mama die immer gemacht hat«, fuhr der Junge fort. »Oder Spaghetti.«

Laura spürte Erleichterung. Es war nicht so schwer, Spaghetti zu kochen, auch wenn sie es eine Weile nicht mehr gemacht hatte.

Einfach die Nudeln in sprudelndes Wasser geben, dazu eine Tomatensoße.

Okay, bei der Tomatensoße musste sie ein bisschen aufpassen wegen der Gewürze, die hatte sie zuletzt während ihres Studiums zubereitet. Mit Nudeln, weil es so schön preiswert war. Und weil sie nicht gerne kochte. Daran hatte sich nichts geändert.

Die Kinder brauchten aber regelmäßige und ausgewogene Mahlzeiten. Das war ein weiterer Punkt, der dafürsprach, dass sie schnellstens eine Lösung finden musste.

Als sie das Waldhaus betraten, empfing sie ein angenehmer Duft. Der Geruch nach frisch gewaschener Wäsche, stellte Laura fest. Sie war ein bisschen stolz auf sich, weil sie sich als Hausfrau offensichtlich doch nicht ganz so ungeschickt anstellte. Auch wenn sie ganz sicher wusste, dass sie darin niemals ihre Berufung sehen würde. Trotzdem wollte sie diese Rolle gewissenhaft ausfüllen, solange es dauerte. Die Spaghetti waren der nächste Schritt.

»Geht euch bitte die Hände waschen«, bat sie die Kinder.

Leo schaute sie verständnislos an. »Warum?«

»Weil man das so macht, wenn man nach Hause kommt.« Noch während sie sprach, wusste Laura bereits, dass Leo sich damit nicht zufrieden geben würde. Die Frage folgte prompt.

»Warum?«

»Damit ihr euch vor Infektionen schützt.« Die Erklärung war wahrscheinlich nicht kindgerecht genug.

»Was ist eine Interfektion?«, fragte Leo.

Juna sagte wie üblich kein Wort, schien dem Wortwechsel aber interessiert zu folgen.

»Eine Ansteckung. Wenn du etwas angefasst hast, können sich daran Viren oder Bakterien befinden. Und die lösen möglicherweise eine Infektion aus, die dich krank macht.«

Das schien Leo zu verstehen. Er hob die Hände und betrachtete sie von allen Seiten. »Da ist nix«, verkündete er schließlich. »Die muss ich nicht waschen.«

»Viren und Bakterien sind ganz winzig klein, die kannst du nicht sehen.«

Jetzt hielt Leo sich die Hände ganz dicht vor die Augen. »Da ist nix«, wiederholte er. Seine Stimme wurde dabei um einiges lauter. »Und wenn ich da nix sehe, dann ist da auch nix.«

Laura gab ihre Erklärungsversuche auf. »Du wäschst dir jetzt sofort die Hände«, verlangte sie kategorisch.

Leo grinste und begann das Spiel von vorn. »Warum?«

»Weil ich es dir sage!« Laura hob ihre Stimme nur ein wenig an, aber ihr strenger Blick – der, den sie normalerweise für die Gegenseite vor Gericht aufsetzte – schien ihn mehr zu beeindrucken als gefährliche Bakterien und Viren.

»Manno«, murmelte er zwar unwillig, machte aber dennoch kehrt und verschwand in Richtung Badezimmer.

»Du auch, Juna«, sagte Laura.

Juna zögerte einen Moment, folgte dann aber ihrem Bruder.

Laura ging derweil in die Küche und inspizierte die Küchenschränke. Sie fand ein Paket Nudeln und eine fertige Tomatensoße. Als sie einen Topf mit Wasser auf den Herd stellte, kamen die Kinder zu ihr in die Küche.

»Du hast dir aber nicht die Hände gewaschen!«, sagte Leo anklagend.

Mit gutem Beispiel vorangehen!

Es war wieder die Stimme ihrer Schwester, die irgendwo in ihrem Kopf zu hören war. Laura erinnerte sich daran, dass Anette das irgendwann einmal während eines Telefonats zu ihr gesagt hatte. Da war es auch um Leo gegangen. Er hatte sich geweigert, beim Essen Besteck zu benutzen.

Damals hatte Laura darüber gelacht. Jetzt wusste sie, wieso Anette das nicht ganz so lustig fand. »Er ist ein Dickkopf«, hatte sie gesagt. »Wenn ich bei ihm etwas erreichen will, muss ich mit gutem Beispiel vorangehen.«

»Du hast recht«, stimmte Laura ihrem Neffen jetzt zu. »Aber ich wollte euch zuerst ins Bad gehen lassen. Jetzt wasche ich mir die Hände.«

Leo folgte ihr, als wolle er sich vergewissern, dass sie ihn nicht belog. Er blieb an der Tür stehen und schaute ihr aufmerksam zu, wie sie sich die Hände einseifte, lange und gründlich, und den Schaum anschließend abspülte.

»Wann gibt es Essen?«, fragte er, als sie fertig war.

»In ein paar Minuten«, versicherte sie.

»Kann ich Schokolade haben?«

»Nein.« Laura schüttelte den Kopf.

»Ich hab aber Hunger.« Sein Blick war finster.

»Ich sagte doch schon, dass es gleich Mittagessen gibt.«

»Ich hab aber nicht gleich Hunger, ich hab jetzt Hunger!« Wieder stampfte er wütend mit dem Fuß auf.

»Dann gebe ich dir einen Apfel«, schlug Laura vor. Obst gleich Vitamine ...

»Ich will keinen doofen Apfel, ich will Schokolade.«

»Entweder einen Apfel oder nichts.« Das hier war anstrengender, als Laura es sich jemals vorgestellt hatte.

Leo verschränkte die Arme vor der Brust. »Dann fall ich eben vor Hunger tot um.«

Als sie nichts sagte, ließ Leo sich theatralisch zu Boden fallen.

Laura beschloss, sein Verhalten zu ignorieren, und stieg einfach über ihn hinweg.

»Ich bin tot«, sagte er, als sie weiterging.

Laura gelang es nicht, ihren Vorsatz durchzuhalten. »Gibt es etwas, womit ich dir helfen könnte?«

»Schokolade«, schlug er freundlich vor.

»Ich gebe dir gerne einen Apfel.«

Leo sprang auf. Sein Gesicht unter den blonden Locken war hochrot. »Ich will keinen Apfel, ich will Schokolade!«

Laura war kurz versucht, sich darauf einzulassen. Warum sollte sie ihm nicht ein Stück Schokolade geben, um ihn zur Ruhe zu bringen. Womöglich schadete ihm diese Aufregung sehr viel mehr als eine winzige Süßigkeit …

Wenn du jetzt nachgibst, wird er immer wieder versuchen, sich durchzusetzen.

Laura wusste einfach nicht, was sie machen sollte, und es gab keinen Menschen, den sie fragen konnte. Außer … Sie zog ihr Handy aus der Hosentasche und googelte. Den Ratschlag einer Psychologin fand sie gut. Positive Impulse setzen, um die Reizbarkeit nicht noch zu steigern. Laura setzte es gleich in die Tat um und konnte dabei direkt das in dem Bericht angegebene Beispiel anwenden. »Ich mache dir einen Vorschlag.« Liebevoll lächelte sie dem Kleinen zu, um den positiven Aspekt zu verstärken. »Zuerst essen wir zu Mittag, dann bekommst du ein Stück Schokolade.«

Der Kleine ballte die Hände zu Fäusten, stampfte abwechselnd mit den Füßen auf und schrie in voller Lautstärke: »Ich will jetzt Schokolade! Ich will jetzt Schokolade! Ich will jetzt Schokolade!«, brüllte er in einer Endlosschleife.

Laura spielte ernsthaft mit dem Gedanken, jetzt die Telefonnummer der Psychologin zu ergoogeln und sie mithören zu lassen, wie wenig hilfreich ihr Tipp war.

»Ich will jetzt Schokolade! Ich will jetzt Schokolade! Ich will jetzt …«

Laura presste sich die Hände gegen die Ohren und floh in die Küche. Da saß Juna am Tisch, malte ungerührt auf einem Blatt herum und streichelte zwischendurch den kleinen Kater auf ihrem Schoß.

Leo verlangte im Flur vor dem Badezimmer immer noch lautstark nach Schokolade.

Laura setzte endgültig die Nudeln auf. In einem weiteren Topf füllte sie die Tomatensoße ein und stellte sie ebenfalls auf den Herd, um sie aufzuwärmen.

Dann beschloss sie, Tante Agnes anzurufen. Vielleicht konnte sie ihr ein paar Ratschläge geben, wie sie am besten mit Leo umgehen konnte. Und ein bisschen erfüllte sie die Hoffnung, dass Tante Agnes nach ruhigen und hoffentlich auch langweiligen Tagen in ihrem Altersstift bereit war, nach Tannreuth zurückzukommen.

Sie trat durchs Wohnzimmer auf die Terrasse, wo sie ungestört reden konnte. Obwohl sie die Tür hinter sich zuzog, war Leo immer noch zu hören.

»Hallo, Laura.« Tante Agnes' Stimme klang vorsichtig. »Ich habe nicht viel Zeit, ich bin zum Golf verabredet.«

»Du spielst Golf?«

»Im letzten halben Jahr nicht mehr«, erwiderte Tante Agnes mit leisem Vorwurf in der Stimme. »Geht es den Kindern gut?«

»Sie vermissen dich«, behauptete Laura.

»Sag ihnen, dass ich sie spätestens Weihnachten besuche. Und richte Ihnen viele Grüße aus. Bis bald.«

»Tante Agnes!«, rief Laura laut, doch ihre Tante hatte bereits aufgelegt.

»Tante Laura!«, hörte sie gleich darauf ihren Namen. Sie drehte sich um und sah Hanna neben einer fremden Frau im Wohnzimmer stehen. Aus der Küchentür drang schwarzer Qualm.

Die Frau lief in die Küche. Laura riss die Terrassentür auf, folgte ihr und sah gerade noch, wie sie den Topf mit der Tomatensoße vom Herd riss. Wobei die qualmende Masse nicht mehr als Tomatensoße zu identifizieren war.

Die Frau schaute Laura strafend an. »Wie können Sie den Herd unbewacht lassen und rausgehen, während die Kinder noch im Haus sind!«

»Ich war nur ein paar Minuten draußen«, erklärte Laura. Was bildete diese Frau sich ein? »Wer sind Sie überhaupt? Und was haben Sie hier zu suchen?«

Die Frau warf den Kopf in den Nacken und schaute sie tadelnd an. »Ich bin Mirja Barth vom Jugendamt! Ich wollte mich davon überzeugen, dass es den Kindern gut geht, seit Frau Winter abgereist ist.«

»Woher wissen Sie, dass Tante Agnes nicht mehr da ist?«, fragte Laura überrascht.

»Nein, mir geht es nicht gut«, mischte sich Leo ein. Er zeigte mit dem Finger auf Laura. »Die gibt mir nix zu essen, dabei hab ich so Hunger.«

Mirja Barth richtete ihren Blick von dem Jungen wieder auf Laura. »Sie geben den Kindern nichts zu essen?«, fragte sie eisig.

Laura atmete tief durch. Vor allem, um die heftigen Worte zurückzuhalten, die ihr auf der Zunge lagen. Ärger mit dem Jugendamt fehlte ihr gerade noch. »Natürlich bekommen die Kinder etwas zu essen«, sagte sie mühsam beherrscht. Sie wies auf den Topf. »Sie sehen doch, dass ich dabei war, etwas zu kochen.«

»Das wollten Sie den Kindern geben?« Mirja Barths Gesicht wurde kein bisschen freundlicher.

»Meine Güte, ist Ihnen noch nie etwas angebrannt?«, regte Laura sich nun doch auf.

»Ich lasse keine kleinen Kinder im Haus, während das Essen auf höchster Stufe auf dem Herd steht. Und das nur, um draußen zu telefonieren. Konnten Sie das nicht in der Küche machen?«

Laura hätte die Frau am liebsten vor die Tür gesetzt. »Ich wette, Sie haben keine eigenen Kinder«, gab sie giftig zurück. »Sonst wüssten Sie, dass so etwas passieren kann.«

Ein Schatten zog über das Gesicht der Frau.

Offenbar hatte Laura einen wunden Punkt getroffen. »Es tut mir leid«, entschuldigte sie sich sofort. »Sie sehen ja, was hier los ist«, sagte sie sanfter. »Und ja, ich gebe zu, ich habe überhaupt keine Erfahrung mit Kindern. Aber ich versuche, ihnen gerecht zu werden. Meine Tante Agnes hat mich vorgestern völlig überraschend vor vollendete Tatsachen gestellt. Und heute ist so ein Tag ...« Sie verstummte, weil sie nicht vor der Mitarbeiterin des Jugendamtes in Tränen ausbrechen wollte.

Mirja Barths Miene veränderte sich, sie lächelte sogar ein wenig. »Aber so geht es auch nicht«, sagte sie.

»Ich weiß.« Laura war sich bewusst, dass alle drei Kinder zuhörten. Deshalb verschwieg sie, dass sie nach einer dauerhaften Lösung suchen wollte. Für die Kinder, aber auch für sich selbst. Es war völlig ausgeschlossen, dass sie noch sehr viel länger in Tannreuth blieb. Diese drei Tage hatten sie bereits mehr gefordert als jeder Prozess, selbst wenn die Gegenseite nicht von Boris Schäfer vertreten wurde.

»Jetzt schauen wir erst einmal zu, dass die Kinder etwas zu essen bekommen. Und dann müssen wir uns aber noch einmal in aller Ruhe miteinander unterhalten.«

Laura war erleichtert. Mirja Barth klang nicht so, als würde sie ihr die Kinder wegnehmen. Obwohl ...

Laura ertappte sich kurz bei dem Gedanken, dass es vielleicht das Beste für die Kinder wäre, wenn das Jugendamt sie in einer Pflegefamilie unterbringen würde? Zu Menschen, die wussten, wie sie mit den dreien umgehen mussten?

Nein, das durfte sie nicht einmal denken!

In diesem Moment kam Hanna aus dem Keller. Eigentlich sollte sie dort nur eine Flasche Wasser holen, doch ihre Hände waren leer.

»Tante Laura, du musst dir das unbedingt ansehen«, rief sie aufgeregt.

Natürlich folgten ihr auch die anderen Kinder, dazu noch Mirja Barth in den Keller. Bis vor die Waschmaschine, die als solche allerdings nicht mehr zu erkennen war. Eingehüllt in einer riesigen Schaumwolke schickte sie ständig weiteren Schaum durch die Waschmittellade.

»Was wäscht denn da?«, wollte Mirja Barth wissen.

»Hannas T-Shirts«, hörte Laura sich sagen. Sie starrte fassungslos auf den Schaumberg vor ihr. »Ich verstehe das nicht, ich habe doch alles richtig gemacht! Ich habe extra meine Hauswirtschafterin in Berlin angerufen, damit sie mir sagt, wie ich die Maschine bedienen soll.«

Mirja Barth lachte plötzlich laut auf. »Ich bemerke, dass Sie sich wirklich Mühe geben. Aber ich denke, Sie brauchen unbedingt Hilfe.«

»Ja!«, stieß Laura hervor. »Unbedingt.«

Mirja Barth blieb noch ein paar Stunden. Zuerst bereitete sie aus frischen Tomaten eine schmackhafte Soße zu, die den Kindern ausgezeichnet schmeckte. Danach löste sie das Rätsel um die Schaumbildung im Keller. »Ein Wollwaschmittel im Kochwaschgang. Ich fürchte, Ihre Hauswirtschafterin in Berlin hat Sie schlecht beraten.«

»Oder ich habe nicht gut genug zugehört«, erwiderte Laura zerknirscht. »Und wieso Kochwaschgang? Ich habe das Programm für Buntwäsche gewählt.«

»Aber leider vergessen, die Temperatur einzustellen.« Mirja Barth zeigte auf den Regler.

»Ich verspreche, das wird mir nie wieder passieren«, stieß Laura hervor.

»So etwas ist uns allen schon passiert«, erwiderte Mirja Barth sanft. »Darüber mache ich mir auch keine Gedanken. Aber es beunruhigt mich, dass Juna immer noch nicht spricht. Und wie ich gehört habe, werden Leos Wutanfälle immer schlimmer.« Als Laura sie verwundert anschaute, fügte sie erklärend hinzu: »Leos

Lehrerin ist meine Schwester. Übrigens wusste Ihre Tante das. Hat sie nichts gesagt?«

Nein, Tante Agnes hatte nichts gesagt. Zu überhaupt gar nichts. Sie war einfach weggefahren und hatte sie mit all diesen Schwierigkeiten allein gelassen.

Laura wurde plötzlich klar, dass ihre Gedanken ungerecht waren. Tante Agnes hatte sich ein halbes Jahr lang rührend um die Kinder gekümmert. Und Tante Agnes hatte angerufen, doch Laura hatte nicht zuhören wollen. Jetzt erlebte sie selbst genau das, was Tante Agnes durchgemacht hatte.

»Ich habe keine Idee, wie ich richtig mit Juna und Leo umgehen soll«, erwiderte Laura hilflos.

»Wir haben einige Möglichkeiten«, erwiderte Mirja Barth. »Sie sind nicht allein.«

Genau das Gefühl erfasste Laura nach diesen Worten. Sie war nicht allein, es gab Menschen, die ihre Sorge um die Kinder teilten. Und die ihr helfen wollten, so wie Mirja Barth.

»Ehrlich gesagt, konnte ich Sie am Anfang nicht leiden.« Die Worte entfuhren ihr unbedacht. Sie war selbst erschrocken, doch dann lächelte sie Mirja Barth an. »Aber jetzt bin ich richtig froh, dass Sie zu uns gekommen sind.«

Mirja Barth lachte. »Ich auch«, stimmte sie zu. »Und wenn ich dann ebenso offen sein darf: Ich mochte sie in den ersten Minuten unseres Kennenlernens auch nicht. Schlimmer noch, ich habe Sie für absolut unfähig gehalten und war sicher, dass ich die Kinder niemals bei Ihnen lassen kann. Wie so oft hat sich aber gezeigt, dass der erste Eindruck täuscht.«

Mirja Barth verabschiedete sich erst in der Abenddämmerung von ihr und den Kindern. Sie versprach, sich bald wieder zu melden. »Versuchen Sie bitte, bis dahin nicht das Haus abzufackeln oder eines der Kinder zu verlieren«, sagte sie, als Laura sie zur Tür brachte.

»Ich gebe mir alle Mühe.« Laura lächelte.

»Wir schaffen das schon.« Mirja hob winkend die Hand, dann ging sie.

Laura wollte die Tür schließen, als sie glaubte, hinter einem der Fenster des Hauses nebenan einen Lichtschein zu sehen. Sie zuckte erschrocken zusammen, als Hanna plötzlich neben ihr auftauchte.

»Was guckst du denn da?«, wollte Hanna wissen.

»Ich dachte, nebenan brennt Licht.« Jetzt war alles wieder dunkel.

Auch Hanna schaute angestrengt zu dem Haus. »Ich sehe nichts. In dem Haus hat noch nie einer gewohnt.« Ihre Stimme wurde dunkel und geheimnisvoll. »Bei uns in der Schule wird erzählt, dass es in dem Haus spukt. Irgend so ein Typ soll da mal seine Frau umgebracht haben, und jetzt huscht ihr Geist durch das Haus.«

»Ich glaube nicht an Geister«, erwiderte Laura, spürte aber dennoch einen leichten Schauer über ihren Rücken jagen.

»Ich glaube daran.« Hanna zuckte mit den Schultern. »Aber Licht habe ich da drüben noch nie gesehen. Und auch keine Geister.«

»Siehst du.« Laura schloss die Tür.

»Wir müssen mal über meine T-Shirts reden«, wechselte Hanna das Thema. »Ganz ehrlich: Du hast die alle kaputtgewaschen. Wenn wir die aus der Maschine ziehen, sind die bestimmt so winzig, dass sie nicht mal Juna passen.«

»Ich weiß.« Laura entschuldigte sich. »Ich kaufe dir neue T-Shirts. Wir fahren morgen nach Freiburg und gehen alle zusammen shoppen.«

Hannas Freude war offensichtlich. »Jaaa!«, rief sie und umarmte Laura stürmisch. »Cool, dass du jetzt bei uns bist. Tante Agnes konnte zwar toll kochen, aber mit dir ist es viel lustiger. Ich bin mal gespannt, was du als Nächstes anstellst.«

»Frechdachs«, sagte Laura liebevoll. Sie war gerührt, gleichzeitig meldete sich wieder ihr Gewissen. Sie war nur vorübergehend hier. Ihr Platz war in Berlin …

… sie brachte es aber nicht übers Herz, das in aller Deutlichkeit auszusprechen.

Kapitel 5

Weder Juna noch Leo waren besonders begeistert von der Idee, nach Freiburg zu fahren. Juna zeigte, dass sie bei dem kleinen Kater bleiben wollte, während Leo ziemlich direkt ausdrückte, was er darüber dachte. »Freiburg ist doof, und Einkäufen ist auch doof. Ich bleib zu Hause bei Juna.«

»Ich kann euch nicht alleine lassen.« Laura spürte, dass gerade wieder eine Situation entstand, die ihr entglitt und sie vor allem hilflos machte.

Der kleine Kerl baute sich breitbeinig vor ihr auf und stemmte die Hände in die Hüften. »Ich passe auf Juna auf!«

Laura widerstand dem Impuls, laut aufzulachen, dadurch hätte Leo sich erst recht provoziert gefühlt.

»Und wer passt auf dich auf?«, fragte sie stattdessen.

Seine Miene verfinsterte sich. »Auf mich muss keiner aufpassen, ich bin schon groß.«

Plötzlich kam Laura eine Idee. Sie würde ihn mit seinen eigenen Waffen schlagen! Sie änderte ihre Taktik. »Und wer passt auf Hanna und mich auf? Willst du uns beide wirklich allein und ohne Beschützer nach Freiburg fahren lassen?«

Leo war verunsichert. Er ließ die Arme sinken und schien angestrengt nachzudenken.

»Zwei Mädchen allein in einer großen Stadt«, lockte Laura weiter. »Außerdem gehen wir in eine Pizzeria. Da willst du doch bestimmt dabei sein.«

»Und Juna?« Leo zierte sich noch ein bisschen, aber Laura war sicher, dass er nicht mehr zu Hause bleiben wollte.

»Juna wird auch mitkommen, da bin ich ganz sicher.«

»Also gut«, gab Leo nach. »Ich komme nur mit, weil ich auf euch aufpassen muss.«

»Klar!« Laura nickte ernst. »Und dafür bin ich dir wirklich sehr dankbar.«

Anschließend sprach sie mit Juna. Das Mädchen saß auf dem Teppich im Wohnzimmer und spielte wie fast immer mit dem kleinen Kater. Erfreut registrierte Laura, dass der Kleine sitzen blieb, als sie näher trat, und keinerlei Angst mehr vor ihr zeigte.

»Juna, wir fahren jetzt nach Freiburg. Alle zusammen. Du kommst auch mit.«

Juna schüttelte den Kopf. Sie nahm den kleinen Kater in die Arme und schmiegte ihr Gesicht an sein Köpfchen.

Laura wusste, was das Mädchen ihr zu verstehen geben wollte. »Du willst den Kater nicht allein lassen, nicht wahr?«

Juna nickte heftig.

»Wir sind nicht lange weg, Juna«, versprach Laura. »Wir kaufen ein paar Sachen ein, essen eine Pizza, dann fahren wir wieder nach Hause.«

Juna schüttelte den Kopf.

»Aber ich möchte auch ein paar Dinge für den Kater kaufen«, fuhr Laura fort. »Einen Korb, in dem er schlafen kann. Spielzeug, ein Katzenklo ...« Die Kiste, die sie im Moment mit Sand füllte, stank Laura im wahrsten Sinne des Wortes. »Ich brauche unbedingt deine Hilfe beim Aussuchen.«

Juna drückte den Kater noch fester an sich. Zu fest offenbar, denn der Kleine sträubte sich.

»Er will auch, dass du uns hilfst, die Sachen für ihn auszusuchen«, sagte Laura. »Schließlich weißt du am besten, was ihm gefällt.«

Damit hatte sie das Mädchen überzeugt. Laura beobachtete erleichtert, wie Juna vorsichtig den Kater auf den Boden setzte. Sie streichelte ihn noch einmal, dann sprang sie auf. Das Abenteuer Freiburg konnte beginnen ...

Auf der Fahrt in die Stadt saß Hanna vorn neben Laura auf dem Beifahrersitz, die beiden Kleinen hinten in ihren Kindersitzen.

Die Kindersitze hatte Laura bereits im Keller gesehen, als sie das erste Mal hinuntergegangen war. Laura wusste, dass ihr Schwager und ihre Schwester am Unfalltag eine Kommode abholen wollten, in die Anette sich verliebt hatte. Anette hatte es ihr am Abend zuvor am Telefon erzählt.

Wahrscheinlich hatten sie die Kindersitze vorher herausgenommen, um in ihrem Wagen Platz zu schaffen.

Laura schüttelte den Gedanken ab. Sie wollte nicht darüber nachdenken. Nicht heute ... Sie alle waren immer noch so sehr in ihrer Trauer verfangen. Laura wollte, dass nicht zuletzt die Kinder einen unbeschwerten Tag erlebten.

Weil es schon kurz vor Mittag war, als sie in Freiburg ankamen, und Leo wieder Hunger hatte, besuchte Laura auf der Suche nach einem Restaurant mit den Kindern zuerst die Altstadt mit den bemalten Häuserfassaden. Wasserläufe, von den Freiburgern liebevoll »Bächle« genannt, durchzogen die Straßen und Gassen.

Laura hätte gerne in einem der Restaurants die badischen Köstlichkeiten probiert, doch Leo bestand auf der versprochenen Pizza. Unterstützt wurde sein Wunsch durch Junas heftiges Nicken.

»Und was ist mit dir?«, wandte sich Laura an Hanna. »Was möchtest du gerne essen?«

Hanna sah sich suchend um. »Wir waren mal mit Tante Agnes

hier. Ganz am Anfang ...« Kurz zog ein Schatten über ihr Gesicht, doch dann fing sie sich wieder. »In einem Restaurant, da gab es alles, Pizza für die Kleinen, aber auch Käsespätzle, die Tante Agnes so gerne isst.« Langsam drehte Hanna sich um die eigene Achse. »Ich weiß aber nicht mehr, wo das ist.«

»Aber ich!« Leo übernahm das Kommando und stiefelte los, an einem der Bächle entlang. Laura beobachtete ihn erstaunt, folgte ihm dann aber mit seinen Schwestern. Nur einmal hielt er kurz inne, um zwei Jungen zu beobachten, die weiße Papierschiffchen auf dem Wasserlauf schwimmen ließen.

»Bist du sicher, dass du den Weg kennst?«, wagte Laura zu fragen.

»Ja, das ist dahinten.« Er wies mit dem Finger in eine unbestimmte Richtung vor sich und setzte sich wieder in Bewegung. Nach weiteren Hundert Metern bog er plötzlich links ab.

Laura zweifelte. Konnte sie sich bei dieser Suche wirklich auf einen Sechsjährigen verlassen?

In der Nähe des Münsters schließlich blieb er vor der Tür eines Restaurants stehen. Laura warf einen Blick durchs Fenster. Es war klein, die Anzahl der Sitzplätze überschaubar.

»Ja, das ist es«, sagte Hanna. Erstaunt sah sie ihren Bruder an. »Ich hätte nie gedacht, dass du das wirklich findest.«

Leo warf sich in die Brust. »Ich bin ein Mann«, sagte er. »Ich kann so was.«

»Gib nicht so an!« Hanna grinste.

Leos Köpfchen lief hochrot an.

»Das hast du wirklich toll gemacht«, lobte Laura ihn schnell, bevor er genau vor dem Eingang des Restaurants einen erneuten Wutanfall bekommen konnte. »Bitte ärgere ihn nicht«, wandte sie sich gleich darauf an Hanna.

Hanna grinste immer noch. »Gut gemacht, Kleiner«, lobte sie nun. Glücklicherweise entging Leo die Ironie in ihrer Stimme.

»Kriege ich Schokoeis?« Er griff nach Lauras Hand. »Ein ganz dickes? Weil ich den Weg ganz allein gefunden habe?« Er wandte sich kurz zu seiner großen Schwester um. »Sonst wärst du verhungert. Und die anderen auch.«

»Hier gibt es überall ...« Hanna schluckte das Ende des Satzes hinunter, als Lauras Blick sie traf. Laura war sich darüber im Klaren, dass sie jetzt selbst wieder einen Machtkampf mit Leo ausfechten musste, da brauchte sie nicht auch noch eine Auseinandersetzung zwischen den Geschwistern.

»Ja, als Nachtisch«, sagte sie ruhig. »Zuerst Mittagessen.« Laura war erstaunt, dass er daraufhin lediglich nickte.

»Aber ich will Pizza.«

»Ja, natürlich.« Manchmal war der Weg über Zugeständnisse einfach der richtige.

Alle drei Kinder entschieden sich für Pizza, während Laura eine Flädlesuppe und als Hauptgang Knöpfle in Pfifferlingsoße wählte.

»Das sind ja gar keine Knöpfe«, sagte Leo, als Lauras Essen serviert wurde.

»Knöpfle sind Spätzle«, erklärte Laura lächelnd. »Möchtest du probieren?«

Leo ließ sich nicht zweimal bitten. Kurz darauf bestellte Laura auch für alle Kinder Knöpfle in Pfifferlingsoße und ließ sich die Pizzen zum Mitnehmen einpacken.

»Dann kriegen wir heute zweimal richtig leckeres Essen«, freute sich Leo. Leider so laut, dass er am Nebentisch des vollen Restaurants Aufsehen erregte.

Eine ältere Dame beugte sich zu ihm. »Bekommst du denn sonst nichts Leckeres zu essen?«

»Tante Laura kann nicht kochen«, berichtete er in unverminderter Lautstärke und zur Freude der anderen Restaurantbesucher. »Bei Tante Laura brennt das Essen immer an.«

Das war ihr *einmal* passiert! Laura verspürte wieder den Drang, sich zu rechtfertigen, schwieg aber und zuckte lediglich mit den Schultern. Sie dachte an Anette, die ihr von einigen Situationen erzählt hatte, in denen die Kinder sie blamiert hatten. Laura hatte immer darüber gelacht, Anette nicht – und jetzt wusste Laura, warum. Sie war froh, dass der Kellner in diesem Moment zu ihnen an den Tisch trat und sie bezahlen konnte. Unter den Blicken der Dame vom Nebentisch verließen sie das Restaurant, in der Hand eine große Papiertüte mit drei Pizzakartons.

Anschließend hätte Laura sich gerne das Münster angesehen, aber ihren Vorschlag lehnten die Kinder ab, sie hatten nicht die geringste Lust, »sich olle Steine und bunte Fenster anzugucken«, wie Leo es formulierte. Also zogen sie weiter zur Kaiser-Josef-Straße, Freiburgs Haupteinkaufsmeile. Als sie an einem Eisstand vorbeikamen, erinnerte Leo sich an den versprochenen Nachtisch. Alle drei Kinder bekamen ein Eis, aber nach dem üppigen Mittagessen schaffte nur Leo seine Portion.

Gemütlich bummelten sie weiter. Hanna genoss es, in den Läden zwischen Jeans, T-Shirts und hübschen Kleidern zu suchen, einzelne Teile anzuziehen und sich darin vor dem Spiegel zu drehen. Und Laura machte es Spaß, mit ihr zusammen auszusuchen.

»Dauert das noch lange?«, quengelte Leo.

»Such dir doch auch etwas Hübsches aus«, schlug Laura vor.

»Keine Lust!«

»Eine neue Jeans vielleicht?«

»Mama hat immer meine Sachen gekauft«, erwiderte er trotzig.

»Dann suchst du dir eben nachher ein Spielzeug aus«, bot Laura ihm an. »Und Juna auch.«

Leo musterte sie skeptisch. »Hast du so viel Geld?«, wollte er wissen.

Laura lächelte. »Dafür wird es reichen«, versicherte sie.

»Ihr bekommt auch beide ein Geschenk, so wie Hanna. Aber ihr müsst noch einen kleinen Moment warten.«

Leo schob die Lippen vor. Es war ihm anzusehen, dass er mit seiner Geduld am Ende war. Juna sah auch nicht begeistert aus, aber sie nickte, und Laura konzentrierte sich wieder auf Hanna.

Das Mädchen probierte weiter an, konnte sich nach einer Weile zwischen drei T-Shirts und einem Kleid nicht entscheiden.

Laura kürzte das schließlich ab. »Wir nehmen einfach alles«, sagte sie. »Schließlich habe ich deine Shirts ja auch zerstört.«

Hanna strahlte. »Wirklich? Darf ich das alles haben?«

Laura freute sich, ihre Nichte so fröhlich zu sehen, und drückte sie an sich. »Ja, alles«, sagte sie. »Und demnächst fahren wir noch einmal los und kaufen dir eine hübsche Winterjacke.« Laura schmunzelte. »Dann suche ich aber jemanden, der so lange auf die Kleinen aufpasst.«

Sie drehte sich um, ein Schrecken durchfuhr sie. »Wo sind Leo und Juna?«

Hanna folgte ihrem Blick. »Die waren doch eben noch da.«

Laura ließ ihren Blick eilig durch den Raum gleiten, fand aber keine Spur der beiden. Der Schreck wuchs zur Panik, ihr Herz pochte bis zum Hals.

»Da sind sie!«, rief Hanna und deutete in eine Richtung. »Auf der Rolltreppe.«

Tatsächlich, die Kleinen standen nebeneinander auf der Rolltreppe und fuhren nach oben.

»Du rührst dich nicht von der Stelle«, befahl Laura. »Ich hole die beiden, dann kommen wir wieder zu dir.« Sie rannte eilig los und betrat die Rolltreppe nach oben.

Auf der halben Strecke sah sie die Kinder wieder. Auf der gegenüberliegenden Rolltreppe, diesmal wieder auf dem Weg nach unten.

»Leo! Juna!«, rief sie, woraufhin die beiden ihr begeistert zuwinkten. Dann waren sie schon wieder aus ihrem Sichtfeld verschwunden.

Laura rannte die fahrende Rolltreppe hinauf und bestieg Sekunden später die Treppe nach unten.

Diesmal sahen die Kinder sie zuerst, als sie auf der anderen Seite wieder auf dem Weg nach oben waren.

»Tante Laura!« Leo winkte ihr fröhlich zu.

Juna lachte und winkte ebenfalls.

»Wartet oben auf mich«, rief sie. Eine Antwort erhielt sie nicht. Deshalb blieb sie vorsichtshalber erst einmal unten stehen und wartete.

Sie wartete ...

... und wartete ...

Die Kinder kamen nicht herunter. Lauras Sorge wuchs. Benutzten die beiden jetzt die Treppe? Aber das Treppenhaus war so weit von den Rolltreppen entfernt, dass Laura es von ihrem Standort aus nicht sehen konnte.

Sie stand vor der Rolltreppe, die nach oben führte, und hatte gleichzeitig die Rolltreppe im Blick, die direkt daneben nach unten kam.

»Entscheiden Sie sich doch endlich, ob Sie nach oben fahren oder hier unten stehen bleiben wollen«, sagte plötzlich eine unfreundliche Stimme hinter ihr. »Egal was, aber geben Sie hier den Weg frei, damit andere die Rolltreppe benutzen können.«

Langsam drehte Laura sich um. Der Mann stand direkt hinter ihr. Groß, dunkelhaarig, mit einem gepflegten Vollbart. Attraktiv, aber er wirkte so schlecht gelaunt, wie er klang. »Gehen Sie doch einfach an mir vorbei«, erwiderte sie ebenso unfreundlich.

»Ich brauche Platz, um auf die Rolltreppe zu steigen. Und Sie versperren hier alles.«

Er brauchte *Platz*, um auf eine Rolltreppe zu steigen? »Escalaphobia!«, rief Laura das Wort aus, das ihr plötzlich einfiel, obwohl es schon ewige Zeiten her war, seit sie einmal einen Bericht über die Angst vor fahrenden Stufen gelesen hatte. So gut wie niemand kannte die Bezeichnung, doch der Mann vor ihr wusste offensichtlich, wovon sie sprach.«

»Genau!«, knurrte er. »Würden Sie jetzt bitte zur Seite treten.«

Wenn er nicht so unfreundlich wäre, hätte sie ihn vielleicht bemitleidet. So aber reizte sie sein Verhalten. »Soll ich Sie begleiten und Ihre Hand halten?«, fragte sie höhnisch. »Oder besser noch: Warum benutzen Sie nicht einfach das Treppenhaus?«

Er starrte sie an. »Klugscheißerin!«, stieß er wütend hervor.

»Scheiße sagt man nicht.«

Laura fuhr herum. Leo und Juna standen Hand in Hand hinter ihr. »Da seid ihr ja!«, rief sie erleichtert.

»Tante Laura, wer ist der Mann?«, wollte Leo wissen.

Laura winkte ab. »Das ist niemand Besonderes. Kommt, wir holen Hanna ab und fahren dann schnell nach Hause.«

Sie drehte sich um und machte sich auf den Weg zu Hanna, während der Mann hinter ihr noch zeterte. Doch es interessierte sie nicht.

Hinter einem Ständer mit Bademoden blieb sie kurz stehen. »Hört zu«, sagte sie eindringlich zu den Kindern. »Macht das nie wieder. Ich hatte riesige Angst um euch.«

Leo schob schmollend die Unterlippe vor. »Musst du nicht. Ich war ja dabei. Aber Kleider aussuchen ist soooo langweilig.«

»Ja, das verstehe ich.« Laura sah die Kinder abwechselnd an. »Trotzdem dürft ihr nie wieder weglaufen, ohne mir vorher zu sagen, wohin.«

Leos Antwort war ebenso einfach wie einleuchtend. »Aber dann hättest du gesagt, wir dürfen nicht allein Rolltreppe fahren.«

Laura stieß einen Seufzer aus. *Tante Agnes, ich verstehe von Tag zu Tag besser, dass die Kinder dich überfordert haben*, leistete sie ihrer Tante in Gedanken Abbitte. *Und ich bin zweiundvierzig Jahre jünger …*

»Ja, weil das viel zu gefährlich ist«, musste Laura jetzt zustimmen.

»Ist doch nix passiert. Und ich hab die Juna die ganze Zeit festgehalten.«

Laura beschloss, nicht auf sein Argument einzugehen. »Versprich mir, dass du so etwas nie wieder machst.«

Leo dachte lange und offensichtlich sehr gründlich über ihre Bitte nach. Schließlich schüttelte er den Kopf. »Nee, das kann ich nicht. Wenn ich das verspreche, muss ich das ja auch halten.«

Laura schloss die Augen und begann, in Gedanken bis zehn zu zählen, um sich zu beruhigen. Sie kam bis fünf ...

»Mir ist schon wieder langweilig«, hörte sie Leo sagen.

Laura öffnete die Augen und machte sich eilig auf den Weg zu Hanna, die in der Zwischenzeit zwei weitere Shirts gefunden hatte und eine schwierige Entscheidung treffen musste.

Laura durchschaute Hannas Absicht, denn natürlich hoffte das Mädchen, dass sie ihr alles kaufte – und genau das machte Laura auch. Hanna freute sich so sehr, dass Leo eifersüchtig wurde.

»Und wann krieg ich mein Geschenk?«

»Das kaufen wir jetzt«, versprach Laura. Sie schaute zu Juna. »Und deins auch. Und das für den Kater«, sagte sie lächelnd.

Das Mädchen erwiderte ihren Blick mit großen Augen.

Ich wüsste zu gern, was in dir vorgeht, dachte Laura. *Ich wünschte mir, du würdest mit mir reden.*

In der Spielwarenabteilung des Kaufhauses hatte Leo das gleiche Problem wie Hanna bei der Auswahl ihrer neuen Kleidung: Er konnte sich einfach nicht zwischen dem Feuerwehrauto und einem Bagger entscheiden. Natürlich erlaubte Laura auch ihm, beide Spielzeuge mitzunehmen.

Juna hingegen war ganz bescheiden. Sie wählte eine Plüschkatze, die Ähnlichkeit mit dem kleinen Kater zu Hause hatte.

»Du kannst diese Katze gerne mitnehmen.« Laura ging vor

dem Mädchen in die Hocke. »Aber such dir doch noch etwas aus. Schau mal, hier gibt es so viele hübsche Sachen. Eine Puppe vielleicht?«

Juna hielt die Plüschkatze fest an sich gepresst und schüttelte den Kopf.

Laura spürte in sich eine so tiefe Zuneigung zu diesem Kind, dass es sie beinahe überwältigte. Dann schaute sie auf, empfand das gleiche Gefühl, als sie in Hannas und Leos Gesichter blickte.

Pass auf, Laura, ermahnte sie sich selbst. *Du brauchst einen klaren Kopf, um die richtige Lösung für die Kinder, aber auch für dich selbst zu treffen.*

Sie erhob sich eilig und drängte zum Aufbruch. Auf dem Heimweg kauften sie noch Lebensmittel ein, außerdem besuchten sie ein Geschäft für Heimtierbedarf. Hier schien es Juna sehr viel besser zu gefallen als in der Spielzeugabteilung. Außer Futter, einer Katzentoilette und dem dazugehörigen Katzenstreu erstand Laura am Ende ein Körbchen für den Kater, einen Kletterbaum, den sie zu Hause erst noch zusammenbauen mussten, sowie jede Menge Spielzeug. Federn, Plüschmäuse, eine Kugelbahn … Juna schleppte selbst dann noch Spielzeug an, als Laura bereits an der Kasse stand.

Am späten Nachmittag waren sie endlich wieder zu Hause, und Laura stellte fest, dass der kleine Kater das Katzenklo schon früher gebraucht hätte. Sie hatte am Morgen vergessen, die Sandkiste neu aufzufüllen, was er missbilligte, wie die Pfütze neben der Kiste zeigte.

Seufzend machte sie sich daran, das Geschäft zu beseitigen. Der Kater saß dabei eine Armlänge von ihr entfernt, und Laura hatte das Gefühl, dass er sie aufmerksam beobachtete. Als sie die Hand nach ihm ausstreckte, wich er zurück.

»Ich bin nicht böse«, sagte sie. »Ich weiß, dass es meine Schuld ist. Ich hätte die Kiste vor unserer Abfahrt sauber machen müssen.«

Er schaute sie an, als verstünde er jedes Wort, hielt sich aber immer noch in sicherer Entfernung.

Laura setzte sich auf den Boden. »Komm, mein Kleiner, es ist alles in Ordnung«, lockte sie ihn. Und dann, Laura konnte es kaum fassen, kam er tatsächlich zu ihr und drückte sein Köpfchen schnurrend in ihre Hand. Er wehrte sich nicht, als sie ihn hochhob, sondern schmiegte sich ganz fest an sie.

Wieder wurde Laura erfüllt von einem Gefühl der Liebe und Wärme. Sie wusste, dass sie weitab jeglicher Vernunft handelte, indem sie ihr Herz an die Kinder und ein Haustier verlor, konnte sich aber nicht dagegen wehren. Jeder Tag, den sie sich jetzt mehr darauf einließ, würde die Trennung erschweren.

Ich muss ganz schnell eine Lösung finden, nahm sie sich fest vor.

Trotzdem blieb sie noch eine Weile auf dem Boden sitzen und genoss die Nähe des kleinen Katers auf ihrem Arm. Erst als sie die Kinder in der Küche hörte, setzte sie ihn auf den Boden und ging zu ihnen. Der Kater folgte ihr.

Hanna und Leo stritten gerade darum, wer die schöneren Geschenke erhalten hatte.

»Ich kann meine Geschenke anziehen«, sagte Hanna. Sie stellte sich in Positur und drehte sich langsam, damit ihr neues Kleid von allen Seiten bewundert werden konnte.

»Aber du kannst nicht damit spielen«, trumpfte Leo auf.

»Ich brauche kein Spielzeug.« Hanna lachte geringschätzig. »Ich bin ja kein Baby mehr, so wie du.«

»Ich bin auch kein Baby«, schrie Leo.

Laura sah, dass der Kater zurückwich. »Nicht so laut«, sagte sie mahnend. »Ihr macht dem Kater Angst.«

Das war nicht ihr einziges Argument, aber sie brauchte kein

weiteres, denn erstaunlicherweise akzeptierte Leo es sofort. »Ich bin kein Baby«, wiederholte er flüsternd.

Aber Hanna beachtete ihn schon nicht mehr. Ihr Blick war auf den kleinen Kater gerichtet. »Ich finde, er braucht endlich einen Namen«, sagte sie.

Laura fühlte sich unbehaglich. Darüber hatte sie auch schon nachgedacht, die Idee aber verschwiegen. Denn eigentlich war sie ganz froh gewesen, dass die Kinder bisher nicht selber darauf gekommen waren. Noch war nicht klar, ob das Tier nicht irgendjemandem gehörte, der es vermisste und eines Tages auftauchen würde, auch wenn Dr. Gröning keinen Chip hatte finden können. Und deshalb war es Laura wichtig, dass die Kinder zumindest noch ein bisschen Distanz zu dem Tier hatten, was *»Kater«* oder *»kleiner Kater«* immer noch schuf. Wenn es aber erst einmal einen Namen bekam, dann gehörte es unwiederbringlich zur Familie. Für immer ...

Und ich muss mir dann Gedanken um die Kinder und ein Haustier machen, schoss es Laura durch den Kopf. Gleichzeitig wusste sie, dass sie die Kinder nicht davon abbringen konnte, nachdem Hanna es einmal angesprochen hatte. Sie und Leo waren schon eifrig bei der Namensuche.

»Fiffi«, sagte Leo.

Hanna tippte sich gegen die Stirn. »Eine Katze heißt doch nicht Fiffi. Nein, ich finde Brutus schön.«

Laura schaute den Kater an und fand, dass er so gar nichts von einem *Brutus* hatte.

»Simba«, schlug Leo nun vor. »So heißt die Katze von meinem Freund.«

»Balou«, schlug Hanna ihrerseits vor.

Und dann geschah etwas, womit niemand gerechnet hatte. Juna öffnete den Mund. »Er heißt Kasimir«, stellte sie mit fester Stimme entschieden klar.

Die drei in der Küche fuhren zu ihr herum und starrten sie an.

»Komm, Kasimir«, lockte das Mädchen nun sanft den kleinen Kater.

Er lief sofort zu ihr, und damit war die Entscheidung getroffen.

Laura verließ mit Tränen in den Augen den Raum. Sie brauchte einen Augenblick für sich, um sich zu sammeln und um mit dem Gewirr von Gefühlen klarzukommen, das gerade in ihr tobte.

Kapitel 6

Die Kinder lagen endlich im Bett. Nachdem Juna einmal angefangen hatte, wieder zu reden, hatte sie die anderen kaum noch zu Wort kommen lassen. Ganz so, als wolle sie das halbe Jahr des Schweigens nun aufholen.

Laura freute sich, dass das Mädchen endlich sprach. Das war ein gutes Zeichen. Die Sorge, dass die Kinder den Tod ihrer Eltern noch nicht verarbeitet hatten, war allgegenwärtig.

Selbst sie empfand den Schmerz manches Mal als so unerträglich, wie schlimm musste es erst für die Kinder sein?

Laura wusste von Mirja Barth, dass Hanna und Leo mit einem Schulpsychologen gesprochen hatten. Tante Agnes war auch mit Juna mehrfach bei einem Kinderpsychologen in Freiburg gewesen. Juna hatte sich jedoch allen Therapieversuchen verweigert, stumm in der Praxis gesessen und vor sich hingestarrt.

Und jetzt sprach sie auch ohne Therapie wieder. Ihr bester Therapeut war ein kleiner Kater namens Kasimir.

Laura beschloss, ins Bett zu gehen. Der Tag war erlebnisreich, aber auch emotional anstrengend gewesen. Vorher sah sie noch einmal nach den Kindern.

Leo und Juna schliefen tief und fest. Laura lächelte, als sie Kasimir neben Juna im Bett bemerkte. Es war schon erstaunlich, was dieses kleine Kätzchen durch seine bloße Anwesenheit bei ihnen allen, vor allem aber für Junas kleine verletzliche Seele bewirkte. Laura zögerte einen Moment. Natürlich hätte sie den Kleinen am liebsten aus dem Bett vertrieben, schon aus Hygienegründen, andererseits ... warum sollte sie seine Anwesenheit nicht erlauben? Er tat Juna gut, und allein das zählte im Moment. Vermutlich richtete sie weitaus mehr Schaden an, wenn sie Juna verbot, Kasimir in ihrem Bett schlafen zu lassen. Im schlimmsten Fall würde Juna dann erneut in dieses unsägliche Schweigen verfallen. Laura würde auch in dieser Frage Mirja Barth um einen Rat bitten.

Aber Juna wirkte glücklich. Der helle Lichtstreifen, der durch den Türspalt vom Flur in ihr Zimmer fiel, erleuchtete ihr Gesichtchen. Sie lächelte im Schlaf.

Jetzt hob Kasimir den Kopf, schaute blinzelnd in ihre Richtung und begann zu schnurren.

Laura wurde warm ums Herz. Sie winkte ihm kurz zu, dann schloss sie leise die Tür und ging weiter zu Hannas Zimmer.

Auch in ihrem Zimmer war es dunkel, doch Hanna lag nicht im Bett, sondern saß am Fenster und starrte angestrengt hinaus. Sie stieß einen erschrockenen Laut aus, als Laura die Tür öffnete.

»Ach, du bist es nur!«

»Wen hast du denn erwartet?«, fragte Laura amüsiert. »Und was machst du da überhaupt?«

»Da drüben ist der Geist«, flüsterte Hanna und wies mit dem Finger zum Fenster.

»Geister gibt es nicht.« Auch Laura flüsterte unwillkürlich. Sie trat neben ihre Nichte und schaute ebenfalls zum Nachbarhaus. Alles war dunkel.

»Ich sehe nichts.« Laura sprach wieder in normaler Lautstärke.

»Da!«, rief Hanna im nächsten Moment mit hoher, schriller Stimme.

Laura zuckte zusammen – und dann sah sie es auch. Ein Lichtschein, der durchs Zimmer huschte, hinter dem Fenster im Obergeschoss. Ganz so, als würde da jemand mit einer Taschenlampe etwas suchen.

»Das ist kein Geist, das ist ein Einbrecher«, sagte Laura.

»Bist du sicher?«

Nein, sicher war Laura sich natürlich nicht. Es konnte auch ein Liebespaar sein, das sich in dem leer stehenden Haus amüsierte. Oder ein Obdachloser, der hier einen Schlafplatz gefunden hatte. Wobei ... Gab es in Tannreuth überhaupt Obdachlose?

»Nein. Aber ich bin mir ganz sicher, dass es sich um keinen Geist handelt«, beantwortete Laura die Frage ihrer Nichte. »Und wer genau das ist, werden wir gleich wissen.«

»Was hast du vor?«, fragte Hanna ängstlich.

»Ich rufe die Polizei an.« Laura war schon auf dem Weg zur Tür. »Die sollen herausfinden, wer sich da mitten in der Nacht herumtreibt.«

»Oh! Ich hatte schon Angst, du willst selber nachsehen«, gestand Hanna. »Darf ich so lange aufbleiben und gucken? Bitte, Tante Laura!« Hannas Stimme klang atemlos vor Aufregung.

Laura zögerte nur kurz. Morgen war Sonntag, da konnte Hanna ausschlafen. »Ja, meinetwegen. Und dann siehst du wenigstens, dass es sich nicht um einen Geist handelt.«

Tannreuth besaß zwar eine kleine Polizeistation, die tagsüber mit einem Beamten besetzt war, nachts aber war die Wache der nächstgrößeren Kreisstadt zuständig. Das erfuhr Laura, nachdem sie die Notrufnummer gewählt und ihr Anliegen vorgetragen hatte.

»Wir kommen sofort. Gehen Sie nicht rüber«, warnte sie der Beamte am anderen Ende. »Spielen Sie nicht die Heldin.«

»Nur wenn der Typ nebenan feststellt, dass er dort nichts findet, und seinen Aktionsradius auf unser Haus ausdehnt«, erwiderte Laura, wobei ihr der Gedanke nicht gefiel. »Beeilen Sie sich bitte.«

»Halten Sie alle Türen und Fenster geschlossen, der Streifenwagen ist bereits unterwegs.«

Laura kontrollierte die Terrassentür sowie alle Fenster im Erdgeschoss. Sie schloss sogar die Kellertür von innen ab, falls sich der Gangster durch den Keller Zutritt verschaffen wollte. Dann schaltete sie alle Lampen ein, weil sie gehört hatte, Licht sei eine wirksame Methode, Einbrecher fernzuhalten, weil diese dann meinten, im Objekt ihrer Begierde sei jemand zu Hause. Anschließend eilte sie wieder zu Hanna, die sie nicht allein lassen wollte und von deren Zimmer aus man den besten Ausblick auf das Geschehen hatte.

Hanna stand immer noch am Fenster und ließ das Haus nebenan nicht aus den Augen.

»Hast du noch etwas gesehen?«, fragte Laura.

»Da war schon wieder dieser Lichtschein. Kurz bevor du gekommen bist. Aber jetzt ist alles dunkel. Kommt die Polizei?«

»Die ist schon unterwegs.« Laura legte einen Arm um Hannas Schulter und spürte, dass das Mädchen zitterte.

»Du musst keine Angst haben«, sagte sie beschwichtigend.

»Ich habe keine Angst«, versicherte Hanna. »Du bist doch da. Mir ist nur kalt.«

Wieder trafen ihre Worte Laura mit voller Wucht. Dieses grenzenlose Vertrauen musste sie sich erst noch verdienen.

Laura nahm die Decke von Hannas Bett und legte sie dem Mädchen um die Schultern. »Besser?«

»Viel besser.« Sekunden später rief sie aufgeregt: »Die Polizei kommt!«

Jetzt bemerkte auch Laura den Streifenwagen. Ohne Martinshorn, aber mit Blaulicht tauchte er vor dem Nachbarhaus auf.

Da hätten sie sich auch gleich telefonisch ankündigen können, dachte Laura. *Ein überraschender Zugriff ist bei diesem Blinklicht nun wirklich nicht mehr möglich.*

Zwei uniformierte Beamte stiegen aus. Als sie zur Haustür gingen, konnten Laura und Hanna sie vom Fenster aus nicht mehr sehen. Dafür waren Stimmen zu hören.

Laura öffnete das Fenster einen Spaltbreit. Gemeinsam lauschten sie, aber selbst jetzt waren die Worte nicht zu verstehen. Nur dass eine Männerstimme sehr ärgerlich klang, war nicht zu überhören.

»Die haben den erwischt«, flüsterte Hanna.

»Und er scheint sich nicht darüber zu freuen«, sagte Laura. »Aber Hauptsache, du weißt jetzt, dass es sich nicht um einen Geist handelt.«

Nach ein paar Minuten tauchten die beiden Streifenbeamten wieder auf. Allein! Sie setzten sich in den Wagen, wendeten und fuhren davon.

»Was ist denn mit dem Einbrecher?«, wollte Hanna wissen. »Lassen die den einfach laufen?«

»Das werden wir gleich wissen.« Laura rief die Notrufnummer an und verlangte energisch eine Erklärung.

»Am besten vergewissern Sie sich das nächste Mal, ob es sich wirklich um einen Einbrecher handelt.« Die Stimme des Beamten klang jetzt kühl. »Der Mann, den sie gesehen haben, ist der Hauseigentümer.«

»Ja, klar. Beim nächsten Mal gehe ich einfach nach nebenan, stelle mich höflich vor und frage die anwesende Person, ob er vielleicht ein Einbrecher ist«, erwiderte Laura ironisch. »Wieso ...« Sie brach ab, als der Beamte einfach auflegte.

»Und?«, fragte Hanna gespannt.

»Das war kein Einbrecher, sondern der Besitzer des Hauses«, gab Laura das weiter, was sie erfahren hatte.

»Was denn für ein Besitzer? Da wohnt doch niemand. Und wenn ja, warum macht der dann nicht das Licht an?«, wollte Hanna wissen.

»Gute Fragen. Leider konnte ich sie dem Polizisten nicht mehr stellen.«

»Schade, dass er kein Einbrecher ist«, sagte Hanna wehmütig.

»Warum?«, fragte Laura überrascht.

»Dann wärst du seine Anwältin gewesen und hättest hier auch Arbeit. Wenn du hier Geld verdienst, musst du ja nicht mehr zurück nach Berlin gehen.«

Der Kloß in ihrem Hals hinderte Laura am Reden. Es war rührend und erschreckend zugleich, welche Gedanken das Mädchen sich machte. Sollte sie ihm jetzt erklären, dass es noch sehr viel mehr Gründe für sie gab, so schnell wie möglich nach Berlin zurückzukehren? Ihre Mandanten, die Kanzlei, die Stadt Berlin, in der sie seit ihrer Kindheit lebte – sie war eine Großstadtpflanze – und nicht zuletzt Benedikt. Der Mann, mit dem sie den Rest ihres Lebens verbringen wollte ...

Hanna schaute sie erwartungsvoll an. Laura brachte es einfach nicht übers Herz, ihr all das aufzuzählen.

»Eine nette Idee«, sagte sie. »Aber daraus wird ja nun leider nichts.«

Hanna winkte ab. »Mach dir keine Sorgen, Tante Laura. Wir finden bestimmt einen anderen Verbrecher ...«

Früh am nächsten Morgen klingelte es an der Haustür. Laura trug noch ihren Bärchenpyjama, ihre langen dunklen Haare waren ungekämmt. Sie hatte nach dem Polizeieinsatz nebenan kaum geschlafen und spürte das deutlich.

Ich mache nicht auf, beschloss sie.

Doch der unwillkommene Besucher gab nicht auf. Er drückte den Finger auf den Klingelknopf und ließ ihn nicht mehr los. Das durchdringende Klingeln schrillte durchs Haus.

»Wehe, die Kinder wachen auf«, schimpfte Laura leise. Sie eilte zur Tür, drehte den Schlüssel und riss sie auf. »Sie?« Ausgerechnet der Idiot von der Rolltreppe.

Der Mann starrte sie ebenso fassungslos an, wie sie sich fühlte. »Ausgerechnet Sie«, stöhnte er entnervt auf. Doch offenbar erholte er sich von seiner Überraschung schneller als Laura. »Ist das was Persönliches?«, bellte er gleich darauf. »Habe ich Ihnen etwas getan, oder weshalb sonst tyrannisieren Sie mich seit gestern?«

Laura traute ihren Ohren nicht. »Sie haben sie doch nicht alle.« Sie tippte sich mit dem Zeigefinger gegen die Stirn. Plötzlich kam ihr ein erschreckender Gedanke. »Stalken Sie mich etwa?« Woher sonst sollte er wissen, wo sie wohnte? Er musste ihr gestern von Freiburg aus gefolgt sein.

Er starrte sie an, musterte sie von Kopf bis Fuß. »Ganz bestimmt nicht. Oder halten Sie sich für unwiderstehlich und glauben, dass Ihnen jeder Mann nachläuft?«

Das durfte ja wohl nicht wahr sein! Was bildete dieser Kerl sich ein! »Dann frage ich mich, wieso Sie ausgerechnet hier vor meiner Tür stehen. Wie haben Sie mich gefunden?«

»Auch wenn es ihrem zweifellos übersteigerten Selbstbewusstsein einen harten Schlag versetzt ...«, er machte eine Pause und setzte ein süffisantes Grinsen auf, »... ich habe nicht nach Ihnen gesucht.«

»Sie stehen also ganz zufällig vor meiner Tür?«

»Ich stehe vor Ihrer Tür, weil Sie mir vergangene Nacht die Polizei auf den Hals gehetzt haben. Wieso behaupten Sie, ich wäre ein Einbrecher?«

Jetzt verstand Laura, worauf er hinauswollte. Er war ihr Nachbar? Sie stöhnte laut auf. »Mir bleibt wirklich nichts erspart. Wieso schleichen Sie nachts mit einer Taschenlampe durchs Haus?«

»Das geht Sie überhaupt nichts an«, sagte er arrogant. »Halten Sie sich in Zukunft einfach von mir fern.«

»Nur zu gern«, erwiderte sie prompt. »Das wollte ich umgekehrt gerade genauso vorschlagen. Ich würde Sie dann jetzt auch lieber von hinten sehen.«

Er zog eine Augenbraue hoch, musterte sie von Kopf bis Fuß, bevor er sich ohne ein weiteres Wort umdrehte und ging.

Laura schloss die Tür und lehnte sich aufatmend dagegen. Hoffentlich würde sie ihm nie wieder begegnen, auch wenn er ihr Nachbar war. Der Geist, den Hanna in ihm vermutet hatte, wäre ihr bedeutend lieber gewesen.

Der Rest des Tages wurde aber doch noch schön. Laura frühstückte zusammen mit den Kindern.

»Deine Brötchen sind immer so lecker«, sagte Leo mit vollem Mund.

»Die hat Tante Laura ja auch nicht selbst gebacken.« Hanna grinste.

Laura hob drohend den Zeigefinger. »Wenn du nicht nett zu mir bist, backe ich ab morgen wirklich selbst eure Brötchen.«

»Kauf lieber die von Bäcker Eckert«, sagte Hanna. »Das sind die besten Brötchen auf der Welt.« Das Mädchen begann zu lachen. »Jedenfalls sagt er das selbst immer. Und er ist beleidigt, wenn die Leute aus dem Dorf ihr Brot oder ihre Brötchen woanders kaufen.«

Laura schmunzelte. »Dann darf er auf keinen Fall erfahren, dass wir Aufbackbrötchen aus dem Supermarkt mitgebracht haben.«

»Muss ich heute in die Schule?«, wollte Leo wissen.

»Heute ist Sonntag, wir können alle zu Hause bleiben«, sagte Laura. »Was wollt ihr denn machen?«

Die Kinder überlegten einen Moment. Laura sah, dass Hanna mit sich rang.

»Hanna, du siehst aus, als hättest du einen Vorschlag«, sagte sie aufmunternd.

»Ja, aber … ich weiß nicht …« Dann fasste sie sich ein Herz und sagte: »Können wir heute mal zum Friedhof gehen?«

Sekundenlang war es mucksmäuschenstill, in Lauras Brust krampfte sich alles zusammen. Dennoch stimmte sie zögernd zu. »Das ist eine gute Idee.«

Hanna war sichtlich erleichtert. »Aber wir haben keine Blumen«, sagte sie eifrig. »Und wir können heute keine kaufen.«

»Wir können Blumen pflücken!« Jetzt war auch Juna in ihrem Element. »Im Garten sind ganz viele«, rief sie.

»Das ist doch nur Unkraut«, sagte Hanna geringschätzig.

Laura stand auf und schaute aus dem Fenster. Es ging ihr vor allem darum, dass die Kinder ihr Gesicht nicht sehen konnten. In ihren Augen brannten ungeweinte Tränen. Natürlich hatte sie schon daran gedacht, auf den Friedhof zu gehen, aber bisher hatte sie es nicht geschafft. Nirgendwo war die Unabänderlichkeit spürbarer.

»Tante Laura?«, vernahm sie Hannas Stimme in ihrem Rücken.

Laura riss sich zusammen. »Ich finde Junas Idee gut. Guck mal, da sind viele hübsche Wildblumen und Stauden dabei. Ringelblumen, Schneebeere, Engelwurz und Astern.« Sie wandte sich zu den Kindern um. »Ich glaube, dass unser Strauß schöner sein wird als ein gekaufter.«

Die Mädchen waren sofort einverstanden, aber Leo interessierte etwas völlig anderes. »Was essen wir heute Mittag?«

Laura war überrascht. »Wieso denkst du jetzt schon an das Mittagessen? Wir frühstücken doch gerade.«

»Der denkt immer an Essen«, sagte Hanna.

»Nein, nicht immer.« Leo biss in sein Brötchen und sprach mit vollem Mund weiter. »Manchmal denk ich auch an was anderes.«

Laura kam nicht dazu, ihn zu fragen, woran er sonst dachte, denn in diesem Moment klingelte ihr Handy. Benedikt.

»Weißt du, was ich gerade mache?«, fragte er, kaum dass sie sich gemeldet hatte.

»Woher soll ich das wissen?«

»Warte«, sagte er. Kurz darauf erhielt sie eine SMS mit einem angehängten Foto. *Ohne dich ist es langweilig!*

Auf dem Foto war er zu sehen. Er lag splitternackt in ihrem gemeinsamen Bett. Neben ihm stand ein Tablett, darauf ein Champagnerglas und eine Flasche sowie eine Dose feinster Kaviar. Der teure, vom russischen Stör. Laura wusste, dass Benedikt dafür horrende Preise zahlte.

»Würdest du jetzt nicht lieber bei mir sein?«, fragte er.

Laura betrachtete die Kinder am Tisch, Leos schokoladenverschmierten Mund, Hanna in ihrem neuen T-Shirt und Juna, die den Kater auf ihrem Schoß kraulte. Und plötzlich war sie sich bezüglich der Antwort nicht sicher. »Ja«, sagte sie dennoch. Sie fand selbst, dass sie nicht sehr überzeugend klang, und das schien Benedikt schlagartig abzukühlen.

»Kannst du jetzt nicht reden?«, fragte er.

»Nicht wirklich.«

»Schade.« Er verstummte kurz. »Ich wünschte, du wärst jetzt in Berlin.«

»Ja, ich auch.« Das klang ebenfalls nicht überzeugend. Wahrscheinlich lag es daran, dass die Kinder aufmerksam zuhörten. Sie räusperte sich. »Lass uns heute Abend noch einmal telefonieren.«

»Ja, gut.« Er klang jetzt vollends ernüchtert. »Ruf mich einfach an, wenn es dir gerade mal passt.«

»Benedikt, ich …« Sie brach ab.

»Was?«

Sie hoffte, dass ihr Lächeln in ihrer Stimme mitschwang. »Das sage ich dir heute Abend. Ich freue mich schon darauf.«

»Ich freue mich auch«, erwiderte er sanft.

Mehrfach ermahnte Laura die Kinder beim anschließenden Blumenpflücken, darauf zu achten, dass die Terrassentür geschlossen blieb. Kasimir war erst ein paar Tage bei ihnen, und sie hatte Angst, dass er weglief. Für Juna wäre das unerträglich.

Und für mich auch!

Laura wunderte sich zum wiederholten Male darüber, wie schnell sie ihr Herz an den kleinen Kater verloren hatte. Sie hatte noch nie ein Haustier besessen und wäre auch niemals auf die Idee gekommen, sich eins anzuschaffen. Aber nun hatte er eben sie gefunden.

Sie lächelte, als sie Kasimir hinter der Scheibe der Terrassentür im Wohnzimmer sah. Er miaute, wollte wahrscheinlich zu ihr und den Kindern.

»Er ist traurig.« Juna stand plötzlich neben ihr, die Hand voller Ringelblumen. Sie schmiegte ihre freie Hand in Lauras. »Ich glaube nicht, dass er wegläuft. Wo soll er denn hinwollen? Er hat doch nur noch uns.«

Laura hingegen war sich da nicht sicher. Es gab doch bestimmt Menschen, die den kleinen Kerl vermissten. Außerdem war nicht klar, ob der Kleine die Freiheit draußen nicht genießen würde.

In diesem Moment trat Leo zur Tür und legte seine Hand auf die Klinke.

»Leo, nicht!«

Leo hob erschrocken beide Hände und warf die Tür wieder zu. Zu spät, Kasimir war längst durch den schmalen Spalt entwischt.

Doch er lief nicht weg. Im Gegenteil. Schnurrend kam er zu ihr und Juna, umstrich zuerst ihre Beine, dann die des Kindes. Es war offensichtlich, dass er sich freute. Er blieb an ihrer Seite, während sie weiter Blumen pflückten, und als sie sich auf den Weg zum Friedhof machten, lief er hinter ihnen her. Laura ließ ihn gewähren, auch wenn sie sich immer wieder umsah, ob er ihnen noch folgte.

In Laura tobten noch andere Gefühle. Es war das erste Mal seit der Beerdigung, dass sie das Grab besuchte. Wäre es nicht Hannas Wunsch gewesen, hätte Laura sich noch Zeit gelassen.

Eine Frau stand am Grab, als sie näher kamen.

»Pia!« Hanna lief los und stürzte sich in ihre Arme.

Juna und Leo folgten ihrer Schwester auf ihren kurzen Beinen, und Pia umarmte auch die beiden. Dann richtete sie sich wieder auf. Sie lächelte, als Laura zu ihr trat. »Laura?«

Laura nickte.

»Ich bin Pia. Hat Anette dir von mir erzählt?«

Laura erinnerte sich an den Namen. »Ja, sehr viel. Sie sagte, du wärst ihre beste Freundin.«

Pia reichte ihr die Hand. »Ich habe gehört, dass du in Tannreuth bist. Ich wollte dich aber nicht sofort überfallen.«

»Überfallen?« Laura war erstaunt. »Womit?«

»Na ja, wir haben einiges zu besprechen. Über Anette, über Organisatorisches ... Schließlich waren wir nicht nur befreundet, sondern hatten auch den Laden gemeinsam.«

Laura war überrascht. »Gemeinsam? Das wusste ich nicht. Ich dachte immer, Anette wäre bei dir angestellt.« Sie wusste, dass es um den Verkauf von Handarbeits- und Bastelmaterialien ging, von einer Teilhabe aber hatte Anette nie gesprochen.

»Nein, ihr gehörte die Hälfte des Ladens«, stellte Pia richtig. »Und jetzt gehört diese Hälfte den Kindern.«

Ach du liebe Güte! »Das kommt jetzt ehrlich gesagt ein bisschen überraschend«, gab Laura zu.

»Ja, das sehe ich.« Pia lächelte freundlich. »Deine Tante Agnes meinte immer, ich müsse das mit dir klären. Ich bin froh, dass du jetzt hier bist.«

»Ja ... Warum hast du mich nicht in Berlin angerufen?«

»Ich wollte dir Zeit lassen ... Uns allen Zeit lassen. Aber jetzt bist du ja da.«

»Sollen wir uns morgen mal in dem Geschäft treffen?«, schlug Laura vor.

»Ja, das ist eine gute Idee. Dann besprechen wir alles Weitere.«

»Wo ist das?«, musste Laura fragen und damit beschämt zugeben, nie dort gewesen zu sein. Dabei hatte die Arbeit dort ihrer Schwester viel bedeutet.

»Unser Laden liegt am Markt, gleich neben dem Rathaus. Er ist wunderschön. Ich freue mich schon.« Pias Lächeln war echt, und Laura mochte die Frau auf Anhieb. »Und wer weiß«, fügte sie jetzt hinzu, »vielleicht hast du ja Lust, ihn gemeinsam mit mir weiterzuführen.«

»Nein, das wäre nichts für mich. Ich bin Juristin«, winkte Laura gleich ab.

»Wie mein Schwiegervater. Er hat seine Kanzlei übrigens direkt darüber.«

»Das ist ja praktisch. Dann bist du also verheiratet? Hast du auch Kinder?«, wechselte sie das Thema, bevor Pia noch fragen konnte, wie lange sie bleiben würde.

»Ja. Und nein, leider keine Kinder.« Pia lächelte traurig, und es kam Laura so vor, als wolle sie nicht darüber reden. »Wir sehen uns dann morgen«, sagte sie. »Ich freue mich, dass wir uns kennengelernt haben.«

»Ich freue mich auch. Passt es dir so gegen halb zehn?«

»Halb zehn.« Pia verabschiedete sich, hielt aber plötzlich inne, als sie den kleinen Kater erblickte, der sich im Hintergrund hielt.

»Wie süß ist der denn?«, rief sie entzückt. »Ist das der Kater, den Dr. Gröning behandelt hat?«

»Ja. Aber woher weißt du das?«

»Willkommen in Tannreuth«, sagte Pia lachend. »Hier spricht sich so was schnell rum.«

Auch Laura lachte jetzt. »Ja, offensichtlich. Darf ich also vorstellen: Das ist Kasimir«, sagte Laura. »Den Namen hat Juna ausgesucht.«

»Juna?« Pia wandte sich zu dem Mädchen um, das bisher noch nichts gesagt hatte.

Jetzt lachte sie. »Ja, das war ich.«

Pia hatte Tränen in den Augen, als sie Laura ansah. »Das ist ja wunderbar! Für die Kinder ist es ein Segen, dass du da bist.«

Kapitel 7

»Juna, ich finde, du solltest heute wieder in den Kindergarten gehen«, sagte Laura am nächsten Morgen beim Frühstück.

»Darf Kasimir mit?«

»Das geht leider nicht.«

»Dann geh ich auch nicht«, erklärte Juna kategorisch. »Kasimir ist bestimmt traurig, wenn er allein ist.«

»Ich bin doch da.« Es war Laura wichtig, dass Juna endlich auch wieder soziale Kontakte mit Gleichaltrigen bekam. Dass das Leben für alle drei Kinder wieder möglichst normal wurde.

Und für mich auch!

Plötzlich fiel ihr siedend heiß ein, dass sie vergessen hatte, Benedikt am vergangenen Abend anzurufen. Hastig schrieb sie ihm eine SMS: *Es tut mir leid. Ich melde mich heute Abend bei dir.*

Die Antwort kam prompt: *Heute Abend habe ICH keine Zeit!*

Er war eingeschnappt. Und Laura konnte verstehen, dass er enttäuscht war, aber seine Reaktion empfand sie als ziemlich kindisch. Sie war nicht bereit, sich darauf weiter einzulassen. Für sie gab es Wichtigeres, das erledigt werden musste. Sie legte ihr Handy beiseite und versuchte noch einmal, Juna zu überreden. »Deine Freundinnen würden sich freuen, wenn du endlich wieder mit ihnen spielst.«

»Ich hab nur einen Freund.«

»Ja, dann freut sich eben dein Freund. Wie heißt der denn?«

»Kasimir.« Juna grinste. »Kasimir ist mein allerbester und liebster Freund auf der ganzen Welt.«

Der kleine Kater sprang auf den freien Stuhl neben Juna. Laura kam es fast so vor, als würde er seinen Namen kennen. Auffordernd schaute er seine kleine Freundin an, die ihm daraufhin prompt ihr Marmeladenbrot hinhielt.

»Kasimir wird nicht am Tisch gefüttert«, sagte Laura. »Außerdem mag er keine Marmelade.«

Doch Kasimir war schneller und belehrte sie zudem eines Besseren. Hingebungsvoll schleckte er die Marmelade vom Brot. Als Juna anschließend selbst wieder davon abbeißen wollte, hielt Laura sie zurück. »Mach das nicht, Juna.«

»Warum nicht?«, fragte Juna verständnislos.

»Weil sich in Kasimirs Maul Krankheitserreger befinden können, die für ihn ungefährlich sind, dich aber vielleicht krank machen.«

»Tante Laura meint die Baktrien«, mischte Leo sich ein. »Aber ich glaub nicht, dass es die gibt. Die hat sie nur erfunden, wenn sie nicht will, dass wir was tun.«

»Bakterien und Viren, ganz genau«, sagte Laura. »Und die habe ich nicht erfunden, die gibt es wirklich.«

»Ja, klar.« Leo grinste. »Was man nicht sieht, das gibt es nicht.«

Laura schmunzelte. Leo war nicht dumm, so viel war sicher. Sie überlegte, wie sie den Jungen vom Gegenteil überzeugen konnte. Hanna, die ansonsten immer gerne mit ihrem Bruder diskutierte, konnte ihr nicht zur Seite springen, sie war leider schon in ihr Zimmer gegangen, um ihre Schultasche zu holen.

Junas Blick wechselte zwischen Leo und Laura hin und her. Es war ihr anzusehen, dass sie nicht wusste, wem sie glauben sollte.

Plötzlich fiel Laura etwas ein. »In ungefähr dreieinhalb Monaten ist Weihnachten. Wer bringt euch denn dann die Geschenke?«

»Das Christkind«, erwiderten die beiden gleichzeitig.

Laura sprach mit leiser, geheimnisvoller Stimme. »Habt ihr das Christkind jemals gesehen?«

Juna und Leo schüttelten die Köpfe.

Laura zuckte mit den Schultern. »Vielleicht gibt es ja auch kein Christkind. Wenn ihr das noch nie gesehen habt ...« Sie machte eine kurze Pause. »Wenn ihr nicht mehr daran glaubt, dass es das gibt, auch wenn ihr es noch nie gesehen habt ... Hoffentlich kommt es dieses Jahr dann überhaupt noch.«

»Ich glaube an das Christkind«, rief Juna hastig aus. »Und ich glaub auch an die Baktrien und die anderen Dinger.« Erwartungsvoll schaute sie Laura an. »Krieg ich jetzt noch Geschenke?«

Laura lächelte. »Ich bin sicher, es gibt für euch beide Weihnachtsgeschenke. Für dich ebenso wie für den ungläubigen Leo.«

»Und Kasimir? Kriegt der auch Weihnachtsgeschenke?« Juna schaute auf den kleinen Kater, der seinerseits allerdings gerade mehr an den Resten von Junas Brot interessiert war.

»Kasimir glaubt auch an das Christkind«, versicherte Juna.

»Ich bin sicher, Kasimir bekommt Geschenke, wenn du wieder in den Kindergarten gehst«, hörte Laura sich sagen. *Was mache ich hier eigentlich?*, durchfuhr es gleich darauf ihre Gedanken. *Mit pädagogisch wertvoller Erziehung hat das nichts mehr zu tun.*

»Ja, dann geh ich da hin«, stimmte Juna sofort zu. Sie beugte sich zu dem kleinen Kater auf dem Stuhl neben ihr hinunter und streichelte ihn. »Du musst nicht traurig sein, ich komm ganz schnell wieder nach Hause. Und ich geh nur für dich in den Kindergarten.«

Immerhin hat es seinen Zweck erfüllt, dachte Laura und schob ihr schlechtes Gewissen beiseite. Manchmal heiligte der Zweck eben doch die Mittel. Und sie war wirklich froh, dass Juna in den Kindergarten ging. *Wir sind auf einem guten Weg!*

»Ich muss los!« Hanna kam in die Küche gestürmt. Sie schaute

Laura bittend an. »Kannst du mir zwei Euro geben, damit ich mir in der Pause etwas am Automaten ziehen kann?«

Laura war unsicher. »Ich weiß nicht. Was ziehst du denn da?«

»Weiß noch nicht.« Hanna zuckte mit den Schultern. »Einen Schokoriegel vielleicht.«

»Wenn die Schokolade kriegt, will ich auch Schokolade«, meldete sich Leo prompt.

Laura ließ sich nicht ablenken. »Wieso isst du in der Pause Schokoriegel? Hast du das immer schon so gemacht?«

»Nein.« Hanna senkte den Blick zu Boden. »Mama und Tante Agnes haben mir immer ein Pausenbrot mitgegeben. Mama hat das immer ganz toll gemacht, so mit Obst und Gemüsesticks. Die Brote von Tante Agnes waren ziemlich langweilig, aber auch lecker.«

»Und jetzt isst du Schokoriegel, weil ich dir kein Pausenbrot gemacht habe.« Laura schalt sich selbst dafür, dass sie daran nicht gedacht hatte. »Ach, Hanna, warum hast du denn nichts gesagt?« Sie stieß einen Seufzer aus. »Ich weiß so etwas einfach nicht, weil ich keine eigenen Kinder habe.«

»Aber du warst selbst einmal ein Kind. Hat deine Mama dir kein Frühstücksbrot gemacht?«

Laura strich dem Mädchen über die Wangen. »Doch, das hat sie. Aber das ist schon so lange her, dass ich es vergessen habe.«

»Tante Laura ist schon gaaaaaanz alt«, meldete sich Leo wieder zu Wort. Fragend schaute er Laura an. »Tausend Jahre?«

Tausend war offenbar sein Lieblingsbegriff für die Bestimmung der zeitlichen Dauer.

»Ein bisschen jünger bin ich schon«, sagte Laura schmunzelnd, bevor sie sich wieder an Hanna wandte. »Heute gebe ich dir die zwei Euro für einen ungesunden Pausensnack, aber morgen bekommst du wieder ein Pausenbrot, okay?«

»Okay!« Hanna zog strahlend ab.

Laura drehte sich nachdenklich zu Leo um. »Was isst du denn in der Schule?«

»Nix, wenn ich nix hab.«

»Aber Tante Agnes hat für dich auch immer ein Pausenbrot gemacht?«

»Ja, so olle Brote. Die mochte ich aber nicht. Die hab ich immer dem Gustav gegeben.«

»Okay, ich bereite dir jetzt etwas für die Pause zu, und das gibst du nicht dem Gustav.«

»Wenn das lecker ist, esse ich das selbst.«

»Was möchtest du denn haben?«, fragte Laura und ahnte die Antwort bereits.

Leo neigte den blonden Lockenkopf ein wenig zur Seite, so wie er es immer machte, wenn er schelmisch lächelte. »Schokolade!«

»Du bekommst Schokolade, wenn du dein Pausenbrot isst«, bot Laura an.

»Nee, dann nicht.«

Kleiner Dickkopf!

Laura musste lächeln, dann bereitete sie Pausenbrote für ihn und auch für Juna zu. Dabei gab sie sich besonders viel Mühe, indem sie kunstvolle Gesichter in die Brotscheiben schnitt. Die Löcher für die Augen füllte sie mit Kirschtomaten, die Spitze je einer Mohrrübe bildete die Nase und aus Gurkenscheiben formte sie einen Mund. Dazu legte sie Trauben und Möhrenstücke in die Box. Eine Banane vervollständigte das Frühstück.

Laura war stolz auf sich, während die Kinder sie misstrauisch beobachteten.

»Mama hat gesagt, sie isst nix, was ein Gesicht hat«, sagte Juna. »Und ich mach das auch nicht.«

»Damit hat deine Mama gemeint, dass sie kein Fleisch isst«, erklärte sie Juna. »Auf deinem Brot ist kein aber kein Fleisch. Nur Käse und Gemüse.«

Juna war nicht überzeugt. »Ich will aber kein Gesicht essen«, sagte sie trotzig.

»Mir ist das egal«, verkündete Leo. »Ich esse alles.«

»Ja, ich weiß …« Laura schluckte das Lachen hinunter.

Sie veränderte Junas Brot ein wenig, sodass es nicht mehr aussah wie ein Gesicht, sondern ein lustiges Muster darstellte. Jetzt war Juna zufrieden.

Schließlich machten sie sich auf den Weg. Laura brachte Leo zuerst zur Schule, bevor sie Juna zum Kindergarten begleitete.

Doch die Schritte des Mädchens wurden immer langsamer, je näher sie ihrem Ziel kamen.

»Hast du Angst?«, fragte Laura. Immerhin war Juna seit einem halben Jahr nicht mehr im Kindergarten gewesen.

Juna zuckte nur kurz die Schultern. Nach wenigen weiteren schleppenden Schritten schob sie ihre Hand in Lauras und entschloss sich doch zu einer Antwort. »Vielleicht kennen die mich nicht mehr und wollen nicht mehr mit mir spielen«, sagte sie.

Laura hörte die Not in der Stimme des Mädchens und blieb stehen. »Doch, Juna, ich bin sicher, dass die Kinder alle noch mit dir spielen wollen«, versicherte sie sanft.

»Ich glaube, ich will lieber wieder nach Hause«, flüsterte Juna trotzdem.

»Okay, das kann ich verstehen«, sagte Laura, was der Wahrheit entsprach. »Und, hey, ich verspreche dir, dass ich dich nicht zwingen werde, in den Kindergarten zu gehen.« Laura drückte die Hand des Mädchens. »Aber ich möchte dir einen kleinen Vorschlag machen.«

Juna sagte nichts, nickte nur.

»Können wir uns den Kindergarten nicht wenigstens einmal ansehen?«, bat Laura. »Ich möchte wissen, wie es da aussieht.«

Junas Blick war skeptisch, aber sie sagte nichts.

»Komm, wir gehen zumindest mal in die Richtung, dann können wir immer noch entscheiden«, sagte Laura, drückte noch einmal Junas Hand und ging weiter.

Zu ihrer Erleichterung trottete Luna neben ihr her.

Nach einigen Schritten stieß Laura das Mädchen leicht an. »Jetzt komm schon, mach nicht so ein Gesicht. Schau mal, die Sonne lächelt, dann kannst du das doch auch.«

»Die Sonne muss auch nicht in den Kindergarten«, sagte das Mädchen mürrisch.

Laura blieb erneut stehen und brachte das Kind dazu, sie anzusehen. »Das musst du auch nicht, das habe ich dir versprochen, Juna. Ich möchte mir den Kindergarten nur ansehen und mit der Erzieherin reden, danach gehe ich nach Hause. Wenn du nicht bleiben willst, nehme ich dich wieder mit.«

»Na gut«, stimmte Juna wenig begeistert zu. Schweigend trotteten sie bis zur nächsten Ecke, wo Juna nach rechts abbog.

Plötzlich beschlich Laura ein Gedanke. »Ist das überhaupt der Weg zum Kindergarten?«

»Nein«, sagte Juna.

Laura schloss für einen Moment die Augen, um sich zu sammeln. »Warum sagst du denn nichts?«

»Du hast mich nicht gefragt.«

Ruhe bewahren. »Kennst du den Weg?«

»Ja.«

»Zeigst du ihn mir?«

Juna drehte sich um und ging den ganzen Weg zurück bis zur Schule und bog dort rechts in eine Gasse ein. Wenige Meter weiter blieb sie vor einem Gebäude stehen, über dessen Eingang ein Schild hing mit der Aufschrift *»Abenteuerland«*.

»Das ist dein Kindergarten?«

Juna nickte lediglich zur Antwort. Sie hielt den Kopf gesenkt und den Blick auf den Boden gerichtet und wirkte schrecklich unglücklich und verloren, dort auf dem Bürgersteig.

Laura haderte mit sich. War es richtig, dass sie Juna überredet hatte, hierherzukommen? Sie wirkte so klein und hilflos und litt offensichtlich unter der Situation. Wahrscheinlich war sie einfach noch nicht so weit, wieder in den Kindergarten zu gehen, auch wenn Laura überzeugt war, dass es ihrer Entwicklung guttun würde. Aber allein die letzten Tage mit der Abreise von Tante Agnes und ihrer eigenen Ankunft hatten das Mädchen ja wieder vor neue Situationen gestellt, sie hatte zudem wieder angefangen zu sprechen – vielleicht war eine weitere Änderung einfach zu viel für sie.

»Wir gehen wieder nach Hause«, wollte Laura gerade sagen, als die Tür aufflog und eine Frau herauskam. Sie war klein, trug eine Latzhose und ihr Kopf war voller karottenroter Locken. Ihr Gesicht war übersät mit Sommersprossen. Sie stutzte kurz, als sie Juna erblickte, dann breitete sich ein Strahlen auf ihrem Gesicht aus.

»Juna!« Sie ging vor ihr auf die Knie und umarmte das Mädchen. »Ich habe dich so vermisst! Wir alle haben dich vermisst.«

Laura beobachtete die Szene mit einem warmen Gefühl im Herzen. Sie mochte die junge Frau auf Anhieb. »Und dabei hatte Juna schon Angst, dass sie hier niemand mehr kennt«, sagte sie sanft.

»Ach, Juna, das musst du doch nicht. Natürlich kennen wir dich alle noch. Die anderen Kinder fragen ganz oft nach dir.«

Juna hob den Kopf. »Ganz in echt?«

»Ganz in echt.« Die junge Frau nickte. »Kommst du denn jetzt wieder zu uns?«

Juna beantwortete die Frage mit einem Schulterzucken. Vollends überzeugt wirkte sie nicht.

»Na, du kannst ja noch einen Moment überlegen. Wir würden uns jedenfalls freuen.« Die junge Frau erhob sich und begrüßte Laura. »Ich bin Bille, die Leiterin der Pinguingruppe.«

»Laura.« Auch Laura stellte sich nur mit ihrem Vornamen vor. »Ich bin Junas Tante.«

»Das weiß ich.« Bille lachte. »In Tannreuth machen Neuigkeiten sehr schnell die Runde. Wir finden es alle super, dass du da bist und dich um die Kinder kümmerst.«

Es störte Laura nicht, dass Bille sie einfach duzte. Ganz im Gegenteil, irgendwie fühlte es sich richtig an. Wie auch Billes Worte, dass sie sich um die Kinder kümmerte …

»Ich habe gerade überlegt, ob ich mit Juna wieder nach Hause gehen soll«, sagte sie. »Ich habe das Gefühl, dass sie sich nicht wohlfühlt.«

Bille wandte sich wieder dem Kind zu. »Stimmt das, Juna? Möchtest du nicht hierbleiben?«

»Ich will nach Hause.« Juna wandte sich zu Laura. »Ich will zu Kasimir.«

»Kasimir?« Bille ging wieder auf die Knie. »Wer ist denn Kasimir?«

»Mein Kater«, sagte Juna stolz und lächelte Bille zum ersten Mal an. Gleich darauf war ihre Miene wieder ernst. »Kasimir ist ganz allein.«

»Ich hatte auch mal eine Katze«, sagte Bille.

»Ja?« Offenbar hatte sie Junas Interesse geweckt.

»Meine Katze hieß Frau Müller. Frau Müller war den ganzen Tag allein zu Haus, wenn ich zur Arbeit musste. Sie liebte es, wenn sie ihre Ruhe hatte, und schlief fast den ganzen Tag. Du musst dir keine Sorgen um Kasimir machen. Der ruht sich gerade bestimmt auch aus, damit er munter ist, wenn du wieder nach Hause kommst.«

Juna schaute Bille an, lange.

»Willst du nicht wenigstens kurz reinkommen und den anderen Kindern von deinem Kasimir erzählen?«, fragte Bille schließlich.

Laura war zutiefst erleichtert, als Juna darauf zögernd nickte und vertrauensvoll nach Billes Hand griff. »Kommst du mit?«, fragte sie Laura.

Bille antwortete an Lauras Stelle. »Natürlich kommt Laura mit uns.« Sie schaute Laura an. »Du willst dir doch bestimmt unseren Kindergarten ansehen.«

Laura stimmte sofort zu und folgte den beiden in das Fachwerkhaus. Sie sah sich staunend um. Abgesehen von ihrer eigenen Kindergartenzeit hatte sie keinen Kindergarten von innen gesehen. Hier fühlte sie sich sofort wohl. Von dem großen, hellen Eingangsbereich. Links und rechts zweigten Gänge ab. An den Wänden zwischen den Türen standen Bänke, darüber niedrige Garderobenleisten, an denen die Kinder ihre Jacken und Mäntel selbst aufhängen konnten.

Der Raum der Pinguingruppe war am Ende des linken Ganges. Es war zu hören, dass eine Frau mit den Kindern ein Lied einübte.

Bille öffnete die Tür. Der Gesang brach abrupt ab.

»Juna ist wieder da!«, rief ein Mädchen, das aussah wie Bille. Ihre Haare waren lockig und karottenrot. Sie war klein. Kleiner als die anderen sechs Kinder der Gruppe.

»Deine Schwester?«, fragte Laura leise.

»Meine Tochter Marie«, erwiderte Bille lächelnd.

Marie griff nach Junas Hand und zog ihre Freundin hinter sich her. »Guck mal, wir haben ganz neue Spielsachen«, rief sie und führte Juna an ein Regal neben dem Fenster. Die anderen Kinder kamen dazu, umringten Juna, sichtlich erfreut über deren Rückkehr.

Laura hätte weinen können vor Freude.

»Wie schön, dass sie wieder spricht«, sagte Bille so leise, dass die Kinder sie nicht hören konnten.

»Ja, ich bin auch froh darüber! Das verdanken wir ehrlich gesagt unserem Kasimir.« Laura erzählte die Geschichte. »Sie hat bestimmt, dass er Kasimir heißen soll.«

»Wie schön!« Bille lächelte sie freundlich an. »Trotzdem bin ich davon überzeugt, dass es nicht an Kasimir, sondern ausschließlich an dir liegt, dass sie wieder spricht. Wir sind alle froh, dass du hier bist.«

»Wie: Alle?« Laura sah Bille fragend an.

»Na ja, wir sind ein kleines Dorf, in dem jeder Anteil an dem Leben seiner Mitmenschen nimmt.« Bille lachte leise. »Das kann mitunter ganz schön lästig sein, aber meistens fühle ich mich in dieser Gemeinschaft sehr geborgen. Auch wenn ich mich erst daran gewöhnen musste.«

»Du stammst also nicht aus Tannreuth?«

»Nein, ich komme aus der Nähe von Düsseldorf, aber in Tannreuth fühle ich mich zum ersten Mal zu Hause.«

Wenn ich nicht aufpasse, will ich irgendwann auch nicht mehr nach Berlin zurück.

Laura gestand sich ein, dass sich ihre anfängliche Abneigung gegen das kleine Schwarzwalddorf gewandelt hatte. Und das lag an den Menschen, die sie hier kennengelernt hatte.

»Ich bin bei Pflegeeltern aufgewachsen«, sprach Bille plötzlich weiter. »Ich bin ihnen dankbar, dass sie mich aufgenommen hatten, aber eine schöne Kindheit hatte ich nicht. Ja, und als ich mich dann verliebte und schwanger wurde, haben sie mich aus dem Haus geworfen.«

»Und was ist mit Maries Vater?«, fragte Laura erschüttert.

»Der war ganz schnell weg, als er erfuhr, dass er Vater wird.« Bille sah traurig aus, doch plötzlich lächelte sie wieder. »Aber immerhin verdanke ich ihm Marie. Ich bin glücklich, dass ich sie habe, und es war die beste Entscheidung meines Lebens, die Stelle hier im Kindergarten anzunehmen.«

»Ich bin froh, dass du da bist«, sagte Laura.

»Und ich bin froh, dass du da bist.«

Sie beobachteten schweigend Juna, die inzwischen mit den anderen Kindern im Spiel vertieft war. Nachdem Laura sich bei

Bille nach ein paar organisatorischen Dingen erkundigt hatte, beschlossen sie gemeinsam, dass Laura es wagen konnte, nach Hause zu gehen. Juna bemerkte sie nicht, als sie zu ihr trat.

»Sollen wir jetzt wieder nach Hause gehen, Juna?«, frage Laura ruhig.

Juna hob den Kopf. »Darf ich noch bleiben?«

Laura zeigte nicht, wie sehr sie sich darüber freute. »Natürlich darfst du noch bleiben. Ich hole dich später ab.«

Auch Bille war sichtlich erfreut und begleitete Laura zum Ausgang. »Alles wird gut.«

Laura war sich da nicht ganz so sicher. Sie wünschte es den Kindern und auch sich selbst von Herzen, aber noch gab es zu viele Fragen, die förmlich nach einer Antwort schrien. Und um die würde sie sich jetzt kümmern …

Vom Kindergarten aus ging Laura direkt zu ihrem verabredeten Treffen mit Pia. Sie würde sich um wenige Minuten verspäten, fand aber schnell zum Marktplatz zurück und zum Gebäude neben dem Rathaus. Dort wurde ihr Blick geradezu magisch von dem goldenen Schild neben dem Eingang angezogen: *Peter Stöckel, Rechtsanwalt* stand in schwarzer Schrift darauf geschrieben.

Sie starrte darauf, ohne wirklich etwas wahrzunehmen. In ihren Gedanken befand sie sich wieder in der Eingangshalle des Gerichts. Sie spürte dem aufregenden Gefühl nach, das sie dort jedes Mal kurz vor einer Verhandlung erfasste.

»Kann ich Ihnen helfen?«

Schlagartig kehrte Laura in die Gegenwart und nach Tannreuth zurück. Neben ihr stand ein Mann um die sechzig und lächelte sie freundlich an.

»Wollten Sie zu mir?« Er deutete auf das Schild, seine Miene war besorgt. »Hatten wir womöglich einen Termin?«

»Nein, ich wollte eigentlich in den Laden.« Sie wies auf die gläserne Tür des Handarbeitsgeschäfts. »Ihr Schild hat mich nur an meine eigene Arbeit erinnert.«

Sein Gesicht leuchtete auf. »Dann müssen Sie Anettes Schwester sein. Sie hat mir erzählt, dass Sie auch Rechtsanwältin sind.«

Offenbar hatte Bille recht: Hier wusste jeder alles über jeden. Aber erstaunlicherweise fühlte es sich im Moment nicht unangenehm an. »Ja, das stimmt. Ich bin Laura, Laura Strohner.« Sie stieß einen Seufzer aus. »Ich arbeite als Rechtsanwältin in Berlin. Und ich vermisse meine Arbeit.«

»Als Anwältin in Berlin haben Sie bestimmt eine Menge zu tun.«

»Wahrscheinlich mehr als in diesem kleinen Dorf«, sagte Laura lächelnd.

»Ach, gestritten wird überall. Selbst hier in Tannreuth.« Er zuckte die Schultern. »Irgendwie ist es doch seltsam, dass es viel einfacher ist, die Leute in ihren Streitigkeiten zu unterstützen, als sie dazu zu bringen, sich zu versöhnen und eine einvernehmliche Lösung zu finden.«

»Ja, wirklich seltsam. Aber gerade von diesen Streitigkeiten leben wir doch«, gab Laura zurück.

Er lächelte. »Ich schreibe meine Rechnungen auch dann, wenn es mir gelungen ist, die streitenden Parteien zu einer Einigung zu bewegen. Allerdings mit einem weitaus besseren Gefühl.« Dann deutete er plötzlich auf einen Punkt hinter Laura. »Da ist ja meine Schwiegertochter.«

»Es tut mir leid«, rief Pia, die quer über den Marktplatz gelaufen kam. »Hast du lange gewartet?«

»Ich bin selber gerade erst angekommen«, sagte Laura, während Peter Stöckel und Pia sich mit einer liebevollen Umarmung begrüßten. Dann verabschiedete er sich und ging durch den schmalen Gang neben der Glastür des Ladens zum Eingang der Kanzlei ins Haus.

»Ich wurde aufgehalten.« Pia schaute Laura entschuldigend an. »Ich bin froh, dass du meinem Schwiegervater begegnet und nicht gleich wieder gegangen bist, als die Tür zu war.«

»Das hatte ich noch gar nicht bemerkt, ich hatte mich irgendwie in das Schild der Kanzlei verguckt, als er kam.« Laura seufzte. »Und ich wurde auch aufgehalten.« Sie erzählte von ihrer morgendlichen Odyssee mit Juna und dem Besuch im Kindergarten.

»Wie gut, dass du Juna überzeugen konntest, erst einmal zumindest in die Nähe des Kindergartens zu gehen«, sagte Pia erfreut, nachdem sie ihren Bericht geendet hatte. »Deine Tante Agnes hat die Kinder wirklich gut versorgt und immer versucht, sich um sie zu kümmern. Aber dazu gehört viel mehr als regelmäßige Mahlzeiten.«

»Ich fürchte, das sieht Leo anders«, erwiderte Laura trocken. Sie schauten sich an, und mussten beide lachen.

»Ja, Leo ist ziemlich verfressen.« Pia lachte immer noch. »Er kommt eben ganz auf seinen Vater. Nicht nur vom Aussehen.«

»Ich fürchte, ich kannte Daniel nicht ganz so gut«, musste Laura zugeben. Jetzt bedauerte sie es, die Zeit nicht genutzt zu haben, um den Mann besser kennenzulernen, den ihre Schwester geliebt und mit dem sie ihr Leben verbracht hatte. »Als Anette ihn kennenlernte, studierte ich noch in Gießen. Und als ich nach Berlin zurückkehrte, hatten die beiden gerade geheiratet und wollten nach Tannreuth ziehen.« Sie hörte selbst, dass der letzte Satz abwertend klang.

»Und das fandest du nicht gut?«, hakte Pia auch gleich nach.

»Aber hallo ... Berlin«, Laura hob die rechte Hand mit der Fläche nach oben bis zur Höhe ihrer Schultern. »Und Tannreuth.« Ihre linke Hand fuhr nach unten, als wolle sie beide Orte gegeneinander abwiegen.

»Ziemlich arrogante Einstellung.« Pia blickte sie ernst an.

Laura zuckte zusammen. Offenbar gehörte Pia zu den Menschen, die ihre Meinung unverblümt zum Ausdruck brachten. Sie schwieg einen Moment und musste ihr schließlich recht geben – das war vielleicht wirklich arrogant. »Ja, tut mir leid. Aber ich bin nun einmal ein absoluter Großstadtmensch. Für mich war es unvorstellbar, dass Anette in die Einöd...«, sie verbesserte sich hastig, »... in ein so abseits gelegenes Dorf zieht. Und dort auch noch glücklich wird.«

Aber Pia war nicht beleidigt, sondern korrigierte Lauras Handhaltung, indem sie die Berlin-Hand nach unten und die Tannreuth-Hand nach oben drückte. »Die Tannreuther werden dich schon noch vom Gegenteil überzeugen.«

Als Laura nicht antwortete, schaute Pia sie nachdenklich an. »Vorausgesetzt, du hast überhaupt die Absicht, in Tannreuth zu bleiben. Oder gehst du etwa zurück nach Berlin?«

Natürlich ging sie zurück nach Berlin. Für Laura hatte es daran nie einen Zweifel gegeben. Trotzdem schaffte sie es jetzt nicht, Pias Frage mit einem klaren Ja oder Nein zu beantworten. Das war aber auch nicht nötig, Pia zog offensichtlich selbst ihre Schlüsse.

»Und was ist mit den Kindern? Nimmst du sie mit nach Berlin?«

Laura versuchte sich zum wiederholten Male ein Leben mit drei Kindern, einem Kater und Benedikt vorzustellen. Unmöglich! Da brachte sie in ihren Gedanken kein Bild zustande.

»Ich suche nach einer Lösung, die uns allen gerecht wird«, sagte sie schließlich ausweichend. »Ich führe mit meinem Lebensgefährten eine erfolgreiche Anwaltskanzlei in Berlin. Ja, und Benedikt ist auch in Berlin.«

Pia hörte ihr aufmerksam zu. »Was für ein Dilemma!«, stellte sie fest.

Laura war überrascht. Sie hatte nicht damit gerechnet, dass Pia ihr Verständnis entgegenbrachte. Irgendwie gingen doch immer alle davon aus, was das Beste für die Kinder war. Und offenbar waren alle der Meinung, das sei sie. In Tannreuth. Was für sie selbst das Beste war, danach hatte bisher niemand gefragt. Natürlich hatte sie die Kinder lieb gewonnen, natürlich genoss sie es, dass sie ihr zunehmend vertrauten, und natürlich lag es ihr fern, den Kindern eine erneute Erfahrung des Verlustes zu bescheren, aber wenn sie entschied, die Kinder bei sich zu behalten, würde sich ihr Leben heftigst wandeln, ob hier oder in Berlin. Wie Laura es auch drehte und wendete, sie fand keine Lösung, die allen gerecht wurde. »Ich weiß einfach nicht, was ich machen soll.«

»Manchmal muss man sich nur ein bisschen Zeit lassen, um herauszufinden, was die richtige Lösung ist«, sagte Pia ruhig.

Genau das war ja eines ihrer Probleme! »Aber ich habe keine Zeit! Benedikt wird die Kanzlei nicht lange allein führen können, dazu haben wir zu viele Mandanten. Aber ich kann hier auch nicht weg, bevor ich nicht sicher weiß, dass die Kinder gut versorgt sind.«

Pia schaute sie fragend an. »Und wenn du sie mit nach Berlin nimmst? Hast du darüber schon einmal nachgedacht?«

»Tausendmal! Aber das ist in meinen Augen die schlechteste aller Möglichkeiten, vor allem für die Kinder. Ich kann ihnen doch nicht auch noch ihr Zuhause nehmen, sie in eine Großstadt verfrachten und zusammen mit Benedikt ...« Sie brach ab, wollte nicht schlecht über Benedikt reden. Gleichzeitig war sie sich bewusst, dass es in Verbindung mit dem Umgang mit Kindern nichts Positives über Benedikt zu sagen gab.

»Ja?«, hakte Pia nach.

Laura wählte ihre Worte sorgfältig. »Benedikt hat keine Erfahrung mit Kindern.«

»Die hast du doch auch nicht«, wandte Pia ein. »Trotzdem kommst du mit den dreien ganz gut zurecht.«

»Ja, aber ich mag Kinder«, entfuhr es Laura unbedacht.

»Oh ... Ich verstehe«, sagte Pia gedehnt.

Laura fürchtete, dass sie gerade dabei war, sich eine schlechte Meinung über Benedikt zu bilden. »Es ist nicht so, wie du jetzt denkst«, sagte sie hastig. »Benedikt ist kein schlechter Mensch. Ganz bestimmt nicht. Er hat halt sehr feste Vorstellungen von unserem gemeinsamen Leben, und darin kommen Kinder nicht vor.«

»Er hat sehr feste Vorstellungen von eurem gemeinsamen Leben?«, wiederholte Pia gedehnt. »Und decken die sich mit deinen? Oder wie stellst du selbst dir dein Leben vor?«

Bisher hatte sich Lauras Lebensplanung vor allem auf ihren Beruf konzentriert. Da war für sie immer alles sehr klar und strukturiert gewesen. Wie sie das jetzt mit der veränderten Situation in Einklang bringen sollte, wusste sie noch nicht.

Aber Pia schien gar keine Antwort zu erwarten. »Ich glaube, du findest am schnellsten eine Lösung für dein Problem, wenn du dir selbst klarmachst, was du von deinem Leben erwartest. Ganz unabhängig von Benedikt und den Kindern«, sagte sie mit einem sanften Lächeln.

Das kann ich nicht, war Lauras erster Gedanke. *Ich muss doch berücksichtigen, was Benedikt sich wünscht und was die Kinder brauchen! Ich kann doch nicht einfach ...*

»Möchtest du dir jetzt den Laden ansehen?«, unterbrach Pia ihre Gedanken.

Laura atmete tief durch. »Ja, gerne. Deshalb bin ich schließlich hier.«

»Das Haus gehört meinem Schwiegervater«, erzählte Pia, während sie die gläserne Eingangstür aufschloss. Eine melodischer Glockenton erklang, als sie die Tür aufstieß.

Nach wenigen Schritten blieb Laura stehen und sah sich staunend in dem Laden um, den ihre Schwester mitgeführt hatte. Was für ein zauberhaftes kleines Geschäft! Unzählige Handarbeits- und Bastelwerke sowie Zubehör waren in alten Schränken, Kommoden und auf Tischen ausgestellt. Die Auswahl von Artikeln zum Basteln, Gestalten oder Dekorieren war schier unendlich. Farben, Zeichenblöcke und Leinwand, Utensilien zum Modellieren, für Schmuckdesign und Kerzengestaltung, aber auch Bastelmaterial für Kinder. An einem eigens dafür bestimmten Ständer hingen aufgerollte Dekobänder.

Rechts befand sich eine kleine Sitzgruppe, bestehend aus einem plüschigen Dreiersofa, zwei Sesseln und einem kleinen runden Tisch, auf dem eine blühende Topfpflanze stand. Überhaupt standen überall Topfpflanzen, wie Laura jetzt auffiel.

Ihr Blick wurde angezogen vom Verkaufstresen, der frei im Raum stand. Eine wunderschöne Verkaufsvitrine aus dunklem Holz und einer Schublade auf der Vorderseite.

Die Schublade war halb geöffnet, daraus rankten die Blätter einer Efeutute bis zum Boden. Daneben waren zwei wunderschöne alte Spitzendecken drapiert, die ebenfalls über den Rand der Schublade hinaushingen.

Unter der verglasten Oberfläche der Vitrine lagen Schmuckstücke. Pia erklärte, dass Anette und sie einige davon selbst hergestellt hatten, andere aber antike Stücke waren.

Sie führte Laura zu dem Lager rechts hinter dem Tresen, in dem Kartons mit Material standen und durch die Tür links hinter dem Tresen, von wo aus sie durch einen schmalen Gang, von dem eine kleine Küche abzweigte, in einen Wintergarten gelangten. Auch hier befanden sich überall Gewächse, grüne Topfpflanzen ebenso wie blühende Schlingpflanzen. Vor der Tür nach draußen, die in einen kleinen Garten führte, rankte eine Kletterrose empor.

Inmitten des Raums stand ein langer Tisch, umgeben von einladenden Rattanstühlen.

»Hier finden unsere Workshops statt«, erklärte Pia. »Unsere Töpferkurse sind sehr beliebt. Wir haben sogar einen eigenen Brennofen.« Sie wies durch die Scheibe nach draußen, wo am Ende des Gartens ein kleines Holzhaus stand, dessen Fensterbänke mit Geranien geschmückt waren. »Darin brennen wir unsere Werke.«

Laura war beeindruckt. Dieser Laden trug eindeutig Anettes Handschrift. Sie konnte sich ihre Schwester in dieser Umgebung sehr gut vorstellen. Laura fühlte sich ihr hier und in diesem Moment ganz nah und spürte dem Gefühl nach. In das bis hierhin vorherrschende Gefühl der Trauer mischten sich Wehmut und Wärme und eine tiefe Sehnsucht.

Sie ließ die Stille auf sich wirken und entspannte mit jedem Atemzug mehr. Ganz deutlich spürte sie hier, was Anette ausgemacht hatte.

Sie schloss die Augen, ließ endlich die Trauer zu, die sie seit einem halben Jahr verdrängt hatte. Tränen liefen über ihre Wangen, aber Laura wischte sie nicht weg.

Sie dachte an Anette, an Daniel, die hier so glücklich gewesen waren. An die drei Kinder, aber auch an Benedikt. Sie dachte an ihr eigenes Leben, an ihre Wünsche und Pläne. Mit einem Mal war nichts mehr so wichtig wie drei Kinder, die sie brauchten, und ein kleiner getigerter Kater.

Pia schaute ihr lächelnd entgegen, als sie nach einer Weile zurück in den Laden kam.

»Danke«, sagte Laura leise.

»Gerne.« Pia wies auf das plüschige Sofa. »Setz dich doch. Das ist gemütlicher, wenn wir uns ein bisschen unterhalten.«

Laura nahm auf dem Sofa Platz, Pia auf dem Sessel gegenüber. Sie legte ihre Hände übereinander, schaute eine Weile darauf und schien ihre Gedanken zu sortieren.

»Also«, begann sie schließlich. »Es ist tatsächlich so, dass Anette und ich den Laden gemeinsam eröffnet haben. Uns beiden gehört also je die Hälfte. Und jetzt gehört Anettes Hälfte den Kindern.« Sie hob den Kopf, schaute Laura an. »Ich weiß, dass weder du noch die Kinder mit dem Laden etwas anfangen könnt. Aber ich habe leider nicht die finanziellen Mittel, Anettes Anteil zu kaufen. Ich müsste schon den ganzen Laden verkaufen, um …«

»Auf keinen Fall«, fiel Laura ihr ins Wort. »Ich möchte, dass du den Laden weiterführst. Das wäre sicher auch in Anettes Sinn gewesen.«

»Ja, vermutlich. Aber so einfach ist das nicht«, wandte Pia ein. »Der Laden lebt von den Workshops, die wir veranstalten. Heute wäre eigentlich der Töpferkurs, aber drei der Teilnehmerinnen mussten absagen, deshalb haben wir die Stunde komplett ausfallen lassen. Ich bin übrigens für die Töpferei und das Nähen zuständig, Anette hat gemalt und gebastelt. Diese Workshops haben natürlich auch den Verkauf des Materials angekurbelt. Wenn Anettes Kurse jetzt nicht mehr stattfinden, wirkt sich das auch auf den Umsatz aus.« Pia lächelte traurig. »Du bist nicht zufällig eine begnadete Malerin?«

Laura schüttelte den Kopf. »Meine Kunstlehrerin auf dem Gymnasium hat bestimmt heute noch Albträume von meinen Versuchen. Und basteln kann ich auch nicht.« Dann kam ihr eine Idee. »Kannst du nicht jemanden einstellen?«

»Daran habe ich auch schon gedacht. Aber leider finde ich niemanden, der Kurse geben könnte«, sagte Pia.

Laura schaute sich um. Sie wollte nicht, dass dieser Laden verkauft wurde. *Nicht nur wegen Anette*, schoss es ihr durch den Kopf. *Auch Pia gehört hierher.* Das hier war also ein weiteres Problem, für das sie eine Lösung finden musste.

»Tut mir leid, dass ich es dir zusätzlich schwer mache.« Pia wirkte bekümmert. »Vor allem, da du andere, sehr viel gewichtigere Entscheidungen treffen musst.«

»Dafür musst du dich doch nicht entschuldigen! Wir finden eine Lösung«, sagte Laura überzeugter, als sie war. »Muss es denn schnell gehen?«, fragte sie.

»Nein, wir müssen uns nicht beeilen. Vor uns liegt das Weihnachtsgeschäft. Da machen wir erfahrungsgemäß auch ohne Workshops die besten Umsätze.«

Laura suchte Pias Blick. »Das ist gut. Uns wird schon etwas einfallen, wie wir ihn erhalten können. Ich mag diesen Laden.«

»Das freut mich. Wirklich, Laura«, sagte Pia und umarmte sie zum Abschied. Laura erwiderte die Umarmung. Sie war froh und dankbar, dass Anette hier eine so gute Freundin gefunden hatte.

Als sie das Geschäft verließ, begegnete ihr erneut Peter Stöckel, der gerade aus seiner Kanzlei kam. »Na, wie gefällt Ihnen der Laden?«, fragte er.

»Ich finde ihn sehr beeindruckend.« Noch während Laura sprach, wurde ihr bewusst, dass das nicht an ihr Gefühl heranreichte. »Der Besuch hat mich sehr bewegt«, sagte sie ehrlich.

»Das verstehe ich. Ihre Schwester war eine wundervolle Frau«, sagte Peter Stöckel leise.

»Ja, das war sie«, erwiderte Laura herzlich, froh und dankbar, dass der Gedanke an Anette sie nicht niederdrückte. Es war das erste Mal, wo ihr richtig bewusst wurde, welches Vermächtnis Anette hier hinterlassen hatte. Und das erste Mal, dass sie voller innerer Überzeugung zu dem Schluss kam, dass sie alles daransetzen wollte, dem gerecht zu werden.

Kapitel 8

Seit gut zwei Wochen war Laura nun in Tannreuth. Ihr gemeinsamer Alltag mit den Kindern hatte sich inzwischen eingespielt.

Hanna und Leo gingen in die Schule, Juna mit Begeisterung wieder in den Kindergarten.

Kasimir hatte zuerst das Haus und inzwischen auch den Garten für sich erobert.

Laura arbeitete sogar wieder, auch wenn sie im Moment nicht mehr machen konnte, als Akten zu studieren, die Luisa Karminer ihr zuschickte, Briefe an die Gegenseite ihrer Mandanten zu schicken und sich um Recherche und Papierkram zu kümmern. Gerichtstermine musste Benedikt wahrnehmen. Sogar die gegen Boris.

Einige Male telefonierten sie miteinander. Dabei versuchten sie beide, nachsichtig miteinander umzugehen, doch Laura spürte, dass die Kluft zwischen ihnen tiefer wurde. Bisher waren ihre Vorstellungen und Ziele gleich gewesen, doch jetzt war in ihrem Leben etwas Neues eingetreten. Etwas, das Benedikt nicht verstand. Und weil er es nicht einmal versuchte, entfernte Laura sich mehr und mehr von ihm.

Vielleicht brauchte er einfach nur Zeit, um sich ebenfalls auf die veränderte Situation einzustellen.

Laura konzentrierte sich auf ihren aktuellen Fall, der sich im

Augenblick zu ihrem Leidwesen mehr und mehr zuspitzte. Es ging um einen Streit zwischen zwei Brüdern. Beide hatten zusammen mit ihrem Vater eine kleine Druckerei geführt und sich immer bestens verstanden. Bis der Vater vor einem Dreivierteljahr plötzlich verstorben war.

Nun waren die Fronten so festgefahren, dass die Brüder vom jeweils anderen verlangten, die väterliche Firma zu verlassen. Das Verhältnis der beiden Brüder war über das Erbe inzwischen vollkommen zerstört. Sie tauschten sich nur noch über ihre Rechtsanwälte aus.

Laura unterstützte einen der Brüder, damit dieser zu seinem Recht kam. Gestern war ein Brief des Anwalts der Gegenseite eingetroffen. Luisa Karminer hatte das Schreiben eingescannt und an Laura gemailt. Laura kannte solche Fälle. Meistens führte es dazu, dass es am Ende zwar einen Sieger gab, das Familienunternehmen aber durch die vorangegangenen Streitigkeiten nicht mehr zu retten war.

Ganz zu schweigen von den Familien, die dadurch auseinandergerissen wurden.

Nun hielt sie nachdenklich inne. Konnte hier wirklich Recht gesprochen werden? Im juristischen Sinne vielleicht, aber es gab hier am Ende höchstens einen Gewinner – also auch einen Verlierer. Und damit menschlich zwei Verlierer, denn mit einem Urteil wären alle Brücken, die zueinanderführen konnten, für beide Brüder versperrt.

»Ich schreibe meine Rechnungen auch dann, wenn es mir gelungen ist, die streitenden Parteien zu einer Einigung zu bewegen. Allerdings mit einem weitaus besseren Gefühl«, hörte sie Peter Stöckel sagen.

Laura dachte über seine Worte nach. Was, wenn sie auch Bedeutung für ihren Fall hatten? Nein, das war seine Art und Weise, Fälle zu bearbeiten. Ihr Job war es einfach, ihre Mandanten bei deren Forderungen zu unterstützen. Manchmal sogar bis zur letzten Instanz und damit auch bis zum bitteren Ende. Ihre Aufgabe bestand auch in diesem Fall darin, ihrem Mandanten zu einem Sieg zu verhelfen. *Der ihn aber nicht wirklich zum Sieger macht.*

»Verdammt, Laura«, sagte sie leise. »Du denkst über so etwas doch sonst nicht nach. Los, beantworte endlich diesen Brief der Gegenseite. Sachlich, so wie immer, mit den entsprechenden Paragraphen untermauert.«

Sie schob sich die Tastatur zurecht, doch bevor sie mit dem Schreiben beginnen konnte, sprang Kasimir zuerst auf einen Stuhl und danach auf den Tisch. Er sah sie mit seinen großen grünen Augen an, dann legte er sich quer über die Tastatur.

Laura stöhnte leise auf. »Das geht nicht, Kasimir. Ich kann jetzt nicht mit dir spielen.«

Kasimir schnurrte leise.

Lachend hob Laura ihn hoch und vergrub ihr Gesicht in sein weiches Fell. Der kleine warme Körper drängte sich an sie, das Schnurren wurde lauter.

»Du bist ein ganz Süßer«, sagte sie zärtlich. Der Kater quittierte es, indem er sich noch enger an sie schmiegte.

»Ich muss jetzt arbeiten!« Sie bemühte sich, Autorität in ihre Stimme zu legen, und setzte ihn auf ihren Schoss. Doch kaum hatte sie die Hände ausgestreckt, da sprang er schon wieder auf den Tisch und legte sich auf die Tastatur.

»Nein, Kasimir«, stöhnte Laura. »Ich – muss – jetzt – arbeiten!« Sie betonte jedes Wort, als würde er es dadurch besser verstehen. »Ich muss!«

Kasimir blieb liegen, bis sie ihn erneut aufhob und eine Weile mit ihm schmuste. Danach setzte sie ihn auf den Boden. »Geh spielen«, forderte sie ihn auf.

Kasimir setzte sich auf seine Hinterbeine und schaute zu ihr auf.

Laura zwang sich, den Blick abzuwenden und sich wieder auf den Brief zu konzentrieren. Sie tippte die ersten Worte ein, als Kasimir mit einem Satz auf den Tisch erneut die Tastatur enterte. Wieder schaute er sie an, als wollte er sie mit seinen Blicken hypnotisieren.

Und erneut ertappte Laura sich zu ihrer völligen Überraschung bei dem Gedanken: »Ich schreibe meine Rechnungen auch dann, wenn es mir gelungen ist, die streitenden Parteien zu einer Einigung zu bewegen. Allerdings mit einem weitaus besseren Gefühl.«

»Quatsch!«, sagte sie laut.

»Miau!«, antwortete Kasimir.

Ich könnte es versuchen!

Laura zögerte, aber die Idee setzte sich in ihrem Kopf fest und ließ sie nicht mehr los. Schließlich griff sie nach ihrem Handy und wählte die Nummer ihres Mandanten.

»Hallo, Frau Strohner«, begrüßte Lutz Niemeyer sie nach dem zweiten Klingeln. Seine Stimme klang angespannt. »Gibt es etwas Neues?«

»Hallo, Herr Niemeyer. Darf ich Ihnen eine sehr persönliche Frage stellen?«

Sekundenlange Stille. »Ja!«, sagte er schließlich verhalten.

»Wie gut haben Sie sich mit Ihrem Bruder verstanden, bevor es zu dieser Erbschaftsstreitigkeit kam?«

Auch diesmal dauerte es eine Weile, bis Lutz Niemeyer antwortete: »Benno war nicht nur mein Bruder, er war mein bester Freund.«

Damit schwieg er wieder, dann war ein erstickter Ton zu hören, der verdächtig nach einem Schluchzer klang. Laura vermutete, dass ihre Frage den Zorn durchbrochen hatte, der Lutz Niemeyer erfüllte, und die Erinnerung an die Zeit vor dem Streit freigab. Für sie ein Zeichen dafür, dass sie auf dem richtigen Weg war.

»Was, glauben Sie, würde Ihr Vater zu den Auseinandersetzungen mit Ihrem Bruder sagen?«, wagte sie sich weiter vor.

Dieses Mal erfolgte die Antwort prompt. »Er würde sich im Grabe herumdrehen.«

Laura schwieg, bewusst, um ihm Zeit zu geben, diese Erkenntnis zu verdauen. Sie wollte, dass er selbst schloss, was das für den Prozess bedeuten konnte. Und wieder lag sie richtig.

»Was soll das?«, rief er schließlich ungeduldig aus. »Wieso stellen Sie mir solche Fragen?«

Laura beschloss, den Sprung zu wagen und ihn mit dem zu konfrontieren, was ihr zuvor durch den Kopf gegangen war. Wie schade es war, dass er und sein Bruder diesen schlimmen Streit hatten, dass sie ihn überhaupt zuließen. Dass es ihnen doch im gemeinsamen Betrieb bisher immer gelungen war, eine Einigung zu finden.

»Wollen Sie mir etwa vorschlagen, ich soll mich mit meinem Bruder vertragen?«, fragte Lutz Niemeyer, als sie geendet hatte. »Dieser Idiot hat die Firma fast in den Ruin getrieben!«

Laura überlegte. Sie wusste aus den Akten, dass er an der finanziellen Schieflage auch nicht ganz unschuldig war, ihr aber ging es um etwas anderes. »Na ja, ehrlich gesagt gibt es in diesem Fall doch eigentlich zwei Idioten. Die nämlich ihre Beziehung aufs Spiel setzen«, erwiderte sie ruhig, bevor sie hinzufügte: »Und zwei Anwälte, die daran sehr gut verdienen.«

Lutz Niemeyer schwieg.

Laura konnte förmlich hören, wie er nachdachte. »Ist es das wirklich wert?«, fuhr sie sanft fort. »Sie beide zerstören mit Ihrer gerichtlichen Auseinandersetzung letztendlich das, worum es geht: das Erbe Ihres Vaters. Und Sie entzweien sich ausgerechnet mit dem Menschen, der ein wichtiger Teil Ihrer Familie ist. Sie sind zusammen aufgewachsen, Sie haben zusammen gearbeitet. Glauben Sie nicht, dass es sich lohnt, daran zu arbeiten, das zu erhalten, anstatt einen Kampf auszufechten, der all das zerstört?«

Laura hielt inne, gespannt, ob ihre Worte ihn erreichten.

»Ich muss darüber nachdenken«, sagte er knapp und beendete das Gespräch.

Laura legte ihr Handy beiseite und lehnte sich im Stuhl zurück. Es fühlte sich erstaunlich gut an, so gehandelt zu haben, auch wenn durchaus die Möglichkeit bestand, dass sie einen Mandanten verloren hatte und einer ihrer Kollegen sich mit diesem Fall eine goldene Nase verdiente. Benedikt allerdings würde toben, wenn er davon erfuhr.

»Soll er doch«, sagte Laura.

Auch diesmal erhielt sie eine Antwort von Kasimir. Er ließ ein zustimmendes »Miau« hören, dann erhob er sich von der Tastatur, sprang vom Tisch und stolzierte davon.

Donnerstag war der einzige Tag, an dem Hannas Unterricht so früh endete, dass sie auf dem Heimweg ihre kleinen Geschwister mitbringen konnte. An der Schule traf sie sich mit Leo, danach holten die beiden gemeinsam Juna aus dem Kindergarten ab.

Laura hatte sich vorgenommen, für die Kinder heute endlich einmal ein gesundes Mittagessen zu kochen. Es war keineswegs so, dass die drei sich für Fertiggerichte aus der Truhe nicht begeistern konnten, aber Laura hatte jeden Tag ein schlechtes Gewissen, wenn sie eine Pizza in den Backofen schob oder eine Lasagne in die Mikrowelle.

So schwer konnte es doch nicht sein!

Der Spinat kam zwar auch aus der Tiefkühltruhe, wurde aber laut Aussage des Unternehmens direkt vom Feld ohne Konservierungsstoffe verarbeitet und tiefgefroren. Dazu gab es Salzkartoffeln und Fischstäbchen. Letztere aber auch wieder aus der Truhe.

Kartoffeln zu schälen war kein Problem, auch wenn sie ein

bisschen aus der Übung war. Wenn sie am Ende auch den Eindruck hatte, dass die geschälten Kartoffeln ziemlich rechteckig aussahen, so war sie doch stolz auf sich.

Den Spinat musste sie nur auftauen, die Fischstäbchen in der Pfanne anbraten.

»Hurra, ich habe ein komplettes Mittagessen gekocht«, freute sie sich, als sie fertig war.

Kasimir, der ihr in die Küche gefolgt war, hob schnuppernd die Nase. Am besten gefiel ihm vermutlich der Fisch.

»Da staunst du, nicht wahr?« Laura strich ihm fröhlich über das Fell. Als Benedikt ein paar Minuten später anrief, war sie blendender Laune. Ganz im Gegensatz zu ihm.

»Was hast du mit Lutz Niemeyer gemacht?«, fuhr er sie an.

»Ich habe ihm einen anwaltlichen Rat gegeben«, gab sie ruhig zurück.

»Er hat vor wenigen Minuten angerufen und uns das Mandat entzogen.« Er verstummte, sagte eine ganze Weile überhaupt nichts mehr und schien auf ihre Reaktion zu warten.

»Ja, dann ist das so.« Laura ließ sich nicht aus der Ruhe bringen. »Lutz Niemeyer ist mein Mandant.«

»Er war dein Mandant«, erinnerte Benedikt sie kühl. »Welchen Rat hast du ihm gegeben?«

»Du bist mein Partner, nicht mein Vorgesetzter«, erinnerte sie ihn und atmete tief durch. »Ich habe Lutz Niemeyer vorgeschlagen, dass er sich mit seinem Bruder versöhnen soll«, sagte sie, obwohl sie wusste, dass er es ohnehin nicht verstehen würde.

Benedikt stöhnte auf. »Kann es sein, dass du dich mit der Einfalt der Dörfler infiziert hast? Wir leben nicht davon, dass wir unsere Mandanten mit der Gegenseite versöhnen!«

Die Einfalt der Dörfler? Laura ärgerte sich maßlos über seine Arroganz. Alle Menschen hier, die sie bisher kennengelernt hatte, waren wundervoll und alles andere als einfältig! Allen voran Pia und ihr Schwiegervater. Die zauberhafte Bille. Der Tierarzt und seine Frau Balbine. Benedikt kannte keinen von ihnen und erlaubte sich dennoch ein solches Urteil.

Nun gut, ihr direkter Nachbar war wirklich ein Idiot, aber mit dem hatte sie glücklicherweise nichts zu tun. Seit seinem wutschnaubenden Auftritt vor ihrer Tür hatte sie ihn nicht mehr gesehen.

In diesem Moment flog die Haustür auf und alle drei Kinder stürmten ins Haus.

»Tante Laura, schnell«, rief Juna in höchster Not.

Laura war sofort alarmiert.

»Was ist da los?«, hörte sie Benedikt am anderen Ende fragen.

»Tante Laura! Tante Laura!« Das war Leo.

Hanna wies zur Tür. »Der Kasimir ist nebenan in das Haus gelaufen. Wir haben Angst, dass der Mann ihm etwas antut.«

Laura erschrak. So wie sie den Kerl bisher kennengelernt hatte, war das nicht auszuschließen.

»Verdammt, Laura, was passiert da gerade bei euch? Und wer ist Kasimir?«, rief in diesem Moment Benedikt, und ihr wurde bewusst, dass sie ihr Handy immer noch an ihr Ohr hielt.

»Unser Kater«, sagte Laura hastig. »Entschuldige bitte, Benedikt, aber ich habe jetzt keine Zeit mehr. Ich rufe dich später an.«

»Wie beim letzten Mal?«, fragte er ironisch.

Laura ärgerte sich, ging aber nicht darauf ein. »Bis später«, sagte sie und beendete das Gespräch.

»Ihr wartet hier«, sagte sie zu den Kindern, dann machte sie sich mit einem unbehaglichen Gefühl auf den Weg zum Nachbarhaus. Die Eingangstür stand einen Spaltbreit offen. Ob Kasimir wirklich in das Haus des Nachbarn gegangen war? Und wie sollte sie sich jetzt verhalten? Einfach klingeln und nachfragen?

Ausgerechnet bei diesem Mann?

Laura legte ihren Finger auf den Klingelkopf, doch dann vernahm sie drinnen einen lauten Schrei, gefolgt von einem angstvollen Miauen.

Sie stieß die Tür auf. »Kasimir!«

In dem Raum am Ende des Flurs fiel etwas polternd zu Boden, gefolgt von einem erneuten Miauen. Kaum hatte sie es erreicht, flitzte Kasimir an ihr vorbei zur offenen Haustür und stürmte hinaus.

Ihr Nachbar stand mitten im Raum, offenbar dem Wohnzimmer. Sein Blick war auf den Boden gerichtet, wo etwas Zerbrochenes lag. Langsam hob er den Kopf.

Laura wappnete sich gegen einen Wutausbruch, doch in seinem Blick erkannte sie vor allem tiefe Verzweiflung.

Er fuhr sich mit beiden Händen durch das dunkle Haar, das ebenso wie der Vollbart von silbernen Fäden durchzogen war.

Dann bückte er sich und sammelte die Scherben auf. »Diese verdammte Katze«, sagte er leise. Aber auch jetzt klang er eher verzweifelt als wütend.

»Es tut mir leid«, sagte Laura. »Ich ersetze Ihnen natürlich den Schaden, den Kasimir angerichtet hat.«

»Verschwinden Sie«, fuhr er sie an. »Und sorgen Sie gefälligst dafür, dass dieses verdammte Vieh nie wieder in mein Haus kommt.«

Laura kam seiner Aufforderung eilig nach, entschuldigte sich aber noch einmal. »Es tut mir wirklich leid.«

»Kasimir ist wieder da«, rief Juna bei ihrer Rückkehr sofort.

»Zum Glück«, sagte Laura erschöpft. »Aber wir müssen aufpassen, dass er nie wieder nach nebenan geht.«

Hanna schaute sie erschrocken an. »Glaubst du, der Mann tut ihm dann etwas?«

»Ich weiß es nicht«, gab Laura ehrlich zu. »Aber Kasimir hat eben bei unserem Nachbarn etwas kaputtgemacht.«

»Was denn?« Juna schaute sie erschrocken an.

»Keine Ahnung. Irgendeine Figur oder so. Ich habe nur die Scherben gesehen.«

»Müssen wir das bezahlen?«, fragte Hanna.

»Ich habe es ihm angeboten, aber er wollte es nicht.« Dass er sie aus dem Haus geworfen hatte, verschwieg sie.

»Ich hab Hunger«, sagte Leo.

»Ist das alles, was dich interessiert?«, fauchte Juna ihn an. »Es geht um unseren Kasimir.«

»Dem ist doch nix passiert«, sagte Leo verständnislos. »Und ich hab trotzdem Hunger.«

»Das Essen ist fertig, es kann gleich losgehen. Aber vorher müssen wir noch etwas klären.« Laura unterstrich ihre Worte mit erhobenem Zeigefinger. »Wenn Kasimir draußen ist, müssen wir alle aufpassen, dass er nicht mehr zu unserem Nachbarn läuft.«

»Wir lassen ihn einfach nicht mehr raus«, schlug Hanna vor.

»Das geht nicht!«, sagte Juna prompt. »Der arme Kasimir will nicht eingesperrt sein.«

»Woher willst du wissen, was der Kater will?«, fragte Hanna.

»Weil er es mir gesagt hat«, trumpfte Juna auf.

»Ja, klar …« Hannas ironisches Lachen zeigte, was sie von der Aussage ihrer Schwester hielt.

»Er hat es mir aber wohl gesagt«, flüsterte Juna. Plötzlich schnupperte sie. »Bäh, was stinkt hier so?« Angeekelt verzog sie das Gesicht, und auch Laura stieg der Geruch nach Angebranntem in die Nase.

»Oh nein!« Sie stürmte in die Küche.

Zu spät! Der Spinat hatte sich in eine qualmende Masse verwandelt. Laura zog den Topf vom Herd in die Spüle und gab Wasser hinein. Es qualmte noch mehr.

In diesem Moment klingelte es an der Tür.

»Kinder, macht mal bitte auf. Ich kann jetzt nicht«, rief Laura und öffnete ein Fenster.

Und dann stand Mirja Barth in der Tür. Die Mitarbeiterin des Jugendamtes schaute auf den Topf in der Spüle, dann zu Laura. Beide Frauen brachen in lautes Lachen aus.

»Offensichtlich bin ich mal wieder genau im richtigen Moment eingetroffen«, sagte Mirja.

»Aus meiner Perspektive ist es eher der ungünstigste Moment«, erwiderte Laura trocken und begrüßte Mirja Barth mit einem Händedruck. »Das sollte eigentlich ein Versuch werden, die Kinder gesund zu ernähren.«

»Ich mag sowieso keinen Spinat«, verkündete Leo, der die Küche betrat.

»Du kannst dich freuen«, sagte Mirja Barth und strich ihm durch die blonden Locken. »Heute gibt es keinen Spinat.«

»Was gibt es dann?« Er schaute Laura ein.

»Fischstäbchen und Kartoffeln«, erwiderte sie.

»Das reicht«, erklärte Leo großzügig.

»Wir könnten noch Salat dazu machen.« Mirja Barth zeigte auf einen Kopfsalat, der bereits ein bisschen welk aussah.

»Wir?« Lachend schaute Laura sie an.

»Ich kann sehr gut kochen. Vielleicht kann ich Ihnen das eine oder andere Rezept verraten, das Sie leicht zubereiten und mit dem sie die Kinder ausgewogen ernähren können.«

Laura lächelte ihr dankbar zu. Mirja Barth war ganz sicher eine recht ungewöhnliche Jugendamtsmitarbeiterin. Sie hatte in Berlin durch ihre Arbeit einige ihrer Kolleginnen kennengelernt, sowohl harte, unerbittliche, aber auch mitfühlende. Doch keine war so wie Mirja Barth.

»Gerne«, stimmte sie zu. »Aber nur wenn Sie zum Essen bleiben.«

Es wurde eine lustige Mittagsrunde. Laura hatte den Eindruck, dass Mirja Barth sich wohlfühlte und auch einen guten Eindruck von der Entwicklung der Kinder gewann.

Genau das bestätigte Mirja, als sie schließlich allein mit Laura am Tisch saß. »Ihre Tante hat sich viel Mühe gegeben«, sagte sie und fügte grinsend hinzu: »Ihr ist ganz bestimmt nie eine Mahlzeit angebrannt.«

»Erstaunlicherweise passiert mir das nur, wenn Sie zu uns kommen«, sagte Laura mit einem Lächeln. »Okay, ich muss zugeben, dass ich auch sonst nicht so oft koche.«

Mirja lachte, doch dann wurde ihre Miene wieder ernst. »Ich muss Ihnen gestehen, dass ich nicht sicher war, ob Ihre Tante den Kindern wirklich noch gerecht werden konnte. Aber sie hat ja selbst festgestellt, dass sie sich überfordert fühlte, nicht zuletzt wegen ihres Alters.«

Laura nickte. Sie konnte jetzt erst richtig beurteilen, was Tante Agnes im vergangenen halben Jahr auf sich genommen hatte.

»Es war nett bei Ihnen«, verabschiedete sich Mirja nach dem gemeinsamen Mittagessen. »Ich bin sehr zufrieden.« Sie erhob sich, hielt aber kurz inne. »Meine Schwester hat mir übrigens gesagt, dass Leo in der Schule nicht mehr so aggressiv ist. Sie machen Ihre Sache wirklich gut.« Sie grinste. »Da fällt so ein bisschen verbrannter Spinat wirklich nicht ins Gewicht.«

Am frühen Abend rief Lutz Niemeyer an.

»Ich habe gehört, dass Sie das Mandat niedergelegt haben«, sagte Laura zurückhaltend, kaum dass er sich gemeldet hatte.

»Ja.« Am anderen Ende blieb es sekundenlang still, doch dann platzte es aus dem Mann heraus: »Und jetzt ist es mir wichtig, mich persönlich bei Ihnen zu bedanken. Ich habe heute Morgen gründlich über Ihre Worte nachgedacht. Und dann habe ich aufgehört zu denken und einfach meinen Bruder angerufen.« Lutz Niemeyers Lachen klang befreit. »Und jetzt brauchen wir beide keine Anwälte mehr. Ich habe Benno all das gesagt, was Sie zu mir gesagt haben. Alles wird wieder gut. Danke!«

»Oh, das freut mich wirklich sehr!«, rief Laura fröhlich. »Ich dachte schon, Sie hätten sich einen anderen Anwalt gesucht, um den Streit mit Ihrem Bruder fortzusetzen. Aber jetzt bin ich sehr glücklich mit Ihrer Entscheidung. Und ich bin überzeugt, dass es die richtige ist.«

»Mein Bruder und ich auch.« Lutz räusperte sich. »Eine Rechnung können Sie mir natürlich trotzdem schicken. Sie haben ja schon eine ganze Weile für mich gearbeitet.«

»Worauf Sie sich verlassen können«, erwiderte Laura trocken, doch dann lachte sie wieder. »Ich bin sehr froh, dass ich Sie nicht vor Gericht gegen Ihren Bruder vertreten muss. Ich wünsche Ihnen alles Gute, Herr Niemeyer.«

»Das wünsche ich Ihnen auch. Danke noch mal«, sagte Lutz Niemeyer und verabschiedete sich.

Laura legte ihr Handy beiseite. *Peter Stöckel hat recht*, dachte sie. *Es ist ein wundervolles Gefühl, zwei Parteien miteinander zu versöhnen.*

Sie beschloss, sofort Benedikt anzurufen, so, wie sie es ihm versprochen hatte. Vor allem aber, um ihm die frohe Botschaft zu verkünden, warum Lutz Niemeyer das Mandat niedergelegt hatte und wie sie sich dabei fühlte.

Benedikt wird es nicht verstehen!

Langsam ließ sie ihr Handy sinken, als ihr nach und nach die Bedeutung und die Tragweite dieser Erkenntnis bewusst wurde. Und so verschob sie das Gespräch auf den späteren Abend. Oder auf morgen ...

Kapitel 9

Am Abend machte Laura wie gewohnt ihre Runde durch die Kinderzimmer.

Juna schlief tief und fest, Kasimir lag im Bett neben ihr. Was Mirja Barth wohl dazu sagen würde? Lächelnd schloss Laura die Tür und ging weiter zu Leo.

Der Junge lag auf dem Rücken, Arme und Beine ausgestreckt, und schlief ebenfalls. Seine Bettdecke war auf den Boden gefallen. Leise trat Laura an sein Bett und hob sie auf. Als sie ihn zudeckte, öffnete er die Augen.

»Ich hab dich lieb, Tante Laura«, murmelte er schlaftrunken.

Laura spürte einen Kloß in ihrer Kehle. »Ich hab dich auch lieb«, sagte sie rau, erfüllt von einem Gefühl der Wärme.

Leo lächelte und schlief augenblicklich wieder ein.

Als Laura in Hannas Zimmer kam, stand das Mädchen im Dunkeln am Fenster und starrte hinaus.

»Siehst du wieder Geister?«, fragte Laura amüsiert.

»Nein, ich sehe unseren Nachbarn«, sagte Hanna. »Er hat jetzt richtiges Licht, und ich kann direkt in sein Wohnzimmer gucken.«

»Es ist nicht nett, die Nachbarn heimlich zu beobachten«, sagte Laura und trat neben ihre Nichte, um genau das zu tun.

»Was macht der da?«, flüsterte Hanna.

Er saß am Tisch und starrte auf etwas, das vor ihm lag. Auch wenn Laura es aus der Entfernung nicht erkennen konnte, so ahnte sie, dass es sich dabei um die Scherben handelte, die Kasimir heute verursacht hatte. Unvermittelt kam ihr die Verzweiflung in dem Blick des Mannes in den Sinn.

Das, was vor ihm lag, was immer es auch sein mochte, musste ihm viel bedeutet haben.

»Ich finde den Mann komisch.« Hanna flüsterte, als könne er sie hören.

In genau diesem Moment fuhr sein Kopf herum, als spüre er, dass er beobachtet wurde.

Hanna und Laura schrien erschrocken auf und zogen die Köpfe zurück, dann stieß Hanna ein nervöses Lachen aus. »Er hat uns doch nicht gesehen, oder?«

»Nein, ganz bestimmt nicht«, erwiderte Laura. »Es ist völlig unmöglich, dass er uns hier im Dunkeln sieht.« Vorsichtig streckte sie den Kopf wieder vor.

»Es gehört sich nicht, die Nachbarn zu beobachten«, neckte Hanna sie.

»Genau«, stimmte Laura zu, konnte aber trotzdem nicht damit aufhören. Sie sah, wie er das, was vor ihm lag, in eine Tüte warf und sie zusammenband. Dann verließ er das Zimmer.

Sekunden später ging die Außenbeleuchtung an. Den Eingangsbereich konnte sie von ihrem Standort aus nicht sehen, aber dann trat er wieder in ihr Blickfeld, als er die Tüte in die Mülltonne warf. Er ging zurück ins Haus, die Außenbeleuchtung wurde ausgeschaltet, kurz darauf erlosch auch das Licht im Wohnzimmer, ohne dass sie den Mann noch einmal sah.

»Sollen wir die Zimmer tauschen?«, fragte Hanna amüsiert. »Dann kannst du ihn jeden Abend beobachten.«

»Nein, danke, das ist mir viel zu aufregend«, sagte sie lächelnd und schloss das Mädchen kurz in die Arme. »Gute Nacht.« Sie wies auf das Fenster. »Und nicht mehr so lange fernsehen«, mahnte sie augenzwinkernd. »Du musst morgen früh zur Schule.«

Hanna lachte. »Gute Nacht, Tante Laura.«

Laura machte sich ebenfalls für die Nacht fertig. Mit Wohlbehagen schlüpfte sie in den Bärchenpyjama und legte sich ins Bett. Wenn sie vorher gewusst hätte, wie bequem und kuschelig dieses Teil war, hätte sie ihn schon früher getragen. Egal, was Benedikt dazu gesagt hätte.

Benedikt!

Laura richtete sich auf. Verflixt, sie hatte schon wieder vergessen, ihn anzurufen! Warum hatte sie das nicht gleich nach dem Gespräch mit Lutz Niemeyer erledigt, anstatt den Anruf wieder auf später zu verschieben?

Mit einem Blick auf den Wecker stellte sie fest, dass es bereits nach zweiundzwanzig Uhr war. Wahrscheinlich schlief Benedikt jetzt noch nicht. Er ging nie früh ins Bett ...

Laura zögerte. Wollte sie ihn jetzt wirklich noch anrufen? Sich seine Vorwürfe anhören? Sich seinem Unverständnis aussetzen? Sich seinen Fragen stellen, wann sie endlich wieder nach Berlin zurückkehrte?

»Auf keinen Fall!«, sagte sie leise zu sich selbst, musste aber lachen, als ihr auffiel, dass sie schon wieder mit sich selber sprach.

Sie ließ sich zurück in ihr Kissen fallen.

Ich rufe Benedikt morgen an, beschloss sie. *Oder übermorgen. Oder ...*

Irgendwann eben ...

Sie versuchte, sich auf etwas anderes zu konzentrieren. Leider waren es auch keine angenehmeren Gedanken, die sich in ihren Fokus drängten.

Echt jetzt? Muss ich wirklich an diesen Typen denken?

Sie wollte sich nicht mit ihrem Nachbarn beschäftigen. Nicht einmal in Gedanken. Doch das Bild von ihm, wie er an seinem Tisch gesessen hatte, ließ sie nicht los. Eine Aura von Einsamkeit hatte ihn umgeben ...

Laura Strohner, jetzt gehst du wirklich zu weit!

Sie setzte sich im Bett auf. Sie wusste viel zu wenig über ihren Nachbarn, um so etwas in diesen kurzen Anblick zu interpretieren. Und wenn ihr Nachbar wirklich einsam war, dann lag das ja wohl nur an ihm. Sie hatte ihn jetzt dreimal erlebt - und das reichte ihr.

Plötzlich war da wieder das Bild vor ihrem inneren Auge, wie er im Wohnzimmer auf die Scherben starrte. Wie er langsam den Kopf hob und sie anstarrte. Diese pure Verzweiflung ...

Laura presste die Hände gegen die Schläfen und schloss die Augen. Doch das Bild hatte sich in ihr eingebrannt und ließ sie nicht los.

Auch wenn Laura es ungern zugab, sie hatte ein schlechtes Gewissen. Sie dachte an den Moment, an dem sie die Kette verloren hatte, die ihre Mutter ihr geschenkt hatte. Damals hatte sie schon in Gießen studiert und an jenem Abend mit ein paar Kommilitonen gefeiert. Obwohl sie und ihre Freunde den Partyraum stundenlang durchsucht hatten, tauchte die Kette nicht mehr auf. Es war ein so wichtiges Erinnerungsstück gewesen, und sie hatte tagelang geweint.

Doch dann, vier Wochen später, fand jemand die Kette in einem Spalt zwischen einem Balken und einer Bodendiele. Noch heute spürte sie das Gefühl der Erleichterung, das sie im Moment der Übergabe empfunden hatte.

Plötzlich hatte sie eine Idee. Eine gute Idee?

Laura beschloss, sie einfach in die Tat umzusetzen. Sie sprang aus dem Bett, lief im Dunkeln die Treppe hinab und öffnete die Haustür. Und dann schlich sie in ihrem Teddypyjama aus dem Haus zum Nachbargrundstück.

Als die Kinder am nächsten Morgen aus dem Haus waren, rief Benedikt an. Er kam gleich zur Sache: »Joachim Quasten hat sich mit Boris Schäfer überworfen und möchte als Mandant zu unserer Kanzlei wechseln. Er führt so viele Prozesse, dass das Gericht eigentlich eigens für ihn einen Richter einstellen müsste.« Er lachte.

»Kein Wunder, so wie der mit Menschen umgeht«, konterte Laura.

Joachim Quasten war Inhaber eines bundesweit agierenden Immobilienkonzerns. Immer wieder warfen seine Mieter ihm Betrug vor, auch in den Medien, doch er handelte so geschickt, dass ihm nie etwas nachgewiesen werden konnte.

»Na und?« Benedikt war hörbar verärgert. »Seit wann machen wir uns um die moralische Einstellung unserer Mandanten Gedanken? Wenn wir seine anwaltliche Vertretung übernehmen, ist das gleichbedeutend mit der Genehmigung zum Gelddrucken. Laura, das schaffe ich nicht allein. Ich brauche dich hier.«

»Hat Joachim Quasten das Mandat entzogen, oder hat Boris Schäfer es von sich aus niedergelegt?«, fragte sie.

»Spielt das eine Rolle?«

»Ja, für mich schon. Boris Schäfer hat nur wenig Skrupel, wie wir wissen. Wenn die Mandatsniederlegung also von ihm kommt, sollten wir genau überlegen, ob wir uns darauf einlassen. Du kennst die öffentliche Meinung über Joachim Quasten. Ich möchte nicht, dass unsere Kanzlei mit seinen Methoden in Verbindung gebracht wird.«

»Er geht aus fast jedem Prozess als Sieger hervor.« Benedikt klang gekränkt. Wahrscheinlich verübelte er ihr, dass sie seine Begeisterung nicht teilte. »Neue Mandanten werden uns die Tür einrennen, wenn sich herumspricht, dass wir ihn vertreten!«

»Und welche Art von Klientel ziehen wir damit an?« Laura war erschüttert, weil nun auch ihre beruflichen Vorstellungen auseinandergingen. Die sie bisher doch miteinander verbunden hatten. Zumindest hatte sie das geglaubt.

Sie atmete tief durch. »Benedikt, ich habe Jura studiert, weil es mir um Gerechtigkeit geht.«

Er stieß ein höhnisches Lachen aus. »Du lieber Himmel, Laura, wie naiv bist du eigentlich?«

Sein gönnerhafter Ton ärgerte sie so sehr, dass es ihr fast den Atem nahm.

»Wir wissen doch beide, wie weit Recht und Gerechtigkeit oft voneinander entfernt sind. Und es ist mir völlig egal, aus welchem Grund Joachim Quasten den Anwalt wechselt. Ich habe ihm bereits zugesagt.«

Laura war fassungslos. »Ohne das mit mir zu besprechen?«

»Du warst nicht da«, rechtfertigte er sich.

»Aber erreichbar per Telefon, per SMS und per Mail.« Laura holte tief Luft. »Ich kann nicht glauben, dass du so eine Entscheidung getroffen hast, ohne mit mir Rücksprache zu halten!«

»Ich habe im Sinne der Kanzlei gehandelt«, erwiderte er steif.

»Das bezweifle ich«, war alles, was sie hervorbrachte, bevor sie das Gespräch beendete. Es war ihr im Augenblick unmöglich, noch länger mit Benedikt zu reden.

Ruhelos tigerte sie durchs Haus. Kasimir folgte ihr auf Schritt und Tritt. Immer, wenn sie einmal kurz innehielt, setzte er sich auf seine Hinterpfoten und schaute zu ihr auf. Fragend, wie es Laura schien. So als versuche er zu ergründen, was mit ihr los war.

»Ich habe mich schrecklich über Benedikt geärgert«, erzählte Laura ihm und musste plötzlich lachen. »Und wenn er je erfährt, dass ich meine Probleme mit einem kleinen Kater bespreche, hält er mich wahrscheinlich vollends für verrückt.«

»Miau!«

»War das Widerspruch oder Zustimmung?« Laura lachte erneut

und ging in die Hocke. Der kleine Kater munterte sie auf. »Ach, Kasimir, wie schön, dass du da bist.«

Als Kasimir zu ihr gelaufen kam, hob sie ihn hoch und wiegte ihn in den Armen. Kasimir schmiegte sein Köpfchen an ihr Gesicht und schnurrte.

Laura setzte Kasimir wieder auf den Boden und machte sich daran, die Zimmer der Kinder aufzuräumen und die Betten zu lüften. Als sie in Hannas Zimmer das Fenster öffnete, sah sie nebenan ihren Nachbarn an den Mülltonnen stehen. Ihre Gedanken wanderten zu der vergangenen Nacht. Sie verharrte reglos am Fenster, bis er zurück ins Haus ging. Laura betrat das Gästezimmer, das sie seit Tante Agnes' Auszug bewohnte. Sie öffnete den Beutel und schüttete den Inhalt vorsichtig auf den kleinen Tisch unter dem Fenster. Zahlreiche Scherben verteilten sich auf der Oberfläche, und Laura erkannte, dass es sich um eine Skulptur gehandelt haben musste. Der Kopf war noch vollständig, ohne Beschädigungen. Laura nahm ihn in die Hand und betrachtete ihn aufmerksam. Es war ein Frauengesicht. Schmal und zart, mit veilchenblauen Augen. Der rote Mund lächelte den Betrachter an. Blonde kinnlange Locken umrahmten das Gesicht.

»Wer bist du?«, flüsterte sie, während sie überlegte, ob es sich bei dieser Skulptur um ein Dekoobjekt handelte oder ob sie nach einem lebenden Vorbild geschaffen worden war. Und wenn Letzteres so war, in welcher Verbindung stand diese Frau zu ihrem Nachbarn …

Laura schüttelte den Gedanken ab. Zu viele Fragen, auf die sie sicher nie eine Antwort erhalten würde. Aber sie hatte die Scherben aus einem bestimmten praktischen Grund in der vergangenen Nacht aus der Abfalltonne geholt. Und es gab einen Menschen, der ihr helfen konnte, ihr Vorhaben auszuführen …

Kapitel 10

Pia starrte fassungslos auf den Scherbenhaufen, den Laura vor ihr auf dem Tisch ausgebreitet hatte. »Das wird eine Heidenarbeit, wenn du das wirklich alles wieder zusammenpuzzeln willst. Warum kaufst du deinem Nachbarn nicht einfach eine neue Skulptur?«

»Weil ich keine Ahnung habe, woher er sie hat.«

Pia nahm den unbeschädigten Kopf in die Hand und untersuchte ihn. »Die Figur ist von Hand modelliert«, sagte sie. »Und hinterher noch mit einem Glasurbrand behandelt.«

»Was genau heißt das?«, wollte Laura wissen.

»Dass jemand die Figur modelliert und anschließend gebrannt hat. Erst danach wurde sie bemalt und dann ein zweites Mal in den Brennofen gesteckt. Ein ziemlich aufwendiges Verfahren.« Pia dachte einen Augenblick nach. »Ich könnte versuchen, sie nachzuarbeiten«, bot sie an.

Laura dachte gründlich darüber nach, dann schüttelte sie den Kopf. »Ich hatte den Eindruck, dass ihm diese Figur sehr wichtig ist. Wenn du sie nacharbeitest, ist es ja nicht mehr dieselbe.«

Pia schmunzelte. »Nein, nur die gleiche Skulptur. Und selbst das kann ich nicht hundertprozentig garantieren. Nur der Kopf ist völlig unbeschädigt, aber der Rest ...« Sie legte den Kopf zurück zu den anderen Scherben. »Das siehst du ja selbst. Du wirst ewig brauchen, um das zusammenzubauen.«

»Kannst du ewig ein bisschen genauer definieren«, hakte Laura nach.

»Nein, das kann ich nicht. Es kommt auf die Zeit an, die du dafür aufwenden kannst. Und natürlich auch auf dein Geschick.«

»Dann dauert es wirklich ewig.« Laura war enttäuscht. Sie hatte sich das einfacher vorgestellt.

»Gibt es denn einen speziellen Kleber für dieses Material? Was ist das eigentlich?«

»Die Figur wurde aus weißem Ton modelliert«, sagte Pia. »Und ja, ich habe hier einen sehr guten Kleber. Also, der ist so gut, dass du zwei Teile nicht mehr trennen kannst, wenn du sie falsch zusammengeklebt hast. Jedenfalls nicht ohne Gewaltanwendung.«

Laura stieß einen Seufzer aus. Bei ihrem handwerklichen Geschick war das nur allzu wahrscheinlich. Am besten packte sie die ganzen Scherben wieder ein, warf sie zurück in die Tonne und vergaß das Ganze einfach. Immerhin hatte sie ihrem Nachbarn Schadenersatz angeboten. Wenn er das nicht wollte, war es seine Sache.

»Ich versuche es trotzdem«, hörte sie sich dennoch sagen. Und dann begann sie plötzlich zu kichern, als sie an Benedikt dachte – was würde er wohl sagen, wenn sie ihm mitteilte, dass sie vorerst nicht zurückkehren konnte, weil sie eine ominöse Figur zusammenkleben musste?

»Schön, dass dich die bevorstehende Arbeit so erheitert«, sagte Pia amüsiert. »Ich mache dir einen Vorschlag: Zweimal die Woche sind vier Frauen aus dem Dorf vormittags hier in meinem Töpferkurs. Warum setzt du dich nicht einfach dazu und klebst die Figur hier zusammen? Ich und die anderen werden dir dabei bestimmt gerne helfen.«

Das klang gut. Laura stimmte sofort zu.

»Und du lernst ein paar sehr nette Frauen kennen«, sagte Pia.

Einfältige Dörfler, schoss Laura Benedikts Bemerkung durch den Kopf.

Zum Teufel mit Benedikt!

»Ich freue mich«, sagte sie zu Pia. »Wann genau finden die Kurse statt?«

»Montags und mittwochs, jeweils um halb zehn Uhr morgens, wenn die Kinder im Kindergarten oder in der Schule sind.« Pia strahlte. »Ich freue mich sehr, dass du dabei bist.«

Bäcker Eckert war mittelgroß, trug offensichtlich einen Anzug unter der weißen Schürze, und eine randlose Brille auf der Nase. Er wirkte wie ein Buchhalter in Bäckeruniform. Strafend schaute er sie über die Glastheke hinweg an. »Ich habe mich schon gefragt, wann du kommst.«

»Wie bitte?« Seine Bemerkung irritierte sie. Auch dass er sie einfach duzte, klang in ihren Ohren befremdlich, aber das schien in Tannreuth so üblich zu sein. Bisher hatte sie nur Peter Stöckel gesiezt. Und ihr Nachbar, aber der zählte irgendwie nicht ...

»Die Kinder müssen doch Brot essen«, sagte Bäcker Eckert. »Die Hanna isst gerne das Vollkornbrot mit den Walnüssen, die Kleine mit dem komischen Namen mag das Kartoffelbrot, und Leo isst am liebsten Schokocroissants.« Der Bäcker wies auf seine Auslagen. »Alternativ die Milchbrötchen mit den Schokoladenstückchen.«

Er nahm ein Vollkornbrot aus dem Regal, legte daneben ein halbes Kartoffelbrot, und packte je zwei Croissants und zwei Milchbrötchen in eine Tüte. »Und was darf ich für dich einpacken?«

Was er wohl sagen würde, wenn Laura ihm gestand, dass sie und die Kinder bis gestern die Aufbackbrötchen gegessen hatten, die sie aus dem Supermarkt in Freiburg mitgebracht und tiefgefroren hatte? Laura war durchaus in Versuchung, es ihm zu verraten, nur um seine Reaktion zu sehen.

»Ich möchte nur ein Vollkornbrot haben«, sagte sie sehr bestimmt. »Von mir aus gerne das mit den Nüssen.«

Bäcker Eckert starrte sie an. »Und was ist mit den anderen Kindern?«

»Beim nächsten Mal nehme ich das Kartoffelbrot mit«, erwiderte Laura, »und am Wochenende gerne auch einmal Schokocroissants.«

Die Miene des Bäckers vereiste. Wortlos packte er das halbe Kartoffelbrot und die süßen Brötchen wieder weg, schob das eingepackte Brot über den Tresen und nannte den Preis. Laura bezahlte. Plötzlich kam ihr eine Idee.

»Könnte ich für Montagmorgen ein Tablett mit Kuchenstücken haben? Ich hole es um Viertel nach neun Uhr ab.«

Seine Miene wurde ein wenig weicher. »Haben Sie Geburtstag?«, wollte er wissen. Laura entging nicht, dass er sie plötzlich siezte.

»Nein«, sagte sie lediglich lächelnd, nahm das Brot von der Theke und verabschiedete sich. Beim Hinausgehen war ihr klar, dass sie sich den Dorfbäcker nicht zum Freund gemacht hatte, und zu ihrer eigenen Verwunderung bekümmerte sie das ein wenig.

Bille lachte, als sie ihr mittags die Geschichte erzählte. Laura war ein wenig früher zum Kindergarten gegangen, um Juna abzuholen. Das machte sie eigentlich jeden Tag, weil sie es genoss, sich mit der Erzieherin zu unterhalten.

»Ja, Bäcker Eckert ist sehr speziell«, bestätigte Bille. »Und wenn er dich plötzlich siezt, ist er wirklich sehr verärgert.«

»Es sollte mir ja eigentlich egal sein«, jammerte Laura. »Aber weiß du was, es macht mir echt zu schaffen. Ich habe keine Ahnung, was mit mir los ist.«

»Aber ich.« Bille zwinkerte ihr geheimnisvoll zu. »Das Virus hat dich erwischt!«

»Wie bitte?« Laura starrte sie so entgeistert an, dass Bille erneut laut lachen musste.

»Du wirst eingetannreuthert«, erklärte Bille. »Das ist ein Vorgang, den wir Zugezogenen alle durchmachen. Es passiert ganz allmählich. Wenn du es bemerkst, ist es schon zu spät.«

»War das bei dir auch so?«

»Ja, damals ...« Zu Lauras Bedauern kam Bille nicht dazu, mehr zu erzählen. Juna und Marie liefen auf sie zu. Hand in Hand, beste Freundinnen.

»Tante Laura, darf Marie heute bei uns essen?«

»Wenn Marie das mag, was ich koche«, erwiderte Laura.

»Ich will den Kasimir sehen«, sagte Marie. »Und Juna hat gesagt, dass ich mit ihm spielen darf.«

Laura sah Bille fragend an. »Bist du damit einverstanden?«

»Ja, wenn es dir nicht zu viel wird. Marie ist im Übrigen nicht sehr wählerisch, sie isst alles.«

»Wie Leo.« Laura lachte. »Wir sollten die beiden später miteinander verkuppeln.«

Bille lachte. »Zukunftspläne schmieden ist eines der Symptome, das deutlich für eine erfolgreiche Eintannreutherung spricht. Sobald du dir auf dem Friedhof deine Grabstelle aussuchst, was übrigens alle Tannreuther machen, ist die Eingliederung komplett abgeschlossen.«

»Das dauert!« Laura hob in gespieltem Bedauern die Schultern. »Da muss ich erst einmal Bäcker Eckert wieder dazu bringen, mich zu duzen.«

»Das wird nicht einfach«, stimmte Bille ihr zu. »Aber ich werde aufmerksam beobachten, wie du Tannreuth mehr und mehr verfällst, bis hin zu deiner Kapitulation.«

»Das wird nicht passieren.« Laura lachte. »Es ist wunderschön hier, aber ich bin durch und durch Großstädterin.«

Bille Miene war unergründlich, aber sie sagte nichts mehr.

»Was reden die für komische Sachen?«, fragte Marie.

»Das weiß ich auch nicht, aber Tante Laura kommt aus Berlin«, erwiderte Juna, als würde das alles erklären. Für Marie schien es auch einleuchtend zu sein.

»Ach so«, sagte sie und fragte dann: »Darf ich den Kasimir besuchen?«

»Ja«, erwiderten Laura und Bille gleichzeitig.

»Was machst du da?«

Laura fuhr herum, als sie Hannas Stimme in ihrem Rücken vernahm. Hanna hatte sie beim Spionieren ertappt.

»Wieso beobachtest du unseren Nachbarn?«

»Warum fragst du, was ich mache, wenn du es doch weißt?«, konterte Laura. »Wie lange stehst du denn schon da?«

»Lange.« Hanna grinste. »Sehr, sehr lange.«

Lauras Blick fiel auf Hannas Wanduhr. »Du bist seit höchstens fünf Minuten zu Hause. Dann hast du zuerst deine Jacke aufgehängt, nachgesehen, ob ich in der Küche bin, den Kühlschrank aufgemacht und einen Schluck getrunken.« Das war Hannas üblicher Ablauf, wenn sie aus der Schule kam. »Länger als ein paar Sekunden hast du da also nicht gestanden.«

»Leo hätte sogar behauptet, es wären tausend Stunden gewesen. Übrigens hat Leo gerade ein kleines Problem.«

Laura war sofort alarmiert. »Was ist mit ihm?«

»Er ist in der Abstellkammer eingesperrt.«

Die Abstellkammer war in die Küche integriert. Eine kleine Kammer, in der auf der einen Seite Staubsauger, Putzeimer und Besen aufbewahrt wurden, während sich auf der anderen Seite Regale für Konserven und andere, haltbare Lebensmittel befanden.

»Wieso ist Leo da eingesperrt?«, fragte Laura.

»Weil die Mädchen das für eine gute Lösung halten.« Hanna war die Schadenfreude deutlich anzusehen.

»Und warum hast du ihn nicht freigelassen?« Laura ärgerte sich ein bisschen. Der arme Leo!

Hanna zuckte gleichgültig mit den Schultern. »Ich habe ihn nicht eingesperrt, sondern Juna und Marie. Er hat die beiden geärgert.« Hanna lachte. »Jetzt haben sie ihre Ruhe.«

Laura schüttelte fassungslos den Kopf, dann ging sie nach unten. Sie rechnete damit, Leos Geschrei und Gepolter aus der Abstellkammer zu hören, aber alles war still.

Juna und Marie saßen im Wohnzimmer auf dem Boden und spielten mit einer Kugelbahn. Sie legten eine Kugel oben ein, dann sauste sie mit steigender Geschwindigkeit durch Rampen, Röhren und Kurven nach unten.

Mit den beiden Mädchen hockte Kasimir in Angriffshaltung vor der Murmelbahn. Sein Schwänzchen peitschte hin und her – und dann schoss er vor, doch die Kugel hatte bereits das Ende erreicht.

Die beiden Mädchen lachten, das Spiel begann von vorn.

Laura nahm sich nicht die Zeit, sie weiter zu beobachten oder zur Rede zu stellen. Sie eilte weiter in die Küche und schloss die Abstellkammer auf.

Leo saß auf dem Boden. Als sie die Tür öffnete, versteckte er schnell etwas hinter seinem Rücken. »Du kannst mich wieder einsperren, Tante Laura.«

Sein schokoladenverschmierter Mund verriet ihn. Er hatte die Tüte gefunden, in der Laura vor allem seinetwegen alle Süßigkeiten versteckte.

»Ich nehme dich lieber mit, bevor du einen Zuckerschock bekommst«, sagte sie. »Hat die Schokolade geschmeckt?«

»Ich hab keine Schokolade gegessen«, behauptete er.

»Du sollst nicht schwindeln«, wies sie ihn zurecht. »Tanten wissen alles, und ich weiß, dass du sogar ganz viel Schokolade gegessen hast.«

»Die war lecker«, gab er nun zu. Er schaute sie eher fragend als ängstlich an. »Kriege ich jetzt Ärger?«

»Nein, aber du bekommst eine ganze Woche lang keine Süßigkeiten mehr.«

»Das sind ja tausend Tage«, beschwerte er sich.

»Mindestens«, bestätigte Laura. »Und jetzt raus mit dir.«

Er sprang auf und wollte an ihr vorbei, dabei hielt er nach wie vor eine Hand auf dem Rücken.

Laura hielt ihn auf. »Die Schokolade gibst du mir.«

»Manno«, maulte er, gehorchte aber.

»Und mach dir den Mund sauber«, rief Laura ihm nach, als er mit gesenktem Kopf weiterging.

Leo sagte nichts mehr. Wahrscheinlich machten ihm die *tausend Tage* Schokoladenentzug zu schaffen.

Laura ging ins Wohnzimmer, um die Mädchen zur Rede zu stellen. Die beiden waren immer noch mit der Kugelbahn beschäftigt und Kasimir mit den verzweifelten Versuchen, die Murmel zu fangen.

»Wieso habt ihr Leo eingesperrt?«, wollte Laura wissen.

»Weil der uns geärgert hat«, sagte Juna.

»Ja, der hat immer die Kugel aus der Bahn geklaut«, fügte Marie hinzu.

In diesem Moment kam Leo ins Wohnzimmer gelaufen, offensichtlich hatte er seinen Namen gehört. »Die Kugelbahn gehört mir!«, schrie er.

»Nein!«, widersprach Juna.

»Doch!«

»Nein!«

»Stopp!«, fuhr Laura dazwischen. »Mir ist es egal, wem die Bahn gehört, aber hier im Haus wird niemand eingesperrt. Ist das klar?«

Verstocktes Schweigen.

»Ob das klar ist?«, forderte sie noch einmal eine Antwort.

»Ja«, erwiderte Juna kleinlaut. Marie nickte.

Nur Leo bockte und fühlte sich augenscheinlich ungerecht behandelt. »Aber die Kugelbahn gehört mir«, beharrte er. »Die hab ich von dir«, fügte er leise hinzu.

Laura schluckte, als ihr klar wurde, dass er die Wahrheit sagte. Sie hatte jedes Jahr zu Weihnachten aus Berlin Geschenke für die Kinder nach Tannreuth geschickt. Und vor zwei Jahren hatte sie diese Kugelbahn für Leo gekauft. Es rührte sie, dass ihm das etwas bedeutete. »Ja, das stimmt, Leo«, sagte sie. Sie wandte sich Juna zu. »Hast du Leo gefragt, ob du mit seiner Kugelbahn spielen darfst?«

Junas trotzige Miene verriet ihre Antwort im Voraus.

»Sag jetzt bloß nicht, dass dir die Bahn gehört«, warnte Laura.

»Nein, ich hab nicht gefragt«, ereiferte sich Juna. »Aber der fragt mich ja auch nicht, wenn der meine Sachen nimmt.«

»Ich nehm nicht deine Sachen«, konterte Leo. »Ich spiel doch nicht mit deinen doofen Puppen.«

»Meine Puppen sind nicht doof, und du nimmst doch meine Sachen.«

»Hört auf! Das ist ja fast so, als wäre ich in Berlin vor Gericht und hätte es mit zwei streitenden Mandanten zu tun«, rief Laura dazwischen.

»Was für Tanten?«, wollte Juna wissen.

»Mandanten«, berichtigte Laura. »Das sind die Leute, die zum Rechtsanwalt kommen, um sich in einem Streit vertreten zu lassen.«

»Was ist ein Rechtsanwalt?«, fragte Marie.

Leo warf sich stolz in die Brust. »Meine Tante ist Rechtsanwalt.«

»Rechtsanwältin«, warf Laura ein, aber das wurde ignoriert.

»Was macht ein Rechtsanwalt?«, wollte Marie weiter wissen.

»Der macht, dass die Leute sich ganz doll streiten, und dafür kriegt der ganz viel Geld.«

»Woher hast du das denn?«, wollte Laura wissen.

»Das hat Bäcker Eckert zu Hans gesagt. Hab ich gehört, als ich nach der Schule auf dich gewartet hab.« Im letzten Satz des Jungen schwang ein unüberhörbarer Vorwurf mit. »Immer muss ich auf dich warten.«

»Weil ich zuerst Juna aus dem Kindergarten abhole«, sagte Laura. *Und mich dann mit Bille festquatsche*, fügte sie in Gedanken hinzu.

»Wann hat Bäcker Eckert das gesagt?«

Leo dachte kurz nach. »Ich weiß nicht mehr, aber vor ganz lange.«

Vor tausend Tagen, dachte Laura amüsiert. »Und wer ist Hans?«, wollte sie weiter wissen.

»Dem Hans sein Bauernhof ist da hinten.« Marie winkte mit ihrem Händchen in eine unbestimmte Richtung. »Da wohnen Mama und ich.«

Laura lagen weitere Fragen auf der Zunge, die sie aber nicht stellte. Zu gerne hätte sie mehr über Bille und deren Leben erfahren, aber sie würde dafür nicht das Kind ausquetschen.

»Glaubt ihr, dass ihr euch jetzt vertragt?«

Alle drei Kinder nickten.

»Gut. Ihr könnt doch zusammen spielen«, schlug Laura vor.

Kasimir hatte sich inzwischen verzogen, nachdem das schöne Spiel mit der Kugel abgebrochen worden war. Wahrscheinlich lag er jetzt irgendwo und schlief.

»Wir können Rechtsanwalt spielen«, schlug Leo vor. »Dann können wir uns ganz doll streiten.«

»Also, eigentlich ist das nicht die Aufgabe eines Rechtsanwalts«, wandte Laura ein, doch die Kinder beachteten sie nicht mehr. Es wurde geklärt, dass sie abwechselnd den Rechtsanwalt spielten, der die beiden anderen in ihren Streitigkeiten anfeuerte.

Laura sah minutenlang hilflos zu. Sollte sie die Kinder spielen lassen? Oder wäre es pädagogisch wichtig, sie in diesem Streitspiel zu unterbrechen? Und sie über ihre Arbeit aufzuklären?

Aber die drei hatten so viel Spaß, dass Laura sich still zurückzog.

Als Bille später kam, um ihre Tochter abzuholen, hatte sie es ziemlich eilig. »Ein anderes Mal gerne«, lehnte sie ab, als Laura sie gemeinsam mit Marie zum Abendessen einlud.

»Ich will aber hier essen.« Trotzig schob Marie die Unterlippe vor.

»Das geht nicht.« Bille wirkte nervös. »Jetzt mach schon, Marie. Ich muss in einer halben Stunde zu Hause sein.«

Marie verschränkte die Arme vor der Brust und schaute ihre Mutter trotzig an. »Ich bleib hier!«

»Ich kann sie später bringen«, schlug Laura vor. »Dann kann sie zusammen mit uns essen.«

»Darf ich bei Juna schlafen?«, bettelte Marie.

Laura bemerkte, dass Bille immer ungeduldiger wurde. »Ich habe nichts dagegen«, sagte sie eilig. »Wenn es Probleme gibt, rufe ich dich einfach an oder ich bringe sie direkt zu dir nach Hause.«

Bille wirkte geradezu erleichtert. »Danke«, stieß sie hervor, und dann war sie auch schon wieder weg.

Lauras Gedanken wanderten immer wieder zu der Kindergärtnerin, die ihr so sympathisch war und über die sie doch so wenig wusste.

Bis es Leo plötzlich sehr schlecht ging und er sich erbrach.

»Mein Bauch tut weh«, jammerte er.

Laura geriet in Panik. »Ich fahre dich sofort zu einem Arzt.«

»Nein«, protestierte er und setzte sich auf. »Ist schon wieder besser.« Zum Beweis kotzte er im hohen Bogen über den Wohnzimmertisch.

Marie begann zu weinen. »Das stinkt! Ich will nach Hause.«

Vor der Terrassentür jammerte Kasimir in so hohen Tönen, dass es Laura angst und bange wurde. War der Kater etwa auch krank? Hatte er sich verletzt?

Sie wusste nicht, wo ihr der Kopf stand, was sie zuerst tun musste, und war froh, dass Juna die Terrassentür öffnete.

Kasimir schlenderte herein und legte ihr stolz die erste gefangene Maus vor die Füße.

»Oh nein!«, stieß Laura hervor. »Auch das noch!«

Leo ließ sich wieder zur Seite fallen, sein Gesicht war schneeweiß und der Gestank im Zimmer infernalisch. Ausgerechnet jetzt klingelte es an der Tür.

»Das ist Mama«, sagte Marie hoffnungsvoll und hörte auf zu weinen.

Oh ja, lass es bitte Bille sein, flehte Laura in Gedanken. »Ihr bleibt alle hier und wartet auf mich!«, befahl sie, bevor sie aus dem Zimmer eilte und die Haustür aufriss.

Davor stand lächelnd Benedikt. In der rechten Hand eine Rose, in der linken eine Flasche Champagner.

»Ach du lieber Himmel!«, entfuhr es ihr. »Du hast mir gerade noch gefehlt.«

Das Lächeln auf seinem Gesicht erlosch. »Wie ich sehe, ist mir die Überraschung gelungen«, schoss er ironisch zurück.

Kapitel 11

Als Laura am nächsten Morgen aufwachte, fühlte sie sich wie gerädert. Die Erinnerung an den vergangenen Abend war sofort wieder da. Trotz allen Ärgers und Benedikts eigentlich gar nicht komischer Reaktion musste sie leise kichern, als sie an daran dachte. Er war ihr ins Wohnzimmer gefolgt und entsetzt in der Tür stehen geblieben.

Das Erbrochene war nicht nur zu sehen, sondern auch zu riechen. Marie weinte wieder, weil es nicht ihre Mutter war, die mit Laura ins Zimmer kam, und dann stieß auch noch Hanna dazu.

»Ich dachte, das sind nur drei Kinder.« Die pure Abscheu stand Benedikt ins Gesicht geschrieben. Er hatte Laura die Rose und die Flasche in die Hände gedrückt und sich mit den Worten verabschiedet: »Ich bin dann mal weg. Ich komme morgen noch einmal, vielleicht passt es dir dann besser.«

Laura erhob sich mühsam. Dass sie heute Morgen einen schweren Kopf hatte, lag weniger an den Ereignissen des vergangenen Abends, sondern mehr an Benedikts Champagner. Nachdem sie Leo Tee gekocht, Marie getröstet, das Wohnzimmer geputzt und die Maus feierlich begraben hatte, weil sie es pietätlos fand, das Tierchen einfach in die Mülltonne zu werfen, hatte sie den Champagner einfach geöffnet.

Ihr war klar, dass Benedikt die Flasche eigentlich gemeinsam mit ihr leeren wollte. Und dass er dabei eher an erotische Zweisamkeit als an kotzende Kinder und Mausleichen gedacht hatte.

Nur einen Schluck, hatte Laura sich vorgenommen. Dann war es noch einer geworden und noch einer ...

Immerhin hatte sie den Anstandsrest eines Drittels in der Flasche gelassen. Und überhaupt schmeckte der Champagner heute so schal sowieso nicht mehr.

Sie stand auf und betrat leise den Flur. Es war still, alle Kinder schliefen noch. Vorsichtig öffnete sie Leos Tür, um nach ihm zu sehen.

Offensichtlich ging es ihm wieder gut. Seine gestern noch blassen Wangen besaßen nun wieder eine gesunde Farbe, und er lächelte im Schlaf.

Auch in Junas Zimmer warf sie einen kurzen Blick. Als sie dir Tür öffnete, huschte Kasimir an ihr vorbei. Er schien immer noch beleidigt zu sein, weil sie sein »Geschenk« gestern Abend nicht gebührend gewürdigt hatte. Sonst begrüßte er sie morgens schnurrend und strich um ihre Beine. Heute warf er ihr nur einen vorwurfsvollen Blick zu und stolzierte an ihr vorbei zur Treppe.

Es tut mir leid, Kasimir, rief sie ihm in Gedanken nach. Immerhin hatte Kasimir die Maus extra für sie gefangen, um ihr eine Freude zu machen.

Langsam ging sie in Richtung Bad, als sich eine Frage in ihr Bewusstsein drückte: *Und was ist mit Benedikt? Er ist extra aus Berlin gekommen, mit einer Rose und Champagner, um dir ebenfalls eine Freude zu bereiten.* Ließ es nicht tief blicken, dass sie sich darüber weniger Gedanken machte als über Kasimirs mausetotes Geschenk?

Nach einer ausgiebigen Dusche fühlte sie sich bedeutend besser, auch wenn sie nicht so aussah. Sie versuchte, die Spuren der vergangenen Nacht so gut wie möglich zu überschminken.

Als sie aus dem Bad kam, schliefen die Kinder immer noch.

Vielleicht blieb ihr ja noch die Zeit, um in aller Ruhe einen Kaffee zu trinken.

Leider wurde dieser Vorsatz zunichtegemacht, weil es genau in diesem Moment an der Tür Sturm klingelte. Sie rannte los. Beim letzten Mal war das ihr Nachbar gewesen.

Doch es war Benedikt, der seinen Finger erst von der Klingel nahm, als sie die Tür aufriss. »Spinnst du?«, fuhr sie ihn an. »Die Kinder schlafen noch.«

Seine Miene verfinsterte sich. »Allmählich bereue ich es, dass ich auf die Idee gekommen bin, dich zu überraschen. Offensichtlich freust du dich kein bisschen über meinen Besuch.«

»Doch ... Natürlich freue ich mich ...« Sie hatte plötzlich ein schlechtes Gewissen und lächelte entschuldigend. »Es tut mir leid, Benedikt. Es ist nur alles so viel im Moment. Dein Besuch ist schön, aber Überraschungen vertrage ich gerade nicht gut. Davon habe ich hier zu viele.«

»Ich sage dir ja immer wieder, du sollst nach Berlin zurückkommen.«

Laura verzichtete darauf, das zu wiederholen, was sie ihm darauf jedes Mal geantwortet hatte. Als er sie in seine Arme zog, schmiegte sie sich an ihn und schloss die Augen. Sie roch sein Rasierwasser, genoss sekundenlang diese vertraute Nähe – bis sie plötzlich das Gefühl hatte, dass sie beobachtet wurde.

Die Kinder!

Sie riss die Augen auf und schaute über Benedikts Schulter hinweg direkt in das Gesicht ihres Nachbarn. Er stand in seiner Einfahrt, und als sich ihre Blicke begegneten, verzog er den Mund zu einem ironischen Lächeln. Dann drehte er sich um und ging zurück ins Haus.

»Idiot!«, stieß Laura hervor.

»Wie bitte?« Irritiert ließ Benedikt sie los und trat einen Schritt zurück.

»Ich meine unseren Nachbarn, nicht dich«, sagte Laura.

Benedikt drehte sich um und sah hinter sich. »Da ist niemand.«

»Natürlich nicht, er ist wieder ins Haus gegangen.«

Benedikt schaute jetzt sie wieder an. Grübelnd und nicht besonders freundlich. »Du hast dich verändert, und ich weiß nicht, ob mir das gefällt.«

»Nein, Benedikt. Ich bin immer noch die, die ich vorher war. Aber du hast mich bisher immer nur so gesehen, wie du mich sehen wolltest«, sagte Laura ruhig.

Er schüttelte den Kopf. »Dieser Ort tut dir nicht gut«, sagte er.

»Keine Sorge, sie haben mich noch nicht eingetannreuthert.« Laura lachte, doch Benedikt schaute sie nur befremdet an.

»Eingetannreuthert? Was soll das denn schon wieder?«

»Also, dieser Ort hier heißt doch Tannreuth, und die Einwohner ...« Laura brach ab. Er würde es nicht verstehen, und noch weniger würde er darüber lachen können. »Vergiss es einfach«, sagte sie, »und komm endlich ins Haus.«

»Hast du ... alles sauber gemacht?«, fragte er zögernd. »Dieser Gestank gestern war ja nicht auszuhalten.«

Sie spürte, wie sich wieder Ärger in ihr regte. Anstatt gestern einfach zu verschwinden, hätte er ihr seine Hilfe anbieten können. Das hätte sie beeindruckt. Und auch dazu gebracht, ihn mit anderen Augen zu sehen, selbst nach ihrer langen Beziehung. Aber eigentlich gab es diese Seite an ihm nicht. »Ja, es ist alles in Ordnung. Die Luft ist rein«, sagte sie knapp. Sie drehte sich um und ging voran, ohne darauf zu achten, ob er ihr folgte.

Als sie sich schließlich in der Küche nach ihm umwandte, betrachtete er gerade die Champagnerflasche. »Offensichtlich hattest du noch einen netten Abend«, stellte er fest.

Ihr Abend war alles andere als nett gewesen, aber sie zog es vor, darauf nicht zu antworten. »Kaffee?«, fragte sie stattdessen.

»Ja, bitte.«

Sie füllte die Kaffeemaschine, nahm das Geschirr fürs Frühstück aus dem Schrank und das Brot, das sie gestern bei Bäcker Ecker gekauft hatte, während das bedrückende Schweigen zwischen ihnen immer stärker auf ihr lastete. Worüber hatten sie eigentlich früher immer gesprochen?

Früher? Laura hätte beinahe aufgelacht. Das klang nach einer ewig langen Zeit, dabei waren seit ihrer Ankunft in Tannreuth noch keine drei Wochen vergangen.

Mir kommt es so vor, als wäre ich schon ewig hier …

»Wo sind die Kinder?«

Laura war davon überzeugt, dass Benedikt die Antwort auf seine Frage nicht wirklich interessierte. Er stellte sie wahrscheinlich nur, um dieses Schweigen zwischen ihnen zu brechen. Oder weil er sicher sein wollte, dass sie ungestört blieben.

»Sie schlafen noch.«

»Gut, dann können wir uns in Ruhe unterhalten.«

Laura wandte sich ihm zu. »Gerne. Womit willst du anfangen?«

»Mit uns! Damit, wie es mit uns weitergeht, nachdem du diesen …«, er suchte sichtlich nach dem richtigen Wort, »… diesen Ballast hier am Hals hast.«

Hatte er sie früher auch so oft zur Weißglut getrieben?

Nein, da war es in ihren Gesprächen aber auch fast ausnahmslos um ihre Kanzlei, die Mandanten und ihre Fälle gegangen.

Laura bemühte sich um Ruhe. »Das ist kein Ballast, das sind Kinder. Und zwar die meiner Schwester«, erwiderte sie kühl. Und weil sie ihm die Bezeichnung »Ballast« heimzahlen wollte, fügte sie mit einem kalten Lächeln hinzu: »Ich habe eine Lösung für unser Problem gefunden. Ich nehme die Kinder einfach mit nach Berlin.«

Benedikts Miene entschädigte sie ausreichend für den Ärger. Er starrte sie so entsetzt an, dass es ihr schwerfiel, nicht laut aufzulachen. Er ließ sich auf den Küchenstuhl fallen und fuhr sich mit beiden Händen durchs Haar. Laura sah, wie es in ihm arbeitete. Doch dann überraschte er sie. »Na gut, wenn das die einzige Möglichkeit ist, dich zurückzuholen ... Bring sie mit. Irgendwie ...« Er verstummte, sein Blick verlor sich, und es dauerte eine ganze Weile, bis er fortfuhr. »... irgendwie wird das schon gehen.«

»Ich will nicht nach Berlin!«

Laura fuhr herum. Hanna stand in der Tür, die Arme vor der Brust verschränkt, mit flammendem Blick. Dieses Kind verfügte zweifellos über die Fähigkeit, immer im ungünstigsten Moment aufzutauchen. Das letzte Mal hatte sie mitbekommen, wie Laura das Haus des Nachbarn beobachtete. Dass sie jetzt ihre Unterhaltung mit Benedikt gehört hatte, war aber weitaus schlimmer.

»Du kannst mich nicht zwingen«, fuhr Hanna sie an.

Benedikt stand auf. »Doch, das kann sie. Du bist minderjährig, Laura hat das Sorgerecht für dich und deine Geschwister und damit auch das Aufenthaltsbestimmungsrecht. Das ergibt sich übrigens aus § 1631 Absatz 1 des BGB und ...«

»Benedikt, wir sind hier nicht vor Gericht«, fiel Laura ihm ins Wort.

Hanna zeigte mit dem Finger auf Benedikt. »Und mit dem komischen Typen da ziehe ich auf keinen Fall zusammen!«

»Das entscheidest nicht du!« Auch Benedikts Stimme wurde jetzt laut und ziemlich scharf.

Hanna suchte Lauras Blick. »Wenn du das machst, rede ich nie wieder ein Wort mit dir«, sagte sie, heiser vor Wut. »Und freiwillig steige ich nicht in dein Auto. Und wenn du mich nach Berlin bringst, laufe ich immer wieder weg und zurück nach Tannreuth.« Das Mädchen brach in Tränen aus, drehte sich um und lief davon.

Unwillkürlich ballte Laura die Hände zu Fäusten. »Also wirklich, Benedikt, musste das jetzt sein?«

»Einer muss diesem Gör doch klarmachen, was Sache ist«, gab

er verärgert zurück. »Und du bist ja offensichtlich emotional viel zu stark involviert, um das zu regeln.«

Laura war fassungslos. Doch vor allem hatte sie Mitleid mit Hanna. Sie bedachte Benedikt mit einem Kopfschütteln, dann folgte sie ihrer Nichte.

Das Mädchen lag zusammengerollt auf ihrem Bett und schluchzte laut. Als Laura ihr Zimmer betrat, zog sie sich die Decke über den Kopf. »Geh weg«, wimmerte sie. »Ich will dich nicht sehen.«

»Hanna, wir müssen das klären.« Laura setzte sich auf die Bettkante.

»Ich habe genau gehört, was du gesagt hast«, fauchte Hanna, um sie gleich darauf zu zitieren: »Ich habe eine Lösung für unser Problem gefunden. Ich nehme die Kinder einfach mit nach Berlin.«

»Das habe ich doch nur gesagt, weil ich Benedikts Gesicht sehen wollte«, erwiderte Laura kleinlaut. »Ich habe nicht damit gerechnet, dass er darauf eingeht! Ehrlich, wir haben noch gar nichts festgelegt.«

Hanna starrte sie an. »Wirklich?«, fragte sie gedehnt.

»Du hast wirklich nicht daran gedacht, uns mit nach Berlin zu nehmen?«

»Doch, ganz oft«, gestand Laura.

Hannas Miene verfinsterte sich sofort.

»Hanna, ich arbeite in Berlin, dort ist mein Zuhause, dort sind meine ...« Sie brach ab. *»Freunde«* hatte sie eigentlich sagen wollen, doch jetzt wurde ihr bewusst, dass sie hier in Tannreuth inzwischen mehr Freunde hatte als in Berlin. »Ich versuche, eine Lösung zu finden, mit der wir alle leben können«, sagte sie stattdessen.

»Ich gehe nicht nach Berlin!«, blieb Hanna beharrlich. »Egal, was du sagst oder machst, ich gehe nicht nach Berlin. Und schon gar nicht will ich mit diesem komischen Benedikt zusammenwohnen.«

Die Stimmung blieb angespannt. Offensichtlich hatte Hanna ihre Geschwister sofort nach deren Aufwachen informiert, und da Marie an diesem Morgen da war, wusste sie auch Bescheid. Als geschlossene Front tauchten die vier Kinder am gedeckten Frühstückstisch auf.

Laura und Benedikt hatten bereits Platz genommen und tranken Kaffee.

Leo baute sich vor Benedikt auf. Die Hände in die Hüfte gestemmt, die blonde ungekämmte Lockenpracht umzingelte sein Gesichtchen. »Das ist unser Haus«, sagte er. »Ich will nicht, dass du hier bist.«

Benedikt verschluckte sich an dem Kaffee, den er gerade im Mund hatte.

»Benedikt ist unser Gast«, wies Laura den Jungen zurecht. »Und so benimmt man sich nicht gegenüber Gästen.«

»Mein Gast ist er nicht«, sagte Hanna mürrisch.

»Meiner auch nicht«, stellte Leo klar.

Schweigen breitete sich aus. Hanna und Leo schauten Juna an, offenbar erwarteten sie ihre Zustimmung.

»Ist mir egal, ob der hier ist«, sagte Juna schließlich. »Aber ich bleib hier zu Hause.« Ihr Blick richtete sich auf Laura. »Oder ich lauf weg, und dann wohn ich mit Kasimir im Wald.«

»Du kannst bei Mama und mir wohnen«, bot Marie großzügig an.

»Jedenfalls ziehen wir alle nicht nach Berlin!«, brachte Hanna es auf den Punkt.

»Können wir bitte dieses Berlin-Thema mal lassen«, bat Laura. »Es ist nichts entschieden!«

»Ich werde darüber nicht mit Kindern diskutieren«, erwiderte

Benedikt von oben herab. »Ihr richtet euch gefälligst nach dem, was Laura und ich euch sagen«, stieß er rüde hervor.

Laura wollte etwas erwidern, doch Leo kam ihr zuvor. Deutlicher Ärger stand in dem kleinen Gesichtchen. Auch dann noch, als er sich Laura zuwandte. »Ich mag den nicht«, stellte er klar.

»Ich aber«, hörte Laura sich sagen und startete einen Vermittlungsversuch. »Gebt Benedikt bitte eine Chance«, bat sie die Kinder. »Nutzt die Gelegenheit, einander an diesem Wochenende kennenzulernen.«

Begeisterung sieht anders aus, stellte sie jedoch mit einem Blick in die Runde fest. Sowohl die Kinder als auch Benedikt waren sichtlich unzufrieden. Das Frühstück verlief in ungutem Schweigen.

Laura versuchte zwar, die Stimmung etwas zu lockern, indem sie Benedikt einige Fragen zur Kanzlei stellte. Benedikt antwortete jedoch so einsilbig, dass sie es schließlich ließ.

Erst als Kasimir auftauchte und versuchte, auf seinen Schoß zu springen, riss ihn das aus seiner Teilnahmslosigkeit. »Was ist das?« Er sprang heftig auf, Kasimir fiel zu Boden, und Benedikts Stuhl krachte polternd um. Das wiederum erschreckte Kasimir so sehr, dass er davonlief.

»Das ist ein Kater.« Junas Erklärung war vollkommen ernst gemeint, Benedikt allerdings deutete ihre Worte als Ironie.

»Ich weiß selbst, was das ist!« Wütend schaute er Juna an.

»Warum fragst du dann?« Junas Tonfall ließ keinen Zweifel daran, was sie von Benedikts Geisteszustand hielt.

»Benedikt, setz dich«, bat Laura eindringlich. »Kasimir wollte dich nur kennenlernen und Freundschaft mit dir schließen.«

Benedikt hob den Stuhl auf, setzte sich aber nicht, sondern stützte sich mit beiden Händen schwer auf die Lehne. »Laura, so geht das nicht«, stieß er hervor. »Die Kinder sind schon Herausforderung genug, aber der Kater ist einfach zu viel. Du weißt genau, dass ich eine Allergie habe.«

»Was ist eine Allagie?«, wollte Marie von Juna wissen.

Das Mädchen zuckte mit den Schultern. »Weiß ich auch nicht. Aber bestimmt was Schlimmes, so wie der sich benimmt.«

Benedikt atmete schwer. Ob vor Empörung oder ob wirklich die Folgen der Allergie bereits einsetzten, vermochte Laura nicht festzustellen.

»Ich fahre zurück nach Berlin«, sagte er aufgebracht. »Lass mich einfach wissen, wenn du eine Entscheidung getroffen hast.«

Natürlich hatte Laura gewusst, dass er allergisch auf Katzenhaare reagierte. Er hatte es ihr vor Jahren erzählt und damit gleich klargestellt, dass er niemals ein Tier in der Wohnung dulden würde.

Die Kinder wollten nicht nach Berlin, Kasimir durfte nicht in ihre Berliner Wohnung. Weniger denn je wusste Laura, wie es weitergehen sollte. Und als sie versuchte, ihre Gefühle zu hinterfragen, spürte sie nichts als Erleichterung, weil Benedikt fuhr.

Kapitel 12

Nach Benedikts Abreise war für die beiden Kleinen das Thema schnell abgehakt. Nicht so für Hanna. Das Mädchen ging Laura das ganze Wochenende aus dem Weg und vereitelte jeden Versuch, mit ihr zu reden.

Auch Kasimir wirkte an diesem Wochenende verstört und suchte nur die Nähe zu Juna.

Laura vermutete, dass Benedikts Reaktion und das Poltern des Stuhls in dem kleinen Kater Erinnerungen freigesetzt hatten. Als die Kinder am Montagmorgen aus dem Haus waren, versuchte sie, ihn zu locken. Sie ging in die Hocke und streckte ihm die Hand entgegen. »Komm, Kasimir. Es ist alles gut, du musst keine Angst haben.«

Er blieb in sicherer Entfernung sitzen und schaute sie misstrauisch an.

»Ich werde nicht zulassen, dass dir etwas passiert.«

Er wirkte unschlüssig, dann erhob er sich und miaute.

»Komm, mein Kleiner.« Laura setzte sich auf den Boden und hielt den Atem an, als Kasimir tatsächlich einen ersten vorsichtigen Schritt auf sie zu machte.

Laura ließ ihm Zeit, schaute geduldig zu, wie er Stückchen für Stückchen näher kam. Plötzlich sprang er mit einem Satz auf sie zu, drehte sich vor ihr im Kreis, begann zu schnurren. Offenbar war seine Angst verschwunden und das Vertrauen zu Laura zurückgekehrt. Laura genoss es.

»Ich hoffe nur, ich bringe auch Hanna dazu, mir wieder zu vertrauen.« Sie nahm Kasimir auf den Schoß und streichelte ihn. »Wir schaffen das schon«, flüsterte sie. »Alles wird wieder gut.«

Als Laura aus dem Haus trat, traf sie ihren Nachbarn. In der Hand hielt er ein in Papier eingeschlagenes Brot, auf dem der Name der Bäckerei Eckert aufgedruckt war. Offensichtlich kam er gerade vom Einkaufen.

Er schien ebenso wie Laura verunsichert, wie er sich bei dieser unverhofften Begegnung verhalten sollte. Als er kühl nickte, erwiderte sie den Gruß auf gleiche Weise. Dann gingen sie aneinander vorbei, ohne sich noch einmal anzusehen.

Laura musste allerdings schmunzeln, als sie daran dachte, dass sie nur seinetwegen überhaupt unterwegs war. Dabei wäre sie heute Morgen viel lieber bei Kasimir geblieben. Sie hätte nachdenken, ein wenig arbeiten, Akten studieren – und mit Benedikt telefonieren können.

Sie mussten dringend miteinander reden. Allerdings war es Laura wichtig, dass die Kinder dabei nicht in der Nähe waren. Aber heute Morgen hatte Laura Pia ihr Erscheinen im Töpferkurs zugesagt, wo sie die Skulptur ihres Nachbarn reparieren wollte. Wenn sie ein paar Minuten früher losgegangen wäre, hätte sie ihn womöglich in Bäcker Eckerts Laden getroffen. Vielleicht wäre es ganz interessant gewesen, zu beobachten, wie diese beiden Männer miteinander umgingen.

Bäcker Eckert stand hinter der Theke, als sie den Laden betrat, und begrüßte sie mit ausdrucksloser Miene. Er präsentierte ihr sogleich einen runden, mit einer Spitzenserviette bedeckten Pappteller, auf dem zehn Kuchenstücke appetitlich angerichtet waren. »Gefällt es Ihnen so?«

Ja, es gefiel Laura, sehr sogar, aber ebenso sehr störte es sie, dass er sie immer noch siezte. Irgendwie war es verrückt, dass sie sich dadurch nicht als dazugehörig fühlte. Gesiezt zu werden schien hier einem Ausschluss aus der Dorfgemeinschaft gleichzukommen.

Doch sie ließ sich nichts anmerken. Strahlend schaute sie den Bäcker an. »Das ist ganz wunderbar, vielen Dank. So tollen Kuchen gibt es bei uns in Berlin nicht.« Noch nie zuvor hatte sie sich dermaßen angebiedert – und sie erntete nicht einmal ein geschmeicheltes Lächeln dafür. Die Miene des Bäckers blieb unbewegt. Er schlug das Tablett in Papier ein, stellte es auf die Theke und nannte ihr den Preis.

Laura bezahlte. »Einen schönen Tag noch«, wünschte sie mit strahlendem Lächeln.

»Danke, Ihnen auch.« Nicht unfreundlich, aber knapp und kurz angebunden.

Das war es dann mit meiner Eingliederung in Tannreuth, dachte Laura, als sie den Laden verließ. *Es scheitert schlicht und ergreifend an einem halben Kartoffelbrot und süßen Brötchen.*

Als sie sich bei dem Gedanken ertappte, den Bäcker mit umfangreichen Brotbestellungen doch noch für sich einnehmen zu können, musste sie über sich selbst lachen.

Gespannt betrat sie Pias kleinen Laden. Sie war neugierig auf die Frauen, die sie heute hier traf. Niemand war zu sehen, doch die melodische Glocke über der Tür rief Pia auf den Plan.

»Da bist du ja. Die anderen freuen sich schon darauf, dich kennenzulernen.« Sie deutete auf das Kuchenpaket. »Und damit wirst du zumindest drei der Frauen glücklich machen.« Was mit der vierten war, verriet sie nicht. Sie machte sich auf den Weg in den Wintergarten, und Laura folgte ihr.

Vier Frauen hatten sich um den großen Tisch versammelt und

arbeiteten an ihren Werken. Balbine Gröning, die Frau des Tierarztes, war eine von ihnen.

»Schön, dass du da bist«, rief sie ihr entgegen. »Ich habe den anderen schon von dir erzählt.« Laura schluckte. Sie konnte nur hoffen, dass sie dabei die Geschichte mit den Schlafanzügen ausgelassen hatte.

Pia stellte ihr die anderen Frauen vor. »Das ist Susanne.« Sie wies auf eine schlanke Frau mit kurzen dunklen Haaren. Neben Susanne saß Ursula. Lange blonde Haare, ein wenig mollig, mit einem liebenswerten Lächeln. Beide Frauen waren ungefähr in Lauras Alter.

Am Kopfende des Tisches saß Kathi. Laura schätzte sie auf fünfzig Jahre. Sie war klein, dünn, ihre Haare waren rot gefärbt, der graue Ansatz schimmerte bereits durch. Kathi verzog bei der gegenseitigen Vorstellung lediglich den Mund. Sie wirkte nicht besonders fröhlich. Ihr Blick fiel auf das Kuchenpaket. »Davon will ich nichts«, verkündete sie unfreundlich.

»Das tut mir leid«, entschuldigte sich Laura. »Das wusste ich nicht.«

»Egal.« Kathi winkte ab. »Stell das weit weg von mir. Ich will das nicht sehen.«

»Ich nehme gerne ein Stück Kuchen«, sagte Ursula und zwinkerte Laura fröhlich zu.

»Das sieht man dir auch an.«

Laura stockte der Atem, doch Ursula nahm Kathi diese Bemerkung anscheinend nicht übel, sondern sagte lachend: »Nur nicht gemein werden, Kathi.«

»An den Ton musst du dich gewöhnen, Laura.« Auch Pia lachte und wies ihr einen Platz zwischen Ursula und Kathi.

Ausgerechnet da! Laura hätte lieber auf der anderen Seite Platz genommen, weit weg von der griesgrämigen Kathi. Die anderen Frauen gefielen ihr alle ausnehmend gut.

»Dich muss ich nicht vorstellen, Laura«, sagte Pia. »Alle haben schon von dir gehört.«

»Ja!« Das war wieder Kathi. »Wir wissen alles über dich. Wo du herkommst, was du beruflich machst. Wir sind sogar darüber informiert, dass das Jugendamt bei dir zu Hause war.«

»Lass dich von Kathi nicht ins Bockshorn jagen.« Susanne winkte lachend ab. »Mirja stammt aus dem Dorf, und wenn sie hier mit dem Wagen der Stadt vor einem Haus anhält, wissen wir alle, dass sie in offizieller Funktion unterwegs ist. Und das hat nichts mit dir zu tun, sie war auch regelmäßig bei Agnes.«

»Wie geht es Agnes eigentlich?«, wollte Balbine wissen.

»Gut!«, erwiderte Laura spontan. »Glaube ich jedenfalls. Als ich sie das letzte Mal anrief, war sie gerade auf dem Weg zum Golfplatz.«

»Ja, das hat sie am meisten vermisst.« Ursula lächelte. »Ich freue mich für sie, dass sie jetzt wieder golfen kann.«

»Am meisten hat sie diesen Karl vermisst«, sagte Kathi giftig. »Nur wegen ihm hat sie damit angefangen, und nur wegen ihm wollte sie zurück in den Seniorenstift.«

»Karl?«, fragend schaute Laura in die Runde. »Ich kenne keinen Karl.«

»Agnes kannte ihn noch nicht lange, als ...« Pia brach ab. »Ich glaube, ihr schien der Zeitpunkt nicht angemessen, um über ihre neue Liebe zu reden.«

Laura war überrascht, aber auch enttäuscht, weil Tante Agnes ihr nicht selbst davon erzählt hatte. Andererseits: Wann hätte sie das tun sollen?

Sie hat mich mehrfach angerufen. Und ich habe ihr nie zugehört!

Susanne lächelte verträumt. »Ist es nicht schön, dass man sich auch in diesem Alter noch verlieben kann?«

»Papperlapapp«, fuhr Kathi dazwischen. »Das Wort *Liebe* ...«

»... beschreibt einen Zustand der geistigen Verwirrung«, fielen die anderen Frauen ihr gleichzeitig ins Wort. Außer Kathi und Laura lachten alle. Kathi, weil sie es augenscheinlich nicht lustig fand. Und Laura hatte keine Ahnung, worum es eigentlich ging.

»Kathi glaubt nicht an die Liebe«, sagte Pia nur kurz zu Laura. »Aber das wirst du in nächster Zeit alles noch herausfinden, wenn du unseren Kurs besuchst.«

Laura fand, dass es an der Zeit war, wenigstens eine Sache klarzustellen. »Ich bin nicht zum Töpfern hier«, sagte sie. »Ich komme eigentlich nur, um ein paar Scherben zusammenzukleben. Unser Kater hat eine Statue zerstört, die unserem Nachbarn gehört.«

»Das kleine Waldhaus ist wieder bewohnt?«, fragte Ursula erstaunt.

»Das ist ein Zugezogener«, berichtete Susanne. »Mein Mann war vor ein paar Tagen im Haus, weil es da wohl Probleme mit den elektrischen Leitungen gab. Tobias, so heißt der neue Besitzer, musste sich mehrere Nächte mit einer Taschenlampe behelfen.«

Deshalb der nächtliche Lichtschein, dachte Laura. Und gleich darauf: *Tobias heißt er also.*

»Tobias?«, hakte Kathi in genau diesem Moment nach. »Und weiter? Vielleicht kommt seine Familie aus unserem Dorf.«

»Martin hat nur seinen Vornamen erwähnt«, erwiderte Susanne. »Aber sein Nachname würde mir wahrscheinlich auch nicht viel sagen.«

»Natürlich nicht! Du bist ja auch nur eine Zugezogene«, sagte Kathi unfreundlich.

»Ich auch«, erklärte Ursula gemütlich. »Aber das macht mir nichts, ich fühle mich hier trotzdem wohl.« Als Kathi den Mund öffnete, um etwas zu erwidern, sprach sie schnell weiter: »Und daran kannst selbst du nichts ändern, Kathilein.«

Kathilein zeigte eine süßsaure Miene, sagte aber nichts mehr.

»Die arme Laura hat überhaupt keine Ahnung, was hier vor sich geht«, sagte Pia. »Wie wäre es, wenn wir jetzt ein Stück Kuchen essen und einen Kaffee trinken. Und danach arbeiten wir weiter.«

Alle stimmten begeistert zu. Nur Kathi sagte nichts mehr.

Pia holte Teller und Tassen aus der kleinen Küche. Ursula kochte Kaffee, und Balbine packte den Kuchen aus. Sie war es auch, die Kathi zuredete, ebenfalls eines der Kuchenstücke zu essen.

»Lieber verhungere ich«, knurrte Kathi. »Ich will nur Kaffee.«

»Wir sagen ihm auch nicht, dass du ein Stück von seinem Kuchen gegessen hast«, zog Ursula sie auf.

Kathi schnitt eine Grimasse in ihre Richtung, und Laura ging auf, warum Kathi den Kuchen nicht essen wollte. »Oh, hast du auch ein Problem mit Bäcker Eckert?«, fragte sie. »Ich glaube, ich habe ihn sehr verärgert, als ich nicht das kaufen wollte, was er mir vorgeschlagen hat.«

Kathi gab nur ein schnaubendes Geräusch von sich, dass alles bedeuten konnte.

Laura fragte lieber nicht weiter nach, sondern probierte ihre Donauwelle. »Hm. Das schmeckt köstlich! Ich glaube, ich habe noch nie so guten Kuchen gegessen.« Sie spießte ein größeres Stück auf und steckte es sich in den Mund.

Ursula grinste. »Kathi hat auch kein Problem mit der Qualität des Kuchens, sondern mit dem Kuchenbäcker. Sie ist nämlich mit ihm verheiratet.«

Laura begann zu husten, als sie sich an ihrem Bissen verschluckte ...

Nach dem Kurs war Laura versucht, die Scherben wieder in die Mülltonne zu werfen. Was für eine Sisyphusarbeit, die Skulptur zusammenzukleben! Was vor allem klebte, waren ihre Finger.

Aber das Zusammensein mit den Frauen hatte ihr gefallen. Sie hatten viel gequatscht und gelacht, ausnahmsweise einmal nicht über juristische Belange, und Laura freute sich bereits jetzt auf das nächste Treffen.

Laura holte zuerst Juna aus dem Kindergarten und anschließend Leo aus der Schule ab. In ihrem Kopf schwirrte es von all dem, was sie heute Morgen gehört hatte. Dazu kam jetzt noch das Geplapper der Kinder.

»Darf ich bald mal bei Marie schlafen?«, frage Juna.

»Kann der Jonas auch mal bei uns schlafen?«, wollte Leo wissen.

»Ja«, beantwortete Laura zuerst Junas Frage. »Wenn Bille damit einverstanden ist. Wer ist Jonas?«, fragte sie danach Leo. »Ich dachte, dein Freund heißt Gustav.«

Beide Kinder lachten laut und konnten sich kaum beruhigen.

»Der Gustav ist doch kein Freund.« Leo musste stehen bleiben, so sehr lachte er. »Der Gustav ist ein Schwein, und das Schwein gehört dem Hans.«

»Und dem hast du dein Pausenbrot gegeben?«, hakte Laura nach.

»Ja, dem hat das geschmeckt«, sagte Leo.

»Gibst du ihm auch die Pausenbrote, die ich dir zubereite?«

Leo senkte den Kopf und schaute auf seine Schuhspitzen. »Manchmal«, gab er leise zu. »Die mit dem komischen veganisch, die esse ich nicht.«

Laura wusste sofort, was er meinte. Ihre Schwester hatte für sich veganen Aufstrich gekauft, den auch die beiden Mädchen sehr gerne aßen.

»Warum hast du mir nicht gesagt, dass du das nicht magst?«

»Weiß nicht«, murmelte Leo. »Ich dachte, dann bist du traurig.«

Er hatte nichts gesagt, weil er sie nicht verletzen wollte! Laura schmolz fast dahin. »Ich bin nicht traurig. Du darfst es mir ruhig sagen, wenn du etwas nicht magst.«

Treuherzig schaute er zu ihr auf. »Verbranntes Essen mag ich auch nicht. Und Spinat.«

»Ich gebe mir Mühe«, versprach Laura. »Zur Not gibt es ja immer noch Pizza aus der Tiefkühltruhe.«

»Und Schokolade«, sagte Leo treuherzig.

Laura konnte nicht anders, sie musste ihn in den Arm nehmen. »Weißt du was? Ich finde, heute hast du einen Riegel Schokolade verdient.«

Als sie zu Hause waren, bekamen Leo und Juna je einen Schokoriegel, bevor Laura sich Gedanken über das Mittagessen machte. Mirja Barth hatte ihr per Mail einige Rezepte zugeschickt, die sich laut ihrer Aussage leicht zubereiten ließen. Wahrscheinlich war es auch so. Laura musste sich jedoch eingestehen, dass ihre mangelnden Fähigkeiten wohl eher Ausdruck ihrer Lustlosigkeit war. Sie kochte einfach nicht gern!

Schließlich entschied sie sich für überbackene Ofenkartoffel und dazu Brokkoli.

»Ich hab Hunger!« Leo steckte bestimmt zum dritten Mal den Kopf durch die Küchentür.

»Wir warten noch auf Hanna!«

Hanna kam nicht!

Schließlich servierte Laura den beiden Kleinen das Mittagessen. Sie konnte sich nicht so richtig darüber freuen, dass es ihnen schmeckte. Immer wieder schaute Laura zur Uhr. Hanna müsste längst zu Hause sein. Als das Mädchen um fünfzehn Uhr immer noch nicht aufgetaucht war, geriet sie in Panik.

Sie lief hinauf in Hannas Zimmer, um nach einem Hinweis auf die Telefonnummern ihrer Freundinnen zu suchen – und blieb überrascht in der Tür stehen. Hanna lag auf ihrem Bett und blätterte in einem Schulbuch.

»Hanna!«

»Mhm.«

»Kannst du mich bitte ansehen, wenn wir miteinander reden?«

»Keine Lust«, sagte das Mädchen mürrisch.

Laura betrat das Zimmer und setzte sich im Schneidersitz auf den Boden. Kurz darauf kam Kasimir dazu. Er setzte sich neben Laura, und nun schauten sie gemeinsam zu Hanna.

Es dauerte eine ganze Weile, bis Hanna die Geduld verlor. Sie warf das Buch beiseite und schwang die Beine übers Bett. »Was machst du da?«

»Ich warte darauf, dass du mit mir sprichst«, sagte Laura freundlich. »Jedenfalls gehe ich vorher hier nicht weg.«

»Ich bin sauer auf dich«, sagte Hanna.

»Ja, das habe ich gemerkt«, sagte Laura ernst. »Aber ich habe nicht die Absicht, euch nach Berlin zu bringen.«

»Aber du hast es zu deinem Freund gesagt.«

»Weil ich mich vorher über ihn geärgert hatte, das habe ich dir doch schon gesagt. Entschieden ist noch gar nichts, Hanna. Ich wollte ihm einen Schrecken einjagen mit der Aussicht auf drei Kinder und einen Kater in unserer Designerwohnung.« Laura schmunzelte. »Wenn du nicht mehr sauer auf mich bist, zeige ich dir Fotos von der Wohnung.«

Es war Hanna anzusehen, dass ihr Ärger auf Laura und ihre Neugier einen Kampf miteinander ausfochten. Die Neugier siegte.

»Zeig mir die Fotos.«

Laura zog ihr Handy aus ihrer Hosentasche und blätterte zu den entsprechenden Bildern von Benedikts und ihrer Wohnung. Weiß war die vorherrschende Farbe.

»Stell dir Leo mit einer Tafel Schokolade in diesen Räumen vor«, sagte Laura.

Zum ersten Mal seit Benedikts Abreise lachte Hanna wieder. »Oder Juna, wenn sie von draußen reinkommt und mit ihren

Schuhen auf das weiße Sofa springt. Und Kasimir ... Ach nein, der darf ja nicht mit.« Hannas Gesicht verschloss sich wieder.

Laura tat so, als hätte sie das nicht bemerkt. »Kasimir würde sich in Berlin ohnehin nicht wohlfühlen«, sagte sie. »Er könnte dort nicht raus, weil wir im ersten Stock und außerdem an einer sehr befahrenen Straße wohnen.«

»Wir dürfen Kasimir nicht mitnehmen, wenn wir nach Berlin müssen?«, flüsterte Hanna entsetzt.

»Ihr müsst nicht nach Berlin«, versprach Laura. Sie hatte ihre Entscheidung getroffen. Vermutlich schon länger, aber es wurde ihr erst jetzt bewusst.

Sie nahm Hanna in die Arme. »Und es stimmt nicht, dass euch niemand haben will. Ich habe euch sehr lieb.«

»Aber du warst nie da«, sagte Hanna. »Du hast uns nie besucht.«

»Ein paarmal war ich schon da.« Laura lächelte. »Viel zu selten und auch nur kurz, das gebe ich zu. Aber da waren eure Eltern auch noch da, und ihr habt mich nicht gebraucht.«

»Aber als sie nicht mehr da waren, bist du auch nicht zu uns gekommen.«

»Ich weiß.« Laura seufzte tief auf. »Und das tut mir auch sehr leid. Ich hatte mein eigenes Leben in Berlin und wollte einfach daran glauben, dass Tante Agnes die beste Lösung für uns alle ist. Aber jetzt ...«

»Und wir können wirklich alle hier in Tannreuth bleiben? Und Kasimir bleibt auch bei uns?«

Laura sah die Last, die von dem Kind abfiel, und nickte. Es fühlte sich gut an, auch wenn sie noch keine Ahnung hatte, wie das konkret aussehen sollte. Im Moment war es nur wichtig, Hanna Sicherheit zu geben, alles andere würde sich fügen.

Hanna schlang beide Arme um ihren Hals. »Ich hab dich auch lieb, Tante Laura.«

Später versuchte sie, Benedikt anzurufen. Auch wenn sie sich immer noch über ihn ärgerte, wollte sie ihm so schnell wie möglich ihre Entscheidung mitteilen. Doch sie erreichte ihn weder am Handy und auch nicht in der Kanzlei.

»Herr Quasten hat Benedikt auf seine Jagdhütte eingeladen«, sagte Luisa Karminer überheblich. »Er ist in den nächsten Tagen nicht erreichbar.« Es schien sie zu freuen, dass Benedikt sich zwar bei ihr, aber nicht bei Laura abgemeldet hatte.

»Danke«, beschied Laura knapp und beendete das Gespräch.

In ihrem Kopf kreisten die Gedanken. Während es ihr wichtig war, Benedikt sofort zu informieren, überging er sie auch weiterhin.

Wut und Schmerz wechselten einander ab, gefolgt von der Erkenntnis, dass damit das Ende von allem, was sie und Benedikt verbunden hatte, besiegelt wurde. Immerhin beinhaltete das auch, dass sie jetzt in Ruhe ihre nächsten Schritte planen konnte, ohne sich mit ihm abzusprechen …

Bisher hatte Laura immer in der Kreisstadt eingekauft, in einem Supermarkt. An diesem Dienstag aber benötigte sie nur ein paar Kleinigkeiten, deshalb suchte sie zum ersten Mal den Dorfladen auf.

»Hallo, Laura!« Ursula stand vor dem Obstregal und räumte Äpfel ein.

»Du arbeitest hier?« Laura freute sich, Ursula so schnell wiederzusehen.

»Ja, der Laden gehört meinem Mann und mir«, erwiderte Ursula stolz.

Laura war beeindruckt. Das Geschäft war sehr viel größer, als es von außen schien. Ein richtiger Minisupermarkt mit einem reichhaltigen Angebot. Die Preise waren ein wenig höher als in der Stadt, aber dafür sparte Laura nicht nur die Fahrt, sondern auch sehr viel Zeit. »Ab sofort kaufe ich nur noch hier ein«, sagte sie.

Ursula strahlte über das ganze Gesicht. »Das freut mich. Und wenn du etwas benötigst, das wir nicht haben, besorgen wir es.«

Ein dünner Mann kam durch einen der Gänge auf sie zu. Er überragte Ursula um einen ganzen Kopf. »Mein Mann Wendelin«, stellte sie ihn vor. »Und das ist Laura, Anettes Schwester.«

Wendelin lächelte und sprach die Worte, die Laura in Tannreuth schon so oft vernommen hatte: »Herzlich willkommen in Tannreuth. Ich habe schon viel von dir gehört.«

Laura stellte überrascht fest, dass sie sich inzwischen geschmeichelt fühlte, weil er sie duzte. Offenbar machte die Tannreutherung bei ihr große Fortschritte ...

Wendelin legte einen Arm um Ursulas Schulter und schaute seine Frau verliebt an. »Mach doch eine kurze Pause, dann kannst du dich mit Laura unterhalten und einen Kaffee trinken.«

»Das ist eine gute Idee. Hast du Lust? Und hast du Zeit?«

»Ja, gerne.« Laura freute sich über das Angebot. Ursula führte sie durch den Laden und einen Flur zu einer Treppe hinauf ins Obergeschoss, wo sie und ihre Familie wohnten. Im Flur hingen eine Menge Fotos. Ursula und Wendelin als Brautpaar. Fotos von Kindern, die wahrscheinlich ihre waren, als Baby bis hin zu aktuellen Aufnahmen.

»Das sind unsere«, bestätigte Ursula Lauras Vermutung. »Martha ist vierzehn Jahre alt, Lisa dreizehn, und unser Jüngster ist elf.« Das Foto, auf das sie deutete, zeigte einen schlaksigen Jungen.

»Er sieht aus wie sein Vater«, stellte Laura fest.

»Ja, und er hat auch denselben Namen«, erwiderte Ursula trocken. »Ich habe versucht, mich dagegen durchzusetzen, aber ein männlicher Nachkomme der Familie heißt nun einmal Wendelin. Das ist seit Generationen Tradition.«

Laura musste lachen. »So schlimm finde ich den Namen nicht.«

»Ich eigentlich auch nicht.« Ursula betrachtete zärtlich das Bild, auf dem sie und Wendelin als Brautpaar zu sehen waren. »Als ich mich in Wendelin verliebte, war es für mich sogar der schönste Name der Welt. Für meinen einzigen Sohn hatte ich mir trotzdem einen anderen Namen ausgesucht.«

»Und wie hat dein Mann dich überredet?«, fragte Laura amüsiert.

»Das hat er nicht.« Ursula lachte laut auf. »Eigentlich hatte ich ihn längst dazu gebracht, unseren Sohn Paul zu nennen. Aber dann hat er die Geburt seines Stammhalters gebührend mit seinen Freunden gefeiert und sich am nächsten Tag von ihnen ins Rathaus bringen lassen, um den Kleinen anzumelden. Dabei wurde irgendwie aus Paul wieder Wendelin. Du musst wissen, dass mein Mann nicht viel Alkohol verträgt, und seine Freunde fanden es witzig, ihm einzureden, dass sein Sohn auch seinen Namen tragen sollte.«

»Ich wette, du konntest zuerst nicht darüber lachen.«

»Ich habe getobt«, gab Ursula zu. »Jahrelang habe ich mit den Freunden meines Mannes kaum ein Wort gewechselt, bis mein Sohn mir vor zwei oder drei Jahren sagte, er sei stolz, den Namen seines Vaters zu tragen. Und dass er den Namen Paul überhaupt nicht mag.«

Laura musste wieder laut lachen. »Ich liebe diese Tannreuther Geschichten …« Sie hielt kurz inne, spürte diesem wohlig-heimeligen Gefühl nach, das sie empfand. »Und ich mag die Tannreuther«, fügte sie schließlich hinzu.

»Ja, das ist ein ganz besonderes Dorf«, stimmte Ursula zu. »Alle, die irgendwann irgendwie hier gelandet sind, sind geblieben. Balbine stammt von hier, die hat sich ihren Tierarzt geangelt, und der blieb dann hier. Susanne, die Frau des Elektrikers, kommt aus Hannover.«

»Und sie ist jetzt voll etabliert.« Laura folgte Ursula lachend in die Wohnung. »Und sie weiß offensichtlich mehr über meinen Nachbarn als jeder andere Tannreuther.«

»Ein komischer Mann«, sagte Ursula. »Er kommt manchmal hier einkaufen. Länger als fünf Minuten hält er sich nie im Laden auf, und außer einem knappen Gruß bringt er auch kein Wort über die Lippen.« Ursula schwieg mit nachdenklicher Miene. »Aber du musst zugeben, dass er fantastisch aussieht«, fügte sie lächelnd hinzu.

Laura schaute sie überrascht an. »Findest du?«

»Du nicht?« Nun war Ursula ihrerseits erstaunt. »Groß, dunkelhaarig, breite Schultern.« Sie seufzte tief auf. »Und dann diese Augen, dieser Blick ...«

»Lass das nur nicht deinen Wendelin hören«, erwiderte Laura trocken. »Und dass ich ihn nicht ganz so toll finde, liegt sicher auch daran, dass ich bisher keine erfreulichen Erfahrungen mit ihm gemacht habe.«

»Aber du hast immerhin Erfahrungen mit ihm gemacht.« Wieder seufzte Ursula laut auf. »Aber du hast recht, gegen meinen Wendelin würde ich ihn nicht eintauschen. Ich brauche einen Mann, der hin und wieder auch einmal mit mir spricht.«

Nach zwei Stunden kehrte Laura mit ihren Einkäufen nach Hause zurück. Ihr Handy, das sie zu Hause liegen lassen hatte, vermeldete eine SMS:

Joachim Quasten will dich als Mitinhaberin der Kanzlei kennenlernen. Wann kannst du nach Berlin kommen?

Ob Luisa Karminer Benedikt wegen ihres Anrufs informiert hatte? Dann wusste er jetzt auch, dass sie über seinen Ausflug in Joachim Quastens Jagdhaus informiert war.

Überhaupt nicht, schrieb sie zurück.

Kasimirs Miauen riss sie aus ihren Gedanken. Er stand an der Terrassentür und wollte hinaus.

Laura öffnete die Tür und ließ sie einen Spaltbreit offen, damit er jederzeit wieder reinkommen konnte. Anschließend ging sie nach oben und machte die Betten der Kinder. Doch auch die körperliche Arbeit lenkte sie nicht von ihren Gedanken ab. Wenn sich ihr und Benedikts Weg jetzt trennte, beruflich und privat, wie konnte es dann für sie weitergehen?

Sie hatte Hanna versprochen, dass sie alle in Tannreuth blieben. Doch wie würde ihre Zukunft hier aussehen? Wovon sollte sie leben? Sie war durch und durch Anwältin. Schon als junges Mädchen war das ihr Berufswunsch gewesen, und sie konnte sich nicht vorstellen, jemals etwas anderes zu machen. Sie brauchte eine neue Stelle. Entweder angestellt in einer Kanzlei – sofern es im Umkreis überhaupt eine freie Stelle gab – oder als selbstständige Anwältin.

Laura schmunzelte. Wer hätte das gedacht – noch vor drei Wochen wäre die Vorstellung eines Lebens in Tannreuth völlig undenkbar gewesen.

Aber bevor sie all das in Angriff nahm, musste sie den Abschluss mit Benedikt finden. Beruflich – und privat.

Nachdenklich trat sie ans Fenster. Und wurde mit einem Schlag jäh in die Wirklichkeit zurückgeholt. Ihr stockte der Atem, als sie ihren Nachbarn sah. Nur wenige Meter von ihm entfernt stand Kasimir und öffnete immer wieder das Mäulchen. Auch wenn sie es nicht hören konnte, wusste Laura, dass er miaute.

»Lauf weg«, murmelte Laura. »Bitte, lauf weg.«

Sie hatte Angst um Kasimir. Bisher hatte er keine Anstalten mehr gemacht, nach nebenan zu laufen. Laura hatte gehofft, dass die unangenehme Erfahrung vom ersten Mal bei dem kleinen Kater so nachhaltig wirkte, dass sie ihn von dort fernhielten. Aber jetzt suchte er sogar den direkten Kontakt zum Nachbarn.

Sie sah, dass der Mann sich umdrehte und zu Kasimir schaute. Ihr Herz klopfte schneller.

Wenn du ihm etwas antust …

Laura widerstand dem Impuls, so schnell es ging nach unten zu laufen, sie konnte ihren Blick einfach nicht von der Szene lösen. Angespannt beobachtete sie, wie ihr Nachbar in die Hocke ging und die Hand ausstreckte. Ohne zu zögern, lief Kasimir zu ihm – und dann passierte etwas, womit Laura niemals gerechnet hätte. Es war völlig unspektakulär, aber Laura überraschte es trotzdem: Ihr Nachbar streichelte Kasimir, und dem kleinen Kater schien das zu gefallen. Als der Mann zurück ins Haus ging, folgte Kasimir ihm.

»Das gibt es doch nicht«, sagte Laura laut. Plötzlich meldete sich ein Gedanke: Vielleicht hatte dieser Typ Kasimir nur angelockt, um ihn für alle Zeiten zu entsorgen!

Auch wenn die kurze Szene nicht danach ausgesehen hatte, rannte Laura nun die Treppe hinunter und direkt zu ihrem Nachbarn. Die Haustür war geschlossen, von Kasimir nichts zu sehen. Außer Atem drückte Laura auf die Klingel, unentwegt bis ihr Nachbar die Tür aufriss.

»Was?«, blaffte er sie an.

»Geben Sie mir sofort meinen Kater«, fuhr sie ihn an.

»Holen Sie ihn doch selbst.« Er gab ihr den Weg frei und wies auf die offene Tür am Ende Ganges. »Das Zimmer kennen Sie ja schon.«

Laura setzte sich eilig in Bewegung. Sie schaute sich suchend um, bis sie endlich Kasimir entdeckte. Er hatte es sich in einem Sessel gemütlich gemacht und hob nicht einmal den Kopf.

»Da bist du ja! Geht es dir gut?«, fragte Laura.

»Was haben Sie denn gedacht?«

Laura fuhr herum. Dieser Mann schlich sich an wie ein … Kater. Sie hätte über diesen Vergleich gelacht, wenn sie sich nicht so unwohl gefühlt hätte.

Er hob die Hand. »Sie müssen nichts sagen. Ich glaube, ich

weiß, was Ihnen durch den Kopf geht. Aber ich kann Sie beruhigen, ich liebe Tiere.«

Es war der Klang seiner Stimme, die etwas in ihr bewegte. Und das sanfte Lächeln auf seinem Gesicht, als er zu Kasimir schaute. Laura glaubte ihm. Jedenfalls soweit es Kasimir betraf. Denn es ging ihm gut, das war ihm deutlich anzusehen. »Okay«, sagte sie nur. Mit einem Mal verspürte sie den dringenden Wunsch, das Haus so schnell wie möglich zu verlassen.

»War das alles?«, fragte er erstaunt. »Einfach nur okay, nachdem sie mir eben noch einen Katzenmord zugetraut haben?« In seinen Augen lag ein amüsiertes Funkeln.

Es war ein seltsames Gefühl, ihn einmal nicht als unfreundlichen Griesgram zu erleben, und Laura bemerkte, dass sich gerade ihr Bild von ihm auflöste. Sie war nicht sicher, ob ihr das gefiel.

Diese Augen, dieser Blick ...

Warum musste sie ausgerechnet jetzt an Ursulas Worte denken? Schlimmer noch: Wieso setzten sie sich in ihr fest und ließen sie nicht mehr los?

»Ich muss jetzt gehen«, murmelte sie.

»Und Ihr Kater?«

»Ich weiß ja jetzt, dass alles in Ordnung ist.« Sie floh regelrecht aus seinem Haus ...

Als sie mittags Leo und Juna abgeholt hatte und zu Hause ankam, war Kasimir wieder da.

»Verräter«, flüsterte Laura ihm zu.

Kasimir blickte sie mit großen Augen und unschuldiger Miene an und stolzierte davon.

»Was gibt es zu essen?« Es war die übliche Frage, die Leo stellte, sobald er zu Hause war.

»Keine Ahnung«, gab Laura ehrlich zu. »Ich habe zwar eingekauft, bin aber einfach nicht zum Kochen gekommen.«

Der Kleine stemmte die Arme in die Hüften. »Wir brauchen aber was zu essen!«, sagte er streng.

»Ja, ich weiß.« Es fiel Laura schwer, beim Anblick des Jungen nicht zu lachen. Er gab sich so große Mühe, autoritär zu wirken.

»Ich habe Hunger!«

»Du hast doch immer Hunger.« Hanna warf ihre Schultasche schwungvoll aufs Sofa. »Aber ich habe auch Hunger«, gestand sie.

»Ich war eben im Dorfladen einkaufen, ich mache ganz schnell etwas«, versprach Laura und entschied sich für Nudeln.

»Wenn du ganz schnell was machst, brennt das immer an, und dann kommt die Frau vom Jugendamt«, wandte Leo ein. »Gib uns einfach Schokolade, dann passiert nix.«

»Spaghetti mit Tomatensoße kriege ich hin«, sagte Laura. »Und du bekommst zum Nachtisch einen Schokopudding.«

Hanna staunte. »Den willst du auch kochen?«

»Nein, lieber nicht. Den habe ich aus der Kühltheke mitgebracht, das erscheint mir sicherer.« Laura stieß einen Seufzer aus. »Tut mir leid, aber das mit dem Kochen klappt noch nicht so wirklich gut. Ich übe zwar, aber ich kann euch nicht versprechen, dass sich das in absehbarer Zeit ändert.«

»Ist nicht so schlimm, Tante Laura«, sagte Leo tröstend. »Dich heiratet dann zwar keiner, aber du hast ja jetzt uns.«

»Wer sagt denn so was?« Laura schwankte zwischen Lachen und Empörung.

»Der Hans.«

Laura konnte mit dem Namen zuerst nichts anfangen.

»Das ist der Bauer, dem der Eber Gustav gehört«, erinnerte Hanna sie.

Laura schaute wieder zu Leo. »Wieso sagt der Hans so etwas?«

Leo zuckte ahnungslos mit den Schultern. »Der Hans hat gesagt, ein Mann soll nur eine Frau heiraten, die kochen kann und viel Holz vor der Hütte hat.«

Laura traute ihren Ohren nicht. Was bildete dieser Kerl sich ein?

»Aber ich versteh das nicht, wieso muss das Holz vor der Hütte sein? Darf man das nicht mit reinnehmen?«

»Frag das doch mal den Hans«, antwortete Laura erbost.

»Hab ich doch. Aber der hat nur gesagt, das find ich raus, wenn ich mal groß bin. Und dann hat der gelacht, so richtig doof.«

»Der ist auch doof«, mischte sich Juna ein. »Die Marie mag den nicht, weil der nicht nett zu Bille ist.«

Laura wurde hellhörig. »Dann werde ich mir den Hans bei der nächsten Gelegenheit einmal anschauen«, beschloss sie.

Dann machte sie sich an die Zubereitung des Mittagessens. Erfreulicherweise klappte alles ohne Probleme. Die Spaghetti waren al dente, die Tomatensoße fruchtig lecker, mit einem Hauch von Knoblauch, und der Schokopudding ein guter Abschluss.

»Das hat toll geschmeckt!« Leo lehnte sich zufrieden zurück und rieb sich das runde Bäuchlein. »Vielleicht kriegst du ja doch noch einen Mann«, sagte er treuherzig.

Nach dem Essen erledigten Hanna und Leo ihre Hausaufgaben, und später besuchte Hanna eine Freundin im Dorf. Leo und Juna spielten miteinander.

Und so hatte Laura Ruhe und Zeit, sich mit der Akte von Sven Rohloff auseinanderzusetzen, die Luisa Karminer ihr am Vortag geschickt hatte.

Laura kannte Sven bereits seit vielen Jahren. Sie hatte mit ihm zusammen die Schule besucht und ihn dann als Mandanten einmal nach einem Autounfall vor Gericht vertreten. Das war keine große Sache gewesen, aber jetzt hatte Sven ein ernsthaftes Problem. Und das wurde ausgerechnet von Joachim Quasten verursacht.

Der Immobilienmogul hatte das Mehrfamilienhaus gekauft, in dem Sven mit seiner schwangeren Frau wohnte, und nun sollte das Haus luxussaniert werden. Joachim Quasten, oder vielmehr dessen Handlanger, hatten es inzwischen geschafft, alle anderen Mieter aus dem Haus zu vergraulen. Nur Sven blieb hartnäckig. »Ich mag die Wohnung«, sagte er, als Laura ihn anrief, nachdem sie sich ein Bild von dem Fall gemacht hatte. »Und sie ist bezahlbar. Jedenfalls war sie es bisher. Was sich wahrscheinlich ändern wird, wenn dieser Mistkerl hier alles saniert hat.«

»Wobei es der einfachere und nervenschonendere Weg wäre, einfach auszuziehen«, sagte Laura vorsichtig. »Du musst auch an Delia denken.«

»Ja, ich weiß. Das tue ich ja auch, zumal im ganzen Haus inzwischen Wasser und Heizung abgestellt sind.« Er schwieg einen Moment. »Aber ganz ehrlich, Laura: Wir können das diesen Bonzen doch nicht einfach durchgehen lassen! Durch diese verdammte Yuppisierung werden alle Ortsansässigen verjagt. Früher wohnten hier unsere Freunde. Die Leute sind mit dem Fahrrad gefahren und haben zusammen Bier getrunken. Jetzt kutschieren die Anwohner in teuren Luxusautos durch die Straße und kaufen nur noch im Feinkostladen ein. Inzwischen musste die kleine Kneipe am Eck schließen. Weiß du noch, wie viel Spaß wir da früher hatten?«

Laura schmunzelte bei dem Gedanken an die vielen fröhlichen Stunden dort, im Kreise ihrer Freunde. »Ich finde die Situation auch schlimm«, sagte sie schließlich ernst. »Aber ich kann leider nicht mehr tun, als einen Brief zu schreiben und Mietminderung anzukündigen, wenn nicht alle Mängel umgehend beseitigt werden.«

»Ja, mach das bitte«, bat Sven. »Ich werde dem Typen auch weiterhin die Stirn bieten. Aber vielleicht schicke ich Delia zu ihren Eltern.«

»Okay, dann machen wir es so. Ich melde mich bei dir, wenn ich was höre. Pass gut auf dich auf«, sagte Laura zum Abschied.

Benedikt wusste wahrscheinlich nichts von Svens Problemen mit dem Immobilienmogul, sonst hätte er mit Sicherheit unterbunden, dass sie die Akte bekam und einen Fall gegen Joachim Quasten eröffnete. Und das würde sie, zunächst sogar auf dem Briefpapier ihrer gemeinsamen Kanzlei. Noch war sie da Partnerin.

Ganz sicher würde Benedikt das als Provokation auffassen, aber ihr ging es tatsächlich nur um Gerechtigkeit und die Unterstützung eines Freundes. Sollte Benedikt darüber denken, wie er wollte. Für sie spielte es keine Rolle mehr.

Kapitel 13

Die letzten Septembertage waren sonnig und tagsüber noch sehr warm. Doch pünktlich zu Anfang Oktober zeigte der Herbst mit Sturm und Regen, dass er längst Einzug gehalten hatte.

So etwas wie Routine war im Waldhaus eingekehrt. Morgens brachte Laura zuerst Leo in die Schule, danach begleitete sie Juna in den Kindergarten. Dort unterhielt sie sich meist ein paar Minuten mit Bille.

Bisher hatte sie immer noch nicht sehr viel mehr über die junge Erzieherin erfahren. Bille fand viele Worte, wenn Laura ihr Fragen nach ihrem Leben stellte, ohne wirklich viel zu sagen. Natürlich entfachte das Lauras Neugier noch mehr.

Leider hatte sich auch in den vergangenen zwei Wochen keine Gelegenheit zu einem Besuch bei Bille ergeben. Juna sprach zwar oft davon, auch einmal bei Marie und ihrer Mutter zu schlafen, doch auch dazu war es bisher nicht gekommen. Dafür war Marie an den Wochenenden meist im Waldhaus.

Auch Bauer Hans hatte Laura immer noch nicht kennengelernt, obwohl sie sich mehrfach vorgenommen hatte, diesen Mann endlich zur Rede zu stellen. Immer wieder brachte Leo zu Hause frauenfeindliche Bemerkungen an, die allesamt von diesem Hans stammten. »Ich bin ein Mann, ich darf dick werden. Ihr Frauen nicht, sonst will euch keiner«, war eine seiner Weisheiten, die Laura zur Weißglut brachten und die sie ihm so bald als möglich um die Ohren hauen wollte.

Zweimal die Woche kaufte Laura auf dem Rückweg vom Kindergarten bei Ursula und Wendelin ein, und einmal die Woche besorgte sie in der Kreisstadt Brot und Brötchen, die sie einfrieren konnte, damit sie Bäcker Eckerts Laden nicht mehr betreten musste.

Vormittags erledigte sie ansonsten schriftliche Arbeiten am PC. Eine Ende der Auseinandersetzung von Sven mit Joachim Quasten war nicht abzusehen. Und bedauerlicherweise besaß der vor allem finanziell den längeren Atem. Mit Benedikt hingegen hatte sie noch nicht darüber gesprochen. Seit ihrer letzten SMS hatte sie überhaupt nichts mehr von ihm gehört.

Montags und mittwochs ging Laura in den Töpferkurs. Sie genoss die Treffen mit den anderen Frauen und hatte inzwischen sogar neben ihrer Klebeaktion begonnen, selbst eine Figur zu töpfern. Einen kleinen Kater, der so aussehen sollte wie Kasimir.

»Dein Kater hat eher etwas von einem fetten Hasen«, sagte Kathi an diesem Montagmorgen mit brutaler Offenheit.

Laura nahm ihr das nicht übel und musste ihr ansatzweise sogar recht geben. Sie mochte Kathi trotz ihrer ruppigen Art und spürte immer öfter, dass diese Sympathie auf Gegenseitigkeit beruhte.

Aber Kathi beließ es nicht bei der Kritik, sie gab Laura auch wertvolle Tipps. »Die Ohren sind viel zu lang. Und das Gesicht läuft zu spitz zu. Das Gesicht einer Katze ist runder als das eines Hasen«, sagte sie und korrigierte mit wenigen Handgriffen die entsprechenden Teile. »Siehst du?«

Laura war begeistert. »Danke, Kathi! Du bist eine Künstlerin.«

»Jetzt übertreib mal nicht«, brummte Kathi, doch ihr war anzusehen, dass sie sich über das Lob freute.

»Laura hat aber recht«, mischte Ursula sich ein. »Ich wünschte, ich könnte so gut modellieren wie du.« Sie stand auf und betrachtete das Kunstwerk vor Kathi. Ein Blütenkelch, der sich emporstreckte und schließlich öffnete. Daraus entwuchs eine Frau, die Arme erhoben, ganz so, als wolle sie sich befreien. Ihr Körper war bis zur Taille zu sehen, darin war jeder Muskel, jede winzige Falte zu erkennen.

Laura war ganz sicher keine große Kunstkennerin, aber sie fand die Ausführung der Arbeit hervorragend. Und auch die Aussage der Skulptur war für sie eindeutig. Wie viel diese Darstellung wohl mit Kathi selbst zu tun hatte? Sah sie sich als Frau, die es noch nicht geschafft hatte, sich vollständig zu befreien? Die abfälligen Bemerkungen über ihren Mann ließen darauf schließen.

Laura wusste inzwischen, dass Kathi zwar noch mit Bäcker Eckert verheiratet war, sie ihren Mann aber vor drei Jahren verlassen hatte. Warum, das wusste niemand im Dorf. Kathi schimpfte über ihren Mann, nannte aber nie die Gründe, die zu der für alle überraschenden Trennung geführt hatten. Wobei Laura überzeugt war, dass Kathi diese Entscheidung gar nicht so überraschend getroffen hatte.

Jetzt trat auch Pia zu ihnen. »Das ist wirklich unglaublich! Du bist inzwischen besser als ich. Ich kann dir nichts mehr beibringen.«

»Du bist ein Naturtalent«, erkannte auch Susanne neidlos an.

Kathi jedoch wedelte mit einer Hand, als wolle sie die anderen Frauen verscheuchen. Ihr wurde diese Würdigung erkennbar zu viel. »Es reicht! Geht wieder an eure eigenen Arbeiten.«

»Ich wünschte, ich könnte das so gut wie du.« Balbine ließ einen tiefen Seufzer hören. Sie hatte die größten Schwierigkeiten mit dem Töpfern und behauptete immer, es läge an ihren dicken Fingern.

Laura hingegen vermutete, dass es Balbine einfach an Talent

fehlte. Dafür besaß sie Hartnäckigkeit. Jede andere Teilnehmerin hätte wahrscheinlich längst kapituliert, aber nicht Balbine.

»Auf das Töpfern könnte ich verzichten«, hatte sie einmal gesagt, »aber nicht auf die zwei Stunden mit euch.«

Darin stimmte Laura ihr aus voller Seele zu. Auch sie freute sich auf diese Treffen und mochte sie nicht mehr missen. Jedes Mal begann sie damit, weitere Teile der zerstörten Skulptur anzukleben. Danach musste der Kleber erst einmal trocknen, bevor sie weiterarbeiten konnte. Anstatt aber untätig herumzusitzen und die anderen bei der Arbeit zu beobachten, hatte sie selbst Lust bekommen, mit einem Stück Ton zu arbeiten.

Heute allerdings hatte sie sich zuerst mit dem Kater beschäftigt. Nun holte sie die fast fertige Skulptur und machte sich daran, die wenigen Scherben, die noch in der Tüte waren, zu verkleben. Zuletzt setzte sie den Kopf darauf und musterte dann ihr Werk.

Unzufrieden betrachtete sie die Löcher. »Da fehlen ein paar Stücke. Und sie sieht irgend wie geflickt aus.«

Die anderen Frauen lachten, nur Kathi nicht. »Aber das ist sie doch auch«, sagte sie.

»Ich habe mir mehr von dem Ergebnis versprochen«, sagte Laura enttäuscht.

Kathi kam zu ihr. »Darf ich mal?«

Als Laura zur Antwort nickte, füllte sie die Löcher mit dem Kleber. Laura beobachtete erstaunt, dass die Statue schon ganz anders aussah. Nicht mehr so unfertig, dafür aber noch ziemlich fleckig. Sie zeigte eine schöne Frau in einem leichten Sommerkleid. Um ihr den nötigen Halt zu verleihen, stand sie auf einem kleinen Podest.

»Wenn du sie nach dem Trocknen des Klebers anmalst, ist sie fast wie neu«, sagte Kathi.

Laura war zutiefst erleichtert. Sie konnte nicht anders und umarmte sie. »Danke!«

Kathi wirkte gerührt und wandte sich hastig ab. Ganz so als hätte sie schon lange niemand mehr in den Arm genommen.

Laura wusste nicht, wie sie reagieren sollte. Einerseits hatte sie das Bedürfnis, Kathi zu trösten. Gleichzeitig spürte sie instinktiv, dass Kathi jetzt in Ruhe gelassen werden wollte.

Auch die anderen Frauen sagten nichts und schienen die ganz besondere Stimmung zu spüren, in der sich Kathi gerade befand. Es dauerte ein paar Minuten, bis sie sich wieder unter Kontrolle hatte. »Tobias wird sich freuen, wenn du ihm die Skulptur überreichst«, sagte sie schließlich, auch wenn ihre Stimme ein wenig rau klang.

Laura war sich da nicht ganz so sicher. Bisher hatte es für beide in Gegenwart des anderen nicht viel Anlass zur Freude gegeben. Vielleicht war es doch keine so gute Idee gewesen, die Skulptur zusammenzukleben. »Ich weiß nicht. Mein Nachbar ist ein seltsamer Mensch. Ich kann schon froh sein, wenn er sich zu einem knappen Gruß herablässt.«

Balbine lachte. »Mir fällt gerade auf, dass du nie Tobias' Namen nennst, wenn von ihm die Rede ist, sondern immer nur *mein Nachbar* sagst.«

»Das ist er ja auch«, erwiderte Laura. »Ein Nachbar.« Sie verzog unwillig das Gesicht. »Mein Nachbar. Ich hätte mir nebenan andere Menschen gewünscht. Eine von euch wäre toll. Aber jetzt muss ich mit ihm klarkommen.« Laura dachte an die wenigen Begegnungen zurück. »Dabei ist das Haus eigentlich ganz schön. Ziemlich groß sogar, wie gemacht für eine Familie. Wer hat denn früher da gewohnt?«

Allgemeines Kopfschütteln und ahnungsloses Schulterzucken erhielt sie als Antwort.

»Seit ich in Tannreuth lebe, steht das Haus leer«, ergänzte Susanne. »Balbine und Kathi, wisst ihr nicht mehr über das Haus und seine Bewohner?«

»Ich glaube, da wohnte einmal ein Ehepaar«, sagte Kathi nach einer Weile. »Aber das ist schon lange her. Damals war ich noch ein Kind.«

»Ja«, fiel Balbine plötzlich ein. »Und dann ist der Mann gestorben. Ich glaube, sie hatten eine Tochter.«

»An die kann ich mich nicht erinnern.« Kathi zuckte die Schultern.

»Sie war mindestens zwanzig Jahre älter als wir.« Auch Balbine dachte jetzt angestrengt nach. »Damals wurde erzählt, dass sie einen reichen Mann aus Freiburg geheiratet hat.«

»Ja, das stimmt, jetzt weiß ich es wieder. Die Empörung war groß, weil sie nicht in Tannreuth geheiratet hat und weil sie ihre Mutter im kleinen Waldhaus alleinließ.«

»Aber das hat sie nicht«, fiel Balbine ein. »Irgendwann war auch ihre Mutter nicht mehr da. Im Dorf wurde erzählt, dass die Tochter sie zu sich nach Freiburg geholt hat. Seitdem steht das Haus leer.«

»Es stand leer«, verbesserte Laura sie. »Jetzt wohnt ...«, sie zögerte kurz, »... mein Nachbar dort.« *Nachbar* klang so schön unpersönlich. Genau das sollte es auch bleiben.

Pia deutete auf die Statue. »Und dank dir schon bald auch wieder diese Frau.« Sie lachte.

»Das ist eine sehr schöne Frau«, sagte Kathi ernst. »Kannst du Tobias nicht fragen, wer sie ist, wenn du ihm die Statue überreichst?«

Laura war entsetzt. »Auf keinen Fall! So weit bin ich noch nicht vom Tannreuth-Virus infiziert, dass ich wildfremde Leute ausfrage.«

»So ganz wildfremd ist er ja nicht mehr«, erwiderte Ursula sanft.

Laura hob abwehrend beide Hände. »Unser Kennenlernen und alle weiteren Begegnungen waren nicht gerade erfreulich. Ich werde diesen Mann nicht ausfragen, nur um eure Neugierde zu befriedigen.«

Ursula begann zu lachen. »Der lässt sich auch nicht ausfragen. Ich habe es mehrfach versucht, wenn er bei uns im Laden war.«

»Und ich werde das bei Tobias erst gar nicht versuchen«, wollte Laura das Thema abschließen.

»Du hast ihn zum ersten Mal Tobias genannt!« Pia schmunzelte.

Kein Grund, der Sache so viel Bedeutung beizumessen. Es war ihr herausgerutscht.

»Vielleicht findest du ja doch noch heraus, welches Geheimnis ihn umgibt«, fuhr Kathi fort.

»Oder welche Leichen in seinem Keller liegen«, ergänzte Balbine sensationslüstern.

»Ihr habt eindeutig zu viel Fantasie«, stellte Laura lachend fest.

»Wenn ich zwanzig Jahre jünger wäre, hätte ich ganz andere Fantasien, die sich um Tobias drehen«, erwiderte Kathi trocken.

»Ich auch!« Ursula lachte. »Wenn ich nicht verheiratet wäre. Das Alter passt ja. Tobias dürfte in meinem Alter sein.«

Pia klatschte in die Hände. »Mädels, auch wenn sich das Gespräch gerade in eine interessante Richtung entwickelt ... die Zeit ist um.« Sie wies auf die Uhr über der Tür.

»Oje, wir haben uns wieder einmal völlig verquatscht.« Ursula begann, ebenso wie die anderen Frauen, ihre Sachen zusammenzupacken. Laura schlug den halb fertig getöpferten Kasimir in ein feuchtes Tuch ein und stellte ihn ins Regal an der Längsseite des Raumes. Die Statue platzierte sie daneben. Sie half noch, den Tisch zu reinigen, dann verabschiedete sie sich. »Bis Mittwoch!«

»Mittwoch malen wir die Statue an, danach kannst du sie mitnehmen«, sagte Pia und umarmte Laura zum Abschied.

Vor dem Haus traf sie auf Peter Stöckel, der sich mit einem Mann in seinem Alter unterhielt. Er unterbrach das Gespräch sofort, als er Laura erblickte.

»Gernot, ich möchte dir gerne Laura Strohner vorstellen, eine Kollegin aus Berlin.« Er wies auf den Mann neben sich. »Mein guter Freund Gernot Bernau.« Seine Miene verdüsterte sich ein wenig. »Und jetzt auch mein Mandant.«

Laura sah auf den ersten Blick, dass es Gernot Bernau nicht gut ging. Sein Gesicht war fahl, dunkle Schatten lagen unter seinen Augen.

»Verbringen Sie Ihre Ferien im Schwarzwald?«, fragte er, während sie seinen Händedruck erwiderte.

»Nein, ich bin aus persönlichen Gründen hier«, erwiderte Laura freundlich, hatte aber keine Lust, das Thema zu vertiefen. Außerdem musste sie dringend nach Hause. Doch Gernot Bernau kam ihr mit einer Verabschiedung zuvor.

»Ich fahre zurück nach Freiburg«, sagte er zu Peter Stöckel. »Ich weiß ja jetzt, dass du alles in meinem Sinne regelst. Einen schönen Tag.« Er nickte Laura zu, dann ging er schwerfällig, als würde er von seinen Problemen geradezu niedergedrückt, über die Straße zu einem großen Wagen.

»Armer Kerl«, sagte Peter Stöckel leise. »Aber ich habe ihn damals gleich gewarnt.«

Laura rang mit sich. Die Äußerung war ganz sicher dazu gedacht, sich mitzuteilen, und sie wollte Peter Stöckel nicht einfach so stehen lassen.

»Er will sich scheiden lassen«, fuhr er auch gleich unaufgefordert fort. »Ein Schritt, der längst überfällig ist.«

Laura dachte an ihre letzte Begegnung. »Das ist also kein Fall, in dem es Ihnen darum geht, zwei Parteien miteinander zu versöhnen?«

Peter Stöckel stieß ein Schnauben aus. »Nein, ausnahmsweise

nicht. Um es noch klarer auszudrücken: Er hätte diese Frau niemals heiraten dürfen.«

Laura spürte ein beginnendes Interesse. »Sie mögen die Frau Ihres Freundes also nicht?«

»Ich verabscheue dieses Geschöpf!« Peter Stöckel atmete tief durch. »Entschuldigen Sie bitte, es ist normalerweise nicht meine Art, so über einen anderen Menschen zu urteilen.«

Laura folgte wie er mit dem Blick der Limousine, die gerade um die nächste Straße verschwand.

»Er hätte Jennifer erst gar nicht heiraten dürfen«, wiederholte Peter Stöckel dann. »Ich habe ihn damals gewarnt, aber er war so verblendet und wollte auf niemanden hören. Einerseits konnte ich ihn ja verstehen. Ein paar Jahre zuvor war seine Frau gestorben, und er fühlte sich schrecklich einsam. Aber Jennifer könnte seine Tochter sein! Das Einzige, was sie interessierte, war sein Geld. Direkt nach der Hochzeit hat sie ihm ihr wahres Gesicht gezeigt. Jetzt war Gernot zwar verheiratet, aber einsamer als vorher. Jennifer jettete durch die Welt, gab Gernots Geld aus und zeigte ihm ziemlich deutlich, dass sie sich überhaupt nichts aus ihm machte.«

Laura empfand Mitleid mit Gernot Bernau, aber auch mit Peter Stöckel, der sich so große Sorgen um seinen Freund machte. »Ihr Freund hat hoffentlich einen Ehevertrag abgeschlossen«, sagte sie.

»Natürlich nicht«, erwiderte Peter Stöckel bitter. »Und jetzt haben wir den Salat. Für mich ist dieser Fall natürlich besonders schwierig, weil mein Mandant zugleich mein Freund ist.« Er schwieg einen Moment. »Das kennen Sie doch bestimmt.«

Laura dachte an Sven. »Ja. Der Erfolgsdruck ist dann sehr viel größer«, sagte sie.

»Ja, das stimmt.« Peter Stöckel musterte sie nachdenklich. »Mir kommt da gerade eine Idee ...« Er schwieg kurz, fuhr dann aber fort. »Man munkelt, dass Sie in Tannreuth bleiben ... Hätten Sie nicht Lust, für mich zu arbeiten? In meiner Kanzlei gibt es durchaus genug Arbeit für zwei Anwälte.«

Laura starrte ihn an, und er sprach weiter: »Lehnen Sie mein Angebot bitte nicht sofort ab«, bat er. »Denken Sie in aller Ruhe darüber nach. Vielleicht können Sie es wenigstens halbtags einrichten, dann bleibt Ihnen auch immer noch genug Zeit für die Kinder.«

Laura traute ihren Ohren nicht. War genau das nicht die Lösung?

»Denken Sie darüber nach«, bat Peter Stöckel noch einmal, dann verabschiedete er sich schnell von ihr, als fürchte er, sie könnte noch an Ort und Stelle ablehnen.

Auf dem Heimweg dachte Laura unentwegt über das Angebot nach. Wie sie es auch drehte und wendete, ihr fiel kein Gegenargument ein. Sie war fast versucht, umzudrehen und ihm sofort zuzusagen, doch dann beschloss sie, sich noch ein bisschen Zeit zu lassen, um andere mögliche Optionen zu überprüfen. Allzu lange würde sie ihn aber nicht auf eine Antwort warten lassen.

Zu Hause schaute Laura unwillkürlich zum Nachbarhaus, wo im selben Moment die Haustür einen Spaltbreit aufging und Kasimir herauskam.

Es gefiel ihr nicht, dass der kleine Kater sich neuerdings immer öfter nebenan aufhielt.

Er war am frühen Morgen hinausgegangen und bei ihrem Aufbruch ins Dorf noch nicht zurückgekehrt. Laura hatte nach ihm gerufen und bis zur letzten Minute gewartet, aber Kasimir hatte sich nicht gezeigt. Als sie schließlich das Haus verließ, hatte sie sich Sorgen um ihn gemacht. Es war kühl geworden und zeitweise fiel leichter Nieselregen.

Aber Kasimir hatte offenbar ein warmes und trockenes Plätzchen gefunden. Der kleine Kater kam sofort auf sie zugelaufen und betrat zusammen mit ihr das Haus. Zu ihrer Erleichterung gesellte sich auch Ärger. »Was machst du nur ständig da drüben?«, fragte sie ihn. »Fühlst du dich denn nicht mehr wohl bei uns?«

Kasimir strich um ihre Beine und schnurrte dabei laut, als wolle er sie vom Gegenteil überzeugen. Dann lief er ins Wohnzimmer und machte es sich auf dem Sofa gemütlich.

Laura setzte sich an den Tisch und studierte den Posteingang auf ihrem Notebook. Sven hatte ihr eine Mail geschickt: *Jetzt wird es ernst! Quasten hat auf dein Schreiben nicht reagiert. Jetzt habe ich die Miete gemindert und darauf die Androhung der fristlosen Kündigung erhalten.*

Laura entschied, ihn direkt anzurufen.

»So ein Zufall«, sagte Sven. »Ich wollte dich auch gerade anrufen. Rate mal, wer eben meine Wohnung verlassen hat.«

»Keine Ahnung.«

»Joachim Quasten war hier. Höchstpersönlich. Nicht einer seiner Handlanger.«

»Oh, dann ist es ihm wirklich ernst. Hat er dir ein Angebot gemacht, oder wollte er dir drohen?«

»Beides.« Sven lachte. »Ich habe mich natürlich nicht darauf eingelassen. Den Brief, den du an ihn geschrieben hast, hat er aber offensichtlich nicht gelesen. Er wirkte erschüttert, als ich ihm sagte, dass du meine Anwältin bist.«

»Das kann ich mir vorstellen«, erwiderte Laura, ohne das näher zu erläutern. »Wie geht es Delia?«, fragte sie stattdessen.

»Nicht so gut. Der ganze Stress zermürbt sie, obwohl sie jetzt bei ihren Eltern wohnt.«

»Vielleicht solltest du doch ...«

»Nein«, fiel Sven ihr ins Wort. »Mich kriegt der Quasten nicht klein.«

Laura hatte da ihre Zweifel. Joachim Quasten hatte letztendlich den längeren Atem, um diesen Kampf auszufechten.

Sven schnaubte, als sie ihn darauf hinwies. »Ja, aber ich habe dann zumindest die Genugtuung, dass ihn jeder Tag Verzögerung durch mich eine Menge Geld kostet. Ich halte noch ein bisschen durch.«

Laura versprach ihm, einen weiteren Brief an Joachim Quasten zu schicken und auf die Rechtmäßigkeit der Mietminderung hinzuweisen. Sie war sicher, dass ihr Schreiben diesmal sofort auf dessen Schreibtisch landen würde. Und was war mit Benedikt? Der musste inzwischen doch auch erfahren haben, dass sie Sven ausgerechnet gegen den Mann vertrat, den er als Mandanten haben wollte.

Doch Benedikt hüllte sich weiterhin in Schweigen ...

Zwei Tage später, als Laura wieder in der Töpferrunde saß, hatte Pia die Farben für sie zusammengestellt und half ihr beim Mischen der Töne für die Arme und Beine. Vorsichtig trug Laura die Farbe auf und war am Ende hochzufrieden, als es ebenso natürlich aussah wie der Teint des Gesichts.

Das Kleid malte sie in einem zarten Blau. Die Frau in diesem Abbild wirkte wunderschön und zart. Ihre veilchenblauen Augen lächelten den Betrachter an, und ihre anmutige Haltung kam in dem Kleid besonders gut zur Geltung.

Als die Farben getrocknet waren, überzog Laura die ganze Figur mit einem klaren Lack, der die Farben darunter schützte und ihnen einen zarten Glanz verlieh.

»Ich wette, dass Tobias diese Frau geliebt hat«, sagte Susanne, die sich zusammen mit den anderen Frauen hinter Laura im Halbkreis aufgebaut hatte.

»Sie ist meisterhaft modelliert«, stellte Pia fest. »Also das perfekte Anschauungsmaterial für euch alle. Schade, dass die Signatur durch die Beschädigung nicht mehr zu erkennen ist. Sonst hätte ich womöglich mehr über den Urheber und das Modell herausfinden können.«

Da, wo die Initialen des Künstlers in den Sockel eingeritzt waren, befand sich eine große Lücke, die Laura mit Kleber zugespachtelt hatte.

»Die Schäden sind überhaupt nicht mehr zu sehen«, sagte Balbine verwundert.

»Na ja, doch. Hier und da ein feiner Riss.« Laura wies auf die Stellen. »Aber du musst schon sehr genau hinsehen.«

»Wann gibst du sie Tobias?«, wollte Kathi wissen.

Darüber hatte Laura sich auch schon Gedanken gemacht. Und je länger sie darüber nachdachte, desto absurder erschien ihr die Idee insgesamt. Was, wenn er das als Einmischung deutete und sich nicht freute? Vermutlich war es besser, wenn sie die Statue erst mal bei sich behielt. »Keine Ahnung ... Irgendwann ...«, druckste sie herum.

Ursula schaute sie verständnislos an. »Du klaust die Scherben aus dem Müll, reparierst das Teil in stundenlanger, mühevoller Kleinarbeit – und jetzt gibst du es ihm nicht sofort zurück? Warum nicht?«

»Keine Ahnung.« Laura suchte nach einer plausiblen Erklärung, aber alles, was für sie dagegensprach, war ein unerklärliches Bauchgefühl. Das sich eigentlich viel zu oft meldete, seit sie in Tannreuth war. Früher hatte sie in erster Linie ihren Verstand sprechen lassen, und oftmals hatte der Kopf über ihr Herz entschieden. Warum war das auf einmal anders?

»Also gut«, sagte sie. »Ich gebe ihm die Statue heute noch zurück.«

»Am liebsten würde ich Mäuschen spielen, um sein Gesicht zu sehen.« Ursula kicherte.

Laura sah sich in Gedanken bei ihrem unfreundlichen Nachbarn klingeln, während sich ringsum die Frauen aus ihrem Töpferkurs hinter den Bäumen und Büschen versteckten, um die Szene zu beobachten.

»Was habt ihr nur immer mit meinem Nachbarn?«, wunderte sie sich. »Warum interessiert ihr euch so für diesen Mann?«

»Das fragst du noch?« Balbine stemmte die Arme in die fülligen Hüften. »Hier kennt jeder jeden. Und dann taucht hier ein geheimnisvoller Fremder auf, und ausgerechnet seine direkte Nachbarin ist die Einzige, die das nicht interessiert. Dabei hast du doch die besten Möglichkeiten, etwas über ihn herauszufinden.«

»Ich bin eben nicht neugierig«, schwindelte Laura, erntete damit aber nur ungläubiges Lachen.

»Sie kommt aus Berlin«, sagte Kathi. »Da hat sie genug Action, während wir hier nehmen müssen, was uns geboten wird.«

Laura lachte. »So richtig Action habe ich erst, seit ich in Tannreuth bin. Dagegen ist Berlin ein Kurort.« Sie stand auf, räumte ihren Arbeitsplatz auf, nahm die Statue und verabschiedete sich.

Je näher sie ihrem Haus kam, desto zögerlicher schritt sie voran. Dann beschloss sie, es gleich hinter sich zu bringen.

Er öffnete kurz nach dem Klingeln und war sichtlich überrascht. »Ihr Kater ist nicht da«, sagte er kurz angebunden.

»Deshalb bin ich nicht hier.« Laura stellte ihre Tasche ab, nahm die Statue heraus und hielt sie ihm hin.

Er nahm sie ihr aus der Hand und starrte überrascht darauf, sagte aber kein Wort.

»Ich weiß, sie ist nicht mehr so wie vorher, aber ich habe mich bemüht, sie so gut wie möglich zu reparieren«, sagte Laura.

Seine Miene war vollkommen unbewegt, als er den Kopf hob und sie ansah. »Das ist nett, aber völlig überflüssig«, sagte er schließlich, ging an ihr vorbei und warf die von ihr mühevoll reparierte Statue in die Mülltonne.

Laura war fassungslos und unfähig etwas zu sagen.

»Es gibt Dinge, die können einfach nicht repariert werden«, sagte er und ging zurück ins Haus.

Kapitel 14

Laura hatte die Begegnung mit ihrem Nachbarn noch nicht verdaut, als die nächste Überraschung eintraf. In Gestalt einer schweren Limousine mit Berliner Kennzeichen, die von einem Chauffeur gesteuert wurde und auf der Auffahrt zum Waldhaus parkte.

Sie hatte nach dem Heimkommen für Kasimir die Terrassentür einen Spaltbreit geöffnet und stand in der Küche an der Spüle, als der Wagen vorfuhr.

Laura ließ neugierig die Spülbürste sinken. Benedikt war es garantiert nicht. Er besaß weder einen Wagen in dieser Größe, noch ließ er sich fahren.

Der Chauffeur stieg aus und öffnete die Tür zum Fond. Dabei stand er so ungünstig, dass Laura das Gesicht des Mannes nicht sehen konnte, der ausstieg. Eilig wischte sie ihre Hände ab und öffnete die Tür gerade in dem Moment, in dem der Mann davor den Finger erhoben hatte, um zu klingeln. Nun ließ er die Hand wieder sinken. Er war groß, überragte sie um mehr als einen Kopf, und lächelte auf sie herab.

Laura erkannte ihn auf den ersten Blick. Bisher hatte sie ihn noch nie persönlich getroffen, sein Gesicht aber oft in Zeitungen gesehen.

»Herr Quasten, was verschafft mir die Ehre?«, fragte sie, obwohl sie die Antwort wusste. Vermutlich hoffte er, dass sein persönliches Erscheinen sie beeindruckte, das Gegenteil allerdings war der Fall. Es war ihr lästig.

»Müssen wir das hier auf der Türschwelle besprechen?« Er sah über ihren Kopf hinweg ins Haus.

»Ich schätze es nicht sehr, wenn ich unangemeldet überfallen werde«, sagte Laura, gab ihm aber den Weg frei, damit er eintreten konnte. Immerhin war sie hier die Hausherrin und nicht gewillt, nach seiner Nase zu tanzen.

»Dann bin ich ja froh, dass Sie bei mir eine Ausnahme machen.« Im Wohnzimmer schaute er sich prüfend um. »Nett haben Sie es hier«, sagte er. Aufrichtig klang es nicht.

Laura bot ihm keinen Platz an, dennoch setzte er sich unaufgefordert aufs Sofa.

»Also, was verschafft mir die Ehre?«, fragte sie steif, nachdem sie ihm gegenüber im Sessel Platz genommen hatte.

»Können Sie sich das nicht denken?« Er bleckte die Zähne in der Andeutung eines Lächelns.

Laura unterdrückte ein Stöhnen. Dieser Mann war ihr so zuwider. Am liebsten hätte sie ihn aufgefordert, umgehend das Haus zu verlassen. Aber sie wollte unbedingt aus seinem Munde hören, weshalb er sich auf den weiten Weg von Berlin nach Tannreuth gemacht hatte. Und dann auch noch persönlich. »Ich schätze es, wenn Dinge ausgesprochen werden«, sagte sie kühl.

»Ja, genau so hat Benedikt Sie beschrieben.« Nach diesen Worten schwieg er, schien darauf zu warten, dass sie etwas sagte, aber den Gefallen tat Laura ihm nicht. Sie schaute ihn einfach nur an. Intensiv, so wie sie es vor Gericht gerne mit Zeugen der Gegenseite machte.

»Sie wissen, dass Benedikt und ich zukünftig eine Zusammenarbeit planen.«

»Ja.«

Wieder ließ er ein paar Sekunden verstreichen. »Wie ich von Benedikt weiß, findet das nicht Ihre Zustimmung.«

Auch diesmal blieb Laura knapp. »So ist es.«

Seine Augen verzogen sich zu schmalen Schlitzen, während er sie lauernd musterte. »Vielleicht kann ich Sie ja überzeugen.«

Wohl kaum!

Er schien wieder auf eine Antwort zu warten, die jedoch auch diesmal nicht erfolgte.

Sie hätte ihm sagen können, dass sie aus der Berliner Kanzlei aussteigen wollte, aber sie fand, dass es ihn nichts anging. So wartete sie einfach ab, gespannt auf seine Reaktion.

Joachim Quasten erhob sich, trat ganz dicht an sie heran, um seine körperliche Überlegenheit auszuspielen. Psychospielchen, die Laura kein bisschen beeindruckten. Sie stand ebenfalls auf, ohne vor ihm zurückzuweichen, und verschränkte die Arme vor der Brust.

»Ich wäre bereit, mich erkenntlich zu zeigen, wenn Sie Ihren Widerstand aufgeben.«

»Sie wollen mich bestechen? Ernsthaft?« Laura hielt seinem Blick stand.

In seinen Augen blitzte es kurz auf, sonst veränderte sich seine Miene nicht. Doch plötzlich warf er den Kopf in den Nacken und lachte laut auf. »Ich hätte nicht erwartet, dass eine so erfolgreiche Rechtsanwältin derart naiv sein kann«, sagte er hart. »Ich bin Geschäftsmann. In meiner Welt geht es nicht immer zimperlich zu.«

»Das ist mir bewusst, ich kenne Ihre Methoden! Sie setzen Rechtschaffenheit mit Naivität gleich, und Ersteres ist mir wichtig«, erwiderte sie hart.

»Ich glaube, es gibt etwas, was Sie umstimmen wird.« Seine Miene wirkte siegessicher.

Laura ahnte, worauf er hinauswollte.

»Offensichtlich liegt Ihnen viel an Ihrem Freund Sven Rohloff.« Er grinste.

Dass Sven nicht einfach nur ein Mandant, sondern auch ein persönlicher Freund war, konnte Joachim Quasten nur von Benedikt wissen, dem er ganz sicher von dem Fall erzählt hatte. Genau an dieser Stelle setzte Laura ein weiteres Mal einen Schlusspunkt zu Benedikt. Dass er mit seinem Wunschmandanten, gegen den sie sich selbst aus gutem Grund entschieden hatte, ihre persönlichen Angelegenheiten besprach, kam für Laura einem Vertrauensbruch gleich.

»Ich könnte mich eventuell dazu herablassen …«

»Gehen Sie einfach«, fiel Laura ihm ins Wort.

»Lassen Sie mich gefälligst ausreden«, fuhr er sie an.

»Ich will, dass Sie sofort das Haus verlassen«, wiederholte Laura mit Nachdruck.

Ihre Selbstsicherheit schien ihn zu verunsichern. Er verlor die Kontrolle.

»Sie dumme Pute«, zischte er und stieß sie an. So plötzlich, dass Laura einen erschrockenen Laut von sich gab. Sie taumelte nach hinten und fiel in den Sessel. Joachim Quasten lachte. »Glauben Sie wirklich, Sie können sich mir in den Weg stellen? Ich bekomme immer, was ich will.«

»Diesmal offensichtlich nicht!«, sagte in diesem Moment eine Männerstimme hinter ihm.

Laura registrierte erstaunt, dass ihr Nachbar durch die offene Terrassentür ins Haus gekommen war.

Joachim Quasten, der mit dem Rücken zu ihm stand, fuhr herum, während Tobias langsam näher kam. »Sie gehen jetzt besser«, sagte er drohend.

Joachim Quasten zögerte, trat dann zu Lauras Erleichterung aber den Rückzug an. Er würdigte Tobias keines Blickes, drohte Laura aber mit erhobenem Zeigefinger. »Wir sind noch nicht fertig.«

Doch Laura hatte sich wieder gefangen. Er hatte es tatsächlich geschafft, ihr Angst einzujagen, aber jetzt stand Tobias neben ihr. Sie fühlte sich sicher und geborgen in seiner Gegenwart, zum ersten Mal. »Doch, das sind wir!«, sagte sie mit fester Stimme.

Joachim Quasten wandte sich um und verließ das Haus.

Laura atmete tief durch. »Danke, dass Sie so schnell gekommen sind«, sagte sie ehrlich.

»Ich habe Ihren Schrei gehört«, sagte er. »Und dieser schwere Wagen in Ihrer Auffahrt war ja nicht zu übersehen. Also wusste ich, dass Sie nicht allein sind.« Besorgt musterte er sie. »Ist wirklich alles in Ordnung?«

»Ja, er hat mir nichts getan«, versicherte sie. »Ich glaube auch nicht, dass er die Absicht hatte, mich körperlich anzugreifen. Das kann er sich überhaupt nicht leisten.«

»Ich glaube sehr wohl, dass Joachim Quasten davon überzeugt ist, er könne sich alles erlauben.«

Laura war überrascht. »Sie kennen ihn?«

»Nicht persönlich«, wiegelte er ab. »Aber das Gesicht ist oft genug unter negativen Schlagzeilen zu sehen.« Tobias fasste vorsichtig nach ihrem Arm. »Sie sehen sehr blass aus. Setzen Sie sich doch. Soll ich Ihnen etwas zu trinken holen?«

Laura setzte sich tatsächlich aufs Sofa, obwohl es ihr gut ging. »Ein Glas Wasser wäre schön«, sagte sie dennoch. Vielleicht war das hier die Gelegenheit, ein bisschen mehr über ihn zu erfahren. »Und bringen Sie gleich ein Glas für sich mit.« Sie wies ihm den Weg durch das Esszimmer in die Küche.

Kurz darauf kam er mit zwei Gläsern, zwei Untersetzern und einer Wasserflasche zurück. Er füllte die Gläser halb voll mit Wasser, bevor er ihr gegenüber auf dem Sessel Platz nahm.

»Danke. Auch noch einmal für Ihre Hilfe«, sagte sie, bevor sich das Schweigen zwischen ihnen ausbreiten konnte.

Er trank einen Schluck, dann setzte er das Glas vorsichtig zurück auf den Untersetzer. Sein Miene war undurchdringlich, als er sagte: »Wahrscheinlich hätten Sie meine Hilfe überhaupt nicht benötigt. Ich habe den Eindruck, dass Sie sich sehr gut zu wehren wissen.«

Laura musterte ihn interessiert. »Und was glauben Sie sonst noch über mich zu wissen?«

Er schmunzelte. »Ich glaube nicht zu wissen, sondern weiß ganz genau, dass Sie in den Mülltonnen Ihrer Nachbarn herumwühlen und sie zudem aus einem Fenster in der oberen Etage beobachten.«

Laura hatte es befürchtet. Er hatte sie am Fenster gesehen.

»Das war nur in der ersten Zeit, als Sie nebenan wohnten«, bemühte sie sich um eine plausible Erklärung. »Meine Nichte war davon überzeugt, dass es in Ihrem Haus spukt, weil immer nur ein schwacher Lichtschein zu sehen war. Und ich habe befürchtet, dass es sich um Einbrecher handelte.«

Er lachte – und sah damit plötzlich so ganz anders aus. Entspannt, sympathisch ... Laura konnte nicht anders, als ihn anzustarren.

Er erwiderte ihren Blick und plötzlich lag da etwas in der Luft, das sie atemlos machte. Spürte er das auch?

Er schob das Glas von sich und machte Anstalten, sich zu erheben. »Ich gehe dann mal wieder.«

»Wollen Sie nicht zum Essen bleiben?«

Du lieber Himmel, was mache ich da? Sie hatte die Einladung ausgesprochen, ohne lange nachzudenken, und nun wurde ihr klar, dass sie ihn einfach noch nicht gehen lassen wollte.

Er schien sich über ihre Einladung ebenso zu wundern wie sie selbst. »Warum?«, fragte er.

»Ich weiß nicht«, sagte sie lapidar. »Ich fände es einfach schön, wenn wir unsere nachbarschaftliche Beziehung ein wenig verbessern. Der Beginn war ja nicht so erfreulich.« Sie lachte. »Und ich verspreche Ihnen, dass ich nie wieder in Ihrer Mülltonne herumwühlen werde.« Angespannt wartete sie darauf, dass er jetzt etwas zu der Statue und ihrer Bedeutung sagen würde, doch er schwieg.

»Wobei ich nicht wirklich weiß, ob meine Kochkünste tatsächlich zur Verbesserung unserer nachbarschaftlichen Beziehungen führen«, fuhr Laura fort. »Ich kann nämlich eigentlich überhaupt nicht kochen. Bei mir brennt fast alles an. Bis auf Tiefkühlpizza, die kann ich perfekt im Ofen aufbacken. Und manchmal Nudeln mit Tomatensoße.«

Ihr Bekenntnis brachte ihn wieder zum Lachen. »Ich kann sehr gut kochen«, behauptete er.

»Ach ja?«

Er wies in Richtung Küche. »Was sollte es denn heute geben?«

»Spinat«, sagte sie. »Schon wieder. Na ja ... eigentlich zum ersten Mal richtig.« Sie lachte. »Bisher ist er mir angebrannt. Meine Einladung gilt aber trotzdem. Ich muss jetzt gleich die beiden Kleinen abholen, dann besorge ich auch im Dorfladen Tiefkühlpizza. Wenn Sie die mögen«, fügte sie schnell hinzu.

»Nein!« Tobias schüttelte den Kopf. »Aber ich mache Ihnen einen anderen Vorschlag: Sie holen die Kinder ab, inzwischen koche ich das Mittagessen.«

»Spinat?« Sie grinste.

»Lassen Sie sich überraschen, was ich aus Spinat alles zubereiten kann.«

Laura ließ sich darauf ein und hatte auch keinerlei Bedenken, ihn allein im Haus zurückzulassen. Wie immer holte sie zuerst Juna aus dem Kindergarten ab. Dabei fiel ihr auf, dass Bille sehr blass aussah.

»Ist alles in Ordnung mit dir?«, fragte sie besorgt.

Billes Lächeln wirkte bemüht. »Ich habe letzte Nacht nicht besonders gut geschlafen, aber sonst ist alles okay.« Sie drehte sich um und rief nach Juna.

Juna kam zusammen mit Marie angelaufen. »Darf Juna heute bei uns essen?«, fragte Marie ihre Mutter.

Laura bemerkte, dass Bille zögerte. »Ein anderes Mal gern, aber heute ist es schlecht.«

»Warum?«, fragte Marie prompt.

Bille antwortete erst nach einigem Zögern. »Der Hans hat mich um Hilfe gebeten. Ich habe keine Zeit, nachher zu kochen.«

Marie zog ein langes Gesicht. »Und was soll ich dann essen?«

»Ich mache uns schnell ein Brot, wenn wir nach Hause kommen.«

Marie schmollte. »Das will ich nicht.«

Da Bille zunehmend gereizter wurde, fragte Laura schnell: »Soll ich Marie mit zu uns nehmen?«

»Was gibt es denn bei euch?«, fragte Marie interessiert. Selbst das Mädchen wusste, dass Lauras Kochkünsten nicht zu trauen war.

»Ich habe keine Ahnung.« Laura lächelte. »Ich koche heute nicht selbst.«

Die beiden Mädchen schauten sich an, aber es schien sie nicht zu interessieren, wer denn kochte. »Vielleicht schmeckt das dann ja«, sagte Marie hoffnungsvoll.

»Schlimmer als Tante Laura kocht bestimmt keiner«, ergänzte Juna.

»Also bitte!« Laura stemmte die Hände in die Hüften. »Meine Pizza mögt ihr doch sehr gern.«

»Das ist nicht deine Pizza.« Juna blickte verschmitzt zu ihr auf. »Die hast du nur bei Ursula gekauft und zu Hause heiß gemacht. Das kann doch jeder.«

»Ist es dir recht, wenn Marie mit zu uns kommt?«, sprach Laura Bille direkt an, die nicht reagierte.

Bille schaute sie an, schien aus ihrer tiefen Versunkenheit zurückzukehren. »Ich weiß nicht«, sagte sie zweifelnd. »Marie war in letzter Zeit so oft bei euch. Du hast mit drei Kindern schon mehr als genug zu tun.«

Laura winkte ab. »Ach, mach dir darüber keine Gedanken. Marie stört nicht, ganz im Gegenteil. Wenn sie und Juna miteinander spielen, ist das eher eine Entlastung für mich. Sie kann gerne mit zu uns kommen.«

»Ja, Mama, bitte!«

»Also gut«, gab Bille nach, und sofort liefen die Kinder davon, um ihre Jacken zu holen. »Vielen Dank, Laura.«

Laura musterte sie prüfend. »Ist wirklich alles in Ordnung?«

»Aber ja.« Bille lächelte, konnte Laura damit aber nicht überzeugen.

»Was gibt es zu essen?« Wie immer war das Leos erste Frage, als sie ihn von der Schule abholte.

»Keine Ahnung.« Laura sagte nichts von Tobias. Hoffentlich konnte er wirklich so gut kochen, wie er behauptete.

»Ich habe Hunger!« Das war Leos obligatorischer zweiter Satz.

»Ich auch«, sagte Laura.

Als sie mit den Kindern nach Hause kam, stand Hanna schon vor der Haustür und schaute ihr angespannt entgegen. Das Mädchen legte den Zeigefinger über die Lippen. »Da ist einer im Haus«, flüsterte sie.

»Ich weiß«, gab Laura ebenso leise zurück, um dann in normaler Lautstärke zu fragen: »Wieso bist du überhaupt schon zu Hause?«

»Die letzte Stunde ist ausgefallen.« Hanna winkte ab, als wäre das völlig uninteressant. »Wer ist denn da im Haus?« Jetzt flüsterte das Mädchen wieder. »Und was macht er da?«

»Das ist unser Nachbar.« Laura lachte. »Und er kocht für uns.«

Hanna starrte sie mit offenem Mund an, während die Kleinen kein bisschen verwundert wirkten.

»Hoffentlich kann der besser kochen als du«, sagte Leo lediglich und spazierte als Erster ins Haus, nachdem Laura die Tür aufgeschlossen hatte. Ein köstlicher Duft wehte ihnen entgegen.

Leo ging schnurstracks in die Küche, gefolgt von seinen Schwestern, Marie und Laura, und baute sich vor Tobias auf.

»Was gibt es heute Mittag?«

Tobias röstete gerade Pinienkerne in einer Pfanne. Er sah kaum auf. »Spaghetti mit Pilzen und Spinat.«

»Iiiiiih«, stieß Leo hervor.

Tobias nahm die Pfanne vom Herd. »Erst probieren, dann meckern«, sagte er. »Ihr vier könnt schon einmal den Tisch decken.«

»Zuerst die Hände waschen«, sagte Laura schnell.

Erstaunlicherweise gehorchten die Kinder sofort. Laura hörte das Klappern des Geschirrs im angrenzenden Esszimmer, dann kam Marie in die Küche und zeigte auf Tobias. »Hanna will wissen, ob der fremde Mann auch bei uns isst.«

»Da er gekocht hat, darf er auch bei uns essen.« Laura schmunzelte.

»Und der fremde Mann heißt Tobias«, fügte Tobias hinzu.

Marie lief zurück ins Esszimmer. »Hanna, der fremde Tobias darf mitessen.«

Laura und Tobias lachten einander an, dann konzentrierte er sich wieder auf die Töpfe.

»Da sind aber einige Sachen, die ich nicht im Haus hatte«, merkte Laura an. »Wie zum Beispiel Champignons und Pinienkerne.«

»Die hatte ich zu Hause«, sagte er. »Es ist schön, mal wieder für andere zu kochen, und ich wollte, dass es allen schmeckt.«

Laura öffnete den Mund, doch er kam ihr zuvor. »Keine Fragen bitte«, sagte er leise. »Ich frage Sie nichts, Sie stellen mir keine Fragen. Können wir uns darauf einigen?«

Laura nickte, auch wenn sie mit dieser Regelung eigentlich

nicht einverstanden war. »Ich wollte auch keine Frage stellen, sondern mich einfach nur vorstellen.«

Doch auch das war ihm offenbar schon zu viel. »Dass ich Tobias bin, wissen Sie ja schon«, sagte er schnell. »Und ich habe längst mitbekommen, dass Sie Laura heißen.«

Laura beließ es dabei, auch wenn sie nur zu gern mehr über ihn erfahren hätte.

Das Mittagessen verlief in entspannter Stimmung. Den Kindern schmeckte es ebenso ausgezeichnet wie Laura.

»Von mir aus darfst du jetzt immer bei uns kochen«, bot Leo großzügig an.

»Leo, du kannst nicht einfach *du* sagen. Das heißt *Sie*«, sagte Laura.

»Doch, das kann er«, sagte Tobias. »Das könnt ihr alle.« Er grinste Laura an. »Du übrigens auch.«

Laura lachte. »Also gut, ich bin einverstanden.«

»Kocht der Tobias jetzt jeden Tag für uns?«, fragte Juna.

»Nein. Wir werden seine Hilfsbereitschaft ganz bestimmt nicht ausnutzen«, stellte Laura klar. »Hin und wieder müsst ihr das essen, was ich für euch koche.«

Ein vielstimmiges Stöhnen war zu hören.

Tobias lachte laut auf. »Das sagte eine ganze Menge über deine Kochkünste aus, und ich gestehe ehrlich, dass ich nicht neugierig darauf bin.« Er wandte sich an die Kinder. »Ich habe nicht die Zeit, jeden Tag für euch zu kochen. Aber hin und wieder mache ich das sehr gern. Es hat mir Spaß gemacht. Das Kochen und das gemeinsame Essen.«

»Was machst du denn den ganzen Tag allein in deinem Haus?«, fragte Hanna.

»Arbeiten.« Seine Antwort kam kurz und bündig. Er beugte den Kopf tief über seinen Teller und aß weiter.

Hanna ließ nicht locker. »Aber warum wohnst du da …« Sie brach ab, als Laura sie unter dem Tisch mit dem Fuß anstieß und kaum merklich den Kopf schüttelte.

»Eigentlich ist das ja auch egal«, sagte Hanna. »Das Essen schmeckt jedenfalls super.«

Tobias tauchte wieder auf. »Ich freue mich, dass es dir schmeckt«, sagte er und wurde abgelenkt, als Kasimir dazukam. Der Kater schaute ihn mit großen Augen an, dann sprang er auf seinen Schoß und rollte sich zusammen.

»Der Kasimir mag dich«, sagte Juna. »Dann mag ich dich auch.«

Den ganzen Nachmittag dachte Laura über das denkwürdige Mittagessen und Tobias nach. Sie hatte gespürt, dass er sich wohlgefühlt hatte, und zum ersten Mal war er nicht mehr der seltsam unfreundliche Nachbar gewesen, sondern Tobias. Immer noch ein wenig unnahbar, aber Tobias.

Dass sie ihn in Gedanken nicht mehr *Nachbar* nannte, sondern seinen Vornamen benutzte, zeigte ihr, dass sich ihre Einstellung ihm gegenüber geändert hatte.

Kapitel 15

Zwei Tage später schickte Benedikt ihr rote Rosen. Das erste Zeichen seit ihrer letzten SMS. Dabei lag eine Karte mit den Worten: *Es tut mir leid.*

Was tat ihm leid? Seine eigenmächtigen Entscheidungen? Sein Vertrauensbruch? Oder Joachim Quastens überfallartiger Besuch bei ihr, über den Benedikt doch bestimmt im Vorfeld schon informiert gewesen war?

Laura konnte nicht viel mit seiner Entschuldigung anfangen. Im Gegenteil, es war ihr eher lästig, weil er darauf ganz sicher eine Antwort erwartete. Nach langem Nachdenken schrieb sie ihm eine SMS: *Danke für die Blumen!*

Nichts weiter, weder zu ihrer Einstellung noch zu ihrer Beziehung. Und natürlich ließ er ihre Nachricht nicht unerwidert.

Es wird Zeit, dass wir miteinander reden. Nicht per Telefon und schon gar nicht per SMS. Es wäre schön, wenn du irgendwann einmal nach Berlin kommst.

Ich melde mich bald bei dir, schrieb sie zurück und war froh, als er darauf nicht mehr antwortete. Sie plante gerade ihr neues Leben, und dabei würde sie sich von niemandem unter Druck setzen lassen. Schon gar nicht von Benedikt.

Am Wochenende fegte ein stürmischer Wind über das Land. Hagel und Regen peitschten abwechselnd gegen die Fenster. Am Sonntag kam Tobias nachmittags mit einem selbst gebackenen Kuchen vorbei. »Ich dachte, ihr habt vielleicht Appetit auf was Süßes«, sagte er.

Laura schnupperte. Es roch köstlich! »Komm schnell rein. Ich koche Kaffee.«

»Ich habe gehofft, dass du das sagst.« Tobias schlüpfte ins Haus, während es hinter ihm wieder zu regnen begann.

Die Kinder begrüßten ihn mit großem Hallo und halfen sofort, den Kaffeetisch zu decken.

»Freuen die Kinder sich jetzt über mich oder doch mehr über den Kuchen?«, flüsterte Tobias ihr zu.

Laura musste lachen. »Ich glaube, die freuen sich auch ein bisschen über dich.«

Der Kuchen schmeckte hervorragend. »Das ist Oma Marias Gewürzkuchen.« Es war Tobias anzusehen, dass ihm diese Bemerkung unbedacht herausgerutscht war. Als Laura den Mund öffnete, um nachzuhaken, schüttelte er den Kopf. Keine Fragen! Sie fügte sich, wenn auch ein wenig enttäuscht.

Nach dem Kaffee spielten sie Gesellschaftsspiele mit den Kindern, während draußen der Sturm ums Haus heulte. So schien es einfach nur selbstverständlich, dass Tobias letztendlich bis zum Abend blieb und zusammen mit Laura das Abendessen kochte. Wobei sich Lauras Einsatz auf das Putzen und Schnibbeln von Gemüse beschränkte.

Kasimir saß in der Küche auf der Fensterbank und schaute hinaus in die Dunkelheit. Hin und wieder wandte er den Kopf, um Laura und Tobias zu beobachten. Laura fand, dass der Kater so zufrieden aussah, wie sie sich gerade fühlte.

Nach dem Abendessen verabschiedete sich Tobias, aber damit waren die Kinder nicht einverstanden.

»Bleib doch noch ein bisschen. Ich spiele so gerne mit dir.« Leo schaute ihn bittend an.

Juna riss plötzlich weit die Augen auf. »Können wir den Tobias nicht einfach behalten?« Ihre Stimme überschlug sich fast vor Begeisterung. »So wie den Kasimir? Dann kann der immer kochen und mit uns spielen.«

Tobias lachte laut auf.

»Man kann einen Menschen nicht behalten«, versuchte Laura ihrer Nichte zu erklären. »Tobias hat ein eigenes Zuhause, aber er kommt ganz bestimmt wieder zu Besuch.«

»Ganz bestimmt«, versprach Tobias.

Laura brachte ihn zur Tür. »Vielen Dank für diesen schönen Nachmittag.«

Ein intensiver Blick aus seinen dunklen Augen traf sie. Ein Blick, dem sie nicht ausweichen konnte. Dann lächelte er. »Ich muss mich bedanken. Es war schön, dass ich bei euch sein durfte.«

»Jederzeit gerne wieder«, sagte sie herzlich. Sie sah ihm nach, wie er durch den Regen zu seinem Haus eilte. Plötzlich huschte Kasimir an ihr vorbei und lief hinter ihm her. Er kam an diesem Abend auch nicht mehr nach Hause ...

»Hast du Tobias die Statue gegeben?«, überfiel Kathi sie sofort, als sie an diesem Montagmorgen den Wintergarten betrat.

»Guten Morgen«, grüßte Laura erst einmal mit einem strahlenden Lächeln in die Runde. »War der Sturm am Wochenende nicht schrecklich?«

»Wir wollen jetzt nicht mit dir über das Wetter reden!«, sagte Balbine streng.

Pia und Ursula grinsten, während Susanne sie gespannt anschaute.

»Ja, ich habe ihm die Statue gegeben«, sagte Laura betont gleichgültig. Sie ging zum Regal, holte den in feuchten Tüchern verpackten Tonkater heraus und setzte sich an ihren Platz. »Ich hoffe, ich werde bald damit fertig«, sagte sie.

»Laura!«, riefen Balbine und Kathi gleichzeitig empört.

Laura schaute auf. Sie hatte gewusst, dass die anderen Frauen sie mit Fragen bestürmen würden, und es machte ihr Spaß, sie ein wenig zappeln zu lassen. Dann aber fasste sie die Geschehnisse des Wochenendes in zwei Sätzen zusammen: »Er hat die Statue weggeworfen, weil es seiner Meinung nach Dinge gibt, die nicht zu reparieren sind. Und dann hat er für die Kinder und mich gekocht und einen Gewürzkuchen gebacken.«

Atemloses Schweigen folgte ihren Worten. Alle starrten sie an – und warteten ganz offensichtlich auf weitere Erklärungen.

Laura lächelte in die Runde. »Das ist alles, mehr gibt es nicht zu erzählen«, sagte sie lächelnd.

»Das ist alles?«, wiederholte Kathi. »Das ist weitaus mehr, als wir erwartet haben, aber noch lange nicht alles, was wir hören wollen.«

Zustimmendes Gemurmel war zu hören.

»Wir wollen alles wissen«, forderte Balbine sie auf. »Jedes noch so winzige Detail!«

Laura konnte die Neugier der Freundinnen gut nachvollziehen, an deren Stelle wäre es ihr genauso gegangen. Ihr war klar, dass sie keine Ruhe geben würden, und so begann sie, ein wenig ausführlicher zu erzählen. Dass Tobias sie gebeten hatte, keine Fragen zu stellen, erwähnte sie nicht, sondern begnügte sich mit der Aussage, sie habe den Eindruck, dass er nicht über die Statue und die damit verbundene Geschichte reden wollte. »Und ich werde das natürlich akzeptieren! Kannst du mir bitte bei den Pfoten helfen?«, wandte sie sich gleich darauf an Pia und machte damit klar, dass das Thema für sie abgeschlossen war.

Eigentlich wollte sie nach dem Kurs gleich nach Hause fahren, doch dann fiel ihr Blick auf Peter Stöckels Kanzleischild. Sie konnte sich die Kanzlei ja einmal ansehen ...

Sie betrat einen schmalen Hausflur, der in einer breiten Treppe mündete, und stieg hinauf in die obere Etage, wo es nur die Kanzlei gab. Die Tür stand weit offen, aber niemand war zu sehen.

»Hallo!«, rief Laura, als sie den Vorraum betrat. Vor ihr befand sich eine Empfangstheke, doch der Schreibtisch dahinter war leer, bis auf einen PC, der jedoch nicht eingeschaltet war.

Hinter dem Empfang lag ein Gang. Die Türen rechts und links waren geschlossen, nur die Tür am Ende war einen Spaltbreit geöffnet.

»Hallo!«, rief Laura noch einmal, und kurz darauf vernahm sie Geräusche aus dem Zimmer am Ende des Ganges, dann Schritte und Peter Stöckel erschien im Türrahmen. Er stutzte, als er sie erblickte, dann lächelte er. »Hallo, Frau Strohner! Was für eine schöne Überraschung! Sie sind wahrscheinlich nicht auf der Suche nach einem Rechtsbeistand.«

Laura schmunzelte. »Nein.«

»Darf ich dann darauf hoffen, dass Sie hier sind, um mein Angebot anzunehmen?«

»Ich denke darüber nach«, sagte Laura ehrlich. »Und deshalb wollte ich mich gerne einmal umsehen.« Sie deutete zum Empfang. »Allerdings habe ich nicht den Eindruck, dass es hier Arbeit für zwei Anwälte gibt.«

»Oh doch. Aber ich nehme nur so viele Fälle an, dass es zum Leben reicht.«

»Und dann auch nur Fälle, bei denen Sie die Parteien miteinander versöhnen können?«, fragte Laura schmunzelnd.

»Wenn sich diese Option ergibt: gerne. Aber das ist keine Voraussetzung für eine Zusammenarbeit«, sagte er schnell. »Ich lasse Ihnen völlig freie Hand.«

Laura spürte tief in sich die Sehnsucht, endlich wieder richtig zu arbeiten. Vor Gericht zu stehen, Fakten auszubreiten, Zeugen zu verhören und Plädoyers zu halten. Boris Schäfer fehlte ihr, aber es gab sicher auch hier Kollegen, mit denen sie sich auseinandersetzen konnte.

»Vielleicht hilft es Ihrer Entscheidungsfindung, wenn Sie sich einmal Ihr Büro anschauen«, schlug Peter Stöckel vor und ging ihr voraus zu einer Tür auf der linken Seite des Ganges.

Laura folgte ihm mit wachsender Neugierde und trat auf seine Aufforderung an ihm vorbei in den Raum.

Sofort fiel ihr der eichene Schreibtisch ins Auge. Er stand so, dass sie direkt durch die Sprossenfenster auf den Marktplatz schauen konnte. Hinter dem Schreibtisch befand sich ein Regal mit juristischer Fachliteratur, rechts an der Wand ein Tisch zwischen zwei zierlichen Sesseln. Ihr Büro in Berlin war moderner eingerichtet, aber dieser Raum besaß einen Charme, dem sie sich nicht entziehen konnte.

»Zuletzt hat hier eine Rechtsreferendarin gearbeitet«, berichtete Peter Stöckel, »aber das ist auch schon wieder zwei Jahre her.«

»Sie wollten sie nicht übernehmen?«, hakte Laura nach.

»Die Frage hat sich nicht gestellt. Für Ute stand von Anfang an fest, dass sie nach dem Referendariat in die Kanzlei ihres Vaters wechselt.«

Wieder schaute Laura sich um, strich nachdenklich mit dem Finger über die glänzende Schreibtischplatte.

»Sie können sich das Büro nach Ihren Wünschen einrichten«, sagte Peter Stöckel ruhig.

»Ich finde das Büro perfekt, so wie es ist.« So lange hatte sie nachgedacht, gegrübelt – und jetzt fasste sie einen Entschluss.

»Das heißt, Sie nehmen mein Angebot an?«

»Probeweise«, bot Laura an. »Und am liebsten erst einmal nur an drei Vormittagen in der Woche.«

»Sehr gerne. Ich freue mich«, sagte Peter Stöckel und wiederholte es gleich noch einmal. »Ich freue mich wirklich sehr.«

»Ich freue mich auch«, entgegnete Laura und spürte der Aufregung nach, die sie jetzt erfasste. »Auf gute Zusammenarbeit!« Sie streckte Peter Stöckel die Hand hin.

Peter Stöckel nahm ihre Hand, drückte sie ganz fest. »Auf gute Zusammenarbeit! Daran hege ich nicht die geringsten Zweifel.«

Kapitel 16

Vier Wochen waren vergangen, seit Laura das Angebot angenommen hatte. Von Joachim Quasten hatte sie trotz seiner Drohung nichts mehr gehört. Damit hatte sie auch nicht gerechnet.

Während Luisa Karminer ihr aus Berlin kaum noch Akten zuschickte, vermutlich auf Benedikts Geheiß, häufte sich die Arbeit in Peter Stöckels Kanzlei. Einmal hatte sie sogar den Töpferkurs ausfallen lassen müssen und ein paarmal sogar nachmittags gearbeitet.

Als Peter Stöckel sie das erste Mal darum bat, hatte sie kategorisch abgelehnt. Die Nachmittage gehörten den Kindern!

Und dann war es doch passiert, weil einem Mandanten die Untersuchungshaft drohte. Laura war keine andere Lösung eingefallen, als Tobias um Hilfe zu bitten.

Von da an war er immer öfter für die Kinder da, die das ihrerseits sehr begrüßten. Ebenso wie Kasimir, der inzwischen nicht mehr ganz so winzig war und sich zu einem wunderschönen Kater entwickelte. Er liebte es, wenn die ganze Familie zu Hause war, und dazu gehörte für ihn offensichtlich auch Tobias. Wenn jemand fehlte, saß er auf der Fensterbank in der Küche auf seinem Kissen und wartete so lange, bis alle da waren.

Dennoch war es Laura mittlerweile peinlich, wenn sie Tobias darum bitten musste, bei den Kindern zu bleiben. Und nun stand sie an diesem Montagmorgen schon wieder vor seiner Tür, weil sie seine Hilfe brauchte wegen einer Gerichtsverhandlung am nächsten Tag. Sie hatte vorgeschlagen, eine Art Kindermädchen zu suchen, aber als sie ihm das sagte, funkelte er sie empört an. »Warum? Du weißt doch, dass ich gerne auf die Kinder aufpasse.«

»Und wenn ich dich dafür einstelle?«, fragte sie zögernd. »Ich würde dich gerne dafür bezahlen.«

»Ich nehme kein Geld von dir«, erwiderte er kühl.

»Aber von irgendwas musst du doch leben. Bist du so vermögend ...« Sie brach ab, als er abwehrend die Arme vor der Brust verschränkte.

»Schon gut, keine Fragen«, sagte sie. »Ich habe es einen Moment lang vergessen.«

Er ließ die Arme sinken. »Jetzt ist es dir ja wieder eingefallen.« Er lächelte. »Und ich kann dich beruhigen: Ich wollte morgen sowieso mit den Kindern Laternen für St. Martin basteln.«

»St. Martin? Das habe ich völlig vergessen!« Laura überkam ein schlechtes Gewissen. »Was würde ich nur ohne dich machen?« Hastig sah sie ihn an. »Oh, Entschuldigung. Gehörte das jetzt auch zu den verbotenen Fragen?«

»Die kann ich gerade noch durchgehen lassen«, sagte er schmunzelnd. »Und ich bin sicher, dass du eine Lösung gefunden hättest.«

»Wieso kannst du eigentlich so gut mit Kindern umgehen?«, wollte Laura wissen, doch als sie seine Miene sah, entschuldigte sie sich sofort. »Es tut mir leid, aber das ist die Anwältin in mir. Mal abgesehen davon, dass ich es schwer finde, dass du alles von mir weißt, während du selbst so verschlossen bist.«

Er schüttelte den Kopf. »Ich weiß überhaupt nichts von dir«, sagte er. »Außer den Informationen über dich, die mir im Dorf aufgezwungen werden. Also, wo du herkommst und weshalb du in Tannreuth bist.«

»Wir können uns gerne bei einem Glas Wein zusammensetzen und uns gegenseitig aus unserem Leben erzählen«, zog sie ihn auf.

»Nein!« Mehr sagte er nicht zu ihrem Vorschlag, aber sein Ton ließ keinen Zweifel. Er zog eine Liste aus seiner Hosentasche. »Kannst du mir das bitte in dem Bastelladen besorgen?«, bat er. »Juna hat sich ein Einhorn als Laterne gewünscht. Ich brauche also ziemlich viel Transparentpapier in Pink.«

»Aber sie bastelt doch sicher auch mit Bille und den anderen Kindern im Kindergarten eine Laterne«, wandte Laura ein.

»Ja, aber kein Einhorn.« Tobias grinste. »Vor allem aber bastelt Leo nichts in der Schule. Und als ich ihm versprach, eine Laterne mit ihm zu basteln, hat Juna sich direkt angeschlossen.« Fragend schaute er sie an. »Kannst du uns das Material besorgen?«

Laura nickte. Es rührte sie, dass er sich so um die Kinder kümmerte. »Ich frage Pia, was sie im Laden hat, und bringe es heute Mittag mit, wenn wir nach Hause kommen«, versprach Laura. Egal, wie viel Arbeit sie hatte, mittags holte sie die beiden Kleinen ab und aß später mit allen Kindern gemeinsam zu Mittag. Diese Zeit am Tag wollte sie sich nicht nehmen lassen.

»Bis später«, verabschiedete sie sich von Tobias, der die Haustür schloss. Wie so oft schon wanderte Lauras Blick zu dem Schild neben der Klingel. Aber ebenso wie das Briefkastenschild war es nicht beschriftet. Er war und blieb geheimnisvoll …

… aber ich vertraue ihm drei Kinder an!

Dieser Gedanke kam ihr nicht zum ersten Mal, erfüllte sie aber nicht mit Angst. Sie spürte, dass die Kinder bei ihm gut aufgehoben waren, das hatte er in den vergangenen Wochen auch oft genug bewiesen.

Trotzdem blieb und wuchs der Wunsch in ihr, endlich mehr über ihn zu erfahren!

Abends erzählten ihr die beiden Kleinen aufgeregt vom heiligen Martin. »Das war ein ganz lieber Mann«, berichtete Juna. »Der hat einem Bettler seinen halben Mantel geschenkt, weil der kalt war.«

»Ihm war kalt«, verbesserte Laura.

»Sag ich doch, der war ganz kalt«, beharrte Juna. »Und dann hat der Martin ihm den halben Mantel geschenkt.«

Leo warf sich in die Brust. »Ich hätte ihm meinen ganzen Mantel gegeben und nicht nur so einen ollen halben.«

»Ja, du bist unser Held«, zog Hanna ihren Bruder auf. »Dann würden wir heute nicht St. Martin feiern, sondern St. Leo.«

»Du bist doof«, sagte Leo.

»Selber doof.« Hanna streckte die Zunge raus.

»Hier ist niemand doof«, sagte Laura bestimmt. »Ihr sollt euch nicht streiten.

»Genau!« Hanna grinste.

»Überlegt lieber mal, was ihr aus der Geschichte lernen könnt.«

»Was denn?«, fragte Juna interessiert.

»Zu helfen, wenn ein Mensch in Not ist«, sagte Laura ernst. Wäre ihr vorher bewusst gewesen, was sie damit in Gang setzte, hätte sie sich diesen Vortrag erspart ...

Am nächsten Tag hatte sie die Gerichtsverhandlung in Freiburg. Ihr Mandant, ein Fensterbauer aus einem Nachbarort Tannreuths, hatte einen Hausbesitzer auf Zahlung einer Rechnung verklagt. Der Streitwert war so hoch, dass die Sache automatisch vor dem Landgericht verhandelt wurde.

Während die Gegenseite nun die ganzen Mängel ausführte, mit der die Nichtzahlung der Rechnung gerechtfertigt wurde, klingelte Lauras Handy.

Der Anwalt der Gegenseite brach ab und schaute sie ebenso wie der Vorsitzende Richter tadelnd an. »Sie dürfen Ihr Handy während der Verhandlung gerne ausschalten«, sagte der Richter.

»Entschuldigen Sie bitte.« Sie schaltete das Handy nie komplett aus, falls etwas mit einem der Kinder war. Aber normalerweise stellte sie den Klingelton ab, das hatte sie heute vergessen. Sie tat es jetzt, nachdem sie auf dem Display Benedikts Namen erkannt hatte, und konzentrierte sich wieder auf die Verhandlung.

»... abschließend bleibt festzuhalten, dass mein Mandant keines der gelieferten Fenster öffnen kann«, behauptete ihr Kollege.

Nun war Laura an der Reihe, und sie war bemüht, die Sache für ihren Mandanten so schnell wie möglich abzuschließen. »Wir haben vorgeschlagen, dass sich ein Gutachter die Sache ansieht«, sagte sie. »Aber bisher hat Ihr Mandant keinem der vorgeschlagenen Besichtigungstermine zugestimmt.«

»Termine müssen eben so abgesprochen werden, dass sie auch in den Zeitplan meines Mandanten passen!«

Laura lächelte. »Ihrem Mandanten wurde vom Gutachter die Möglichkeit eingeräumt, eigene Terminvorschläge zu unterbreiten.« Sie wandte sich an den Richter. »Ich denke, dass es einen anderen Grund gibt, weshalb die Gegenseite den Besuch des Gutachters nicht zulassen wollte.« Laura zog Fotos aus ihrer Akte und präsentierte sie dem Richter und der Gegenseite. »Hier können Sie sehen, wie die Fenster, die sich angeblich nicht öffnen lassen, weit offen stehen und geputzt werden. Ihre Ehefrau?«, wandte sie sich fragend an den Mann gegenüber, der völlig verdattert neben seinem Anwalt saß.

Sein Anwalt ließ sich nicht so leicht einschüchtern. »Was sagt so ein Foto schon aus? Das kann eine Fotomontage sein. Jedenfalls beweist es nicht, dass die Fenster einwandfrei funktionieren.«

Laura schaute den Richter an. »Deshalb beantrage ich, dass ein Sachverständiger ein Gutachten über die Fenster erstellt. Und ich bitte darum, der Gegenseite zu erklären, dass sie die Kosten dieses Gutachtens zu tragen hat, wenn sich herausstellt, dass sie unwahre Behauptungen aufgestellt hat.«

Laura sah, wie der Hausbesitzer und sein Mandant auf der anderen Seite miteinander tuschelten. Schließlich sagte der Anwalt: »Mein Mandant wäre mit einem Vergleich einverstanden.«

»Kein Vergleich«, sagte Laura hart. »Meinem Mandanten steht die Summe zu, die er in Rechnung gestellt hat. Das entspricht genau dem Betrag, den er als Angebot eingereicht hatte und der von der Gegenseite so akzeptiert wurde. Übrigens möchte ich darauf hinweisen, dass mein Mandant nur ein kleines Unternehmen mit zwei Mitarbeitern führt. Er musste für die Fenster der Gegenseite in Vorlage treten, und wenn seine Rechnung nicht bezahlt wird, kann ihn das in wirtschaftliche Schwierigkeiten bringen.«

Eine Viertelstunde später verließ sie zusammen mit ihrem freudestrahlenden Auftraggeber den Gerichtssaal. Sie hatte den Prozess für ihn gewonnen. Er bedankte sich zum wiederholten Male überschwänglich, verbunden mit dem Hinweis, dass er sie gerne weiterempfehlen würde. Damit gingen sie zufrieden auseinander.

Nach einem Fußweg von fünf Minuten erreichte sie die Schlossberggarage, wo sie ihren Wagen geparkt hatte. Von dort aus rief sie Benedikt an, doch an seinem Handy meldete sich nur die Mailbox.

»Tut mir leid, dass ich deinen Anruf eben nicht annehmen konnte«, sagte sie. Eine Erklärung dazu gab sie nicht. Sie wollte ihm nicht über die Mailbox mitteilen, dass sie für Peter Stöckel arbeitete und inzwischen wieder Gerichtstermine wahrnahm. Gleichzeitig wusste sie, dass sie endlich mit Benedikt reden musste. Es gab keinen weiteren Aufschub mehr!

Nach ein paar Minuten versuchte sie noch einmal, ihn zu erreichen, aber auch jetzt meldete sich nur die Mailbox. Also verschob Laura den Anruf wieder einmal auf später und fuhr nach Hause.

»Das ist ja wirklich ein Einhorn.« Laura staunte, als Juna ihr bei ihrer Rückkehr stolz die Laterne präsentierte.

»Die hat Tobias mit mir gebastelt«, sagte Juna stolz. »Ich hab ganz viel allein gemacht.«

»Ja, das hat sie«, bestätigte Tobias, der bereits auf dem Weg zur Tür war. Laura begleitete ihn und bedankte sich noch einmal bei ihm. Dann zeigte auch Leo ihr sein Werk.

»Das ist meine Laterne. Weißt du, was das ist?«

Das Gesicht hätte das einer Katze sein können, aber die gelben Streifen, die rundherum befestigt waren, ließen keine Zweifel aufkommen. »Ein Löwe«, sagte Laura.

»Ja! Eigentlich wollte ich ja den Kasimir als Fackel«, berichtete Leo. »Aber Tobias hat gesagt, dass Leo auch Löwe heißt.«

»Und wie sieht deine Laterne aus?«, fragte Laura, als Hanna dazukam.

»Laternen sind was für Babys«, sagte Hanna abfällig.

»Aber du gehst doch mit zum Martinszug?«

»Ich treffe mich mit meinen Freundinnen.« Hanna schaute sie fragend an. »Ich darf doch, oder?«

Laura war unsicher. »Was sagen denn die Mütter der anderen Mädchen?«

»Die sind alle einverstanden«, sagte Hanna. »Wir müssen nur im Zug bleiben und sofort nach Hause gehen, sobald wir die Martinstüte haben.«

Für eine Laterne fühlte sie sich zu alt, aber die Martinstüte mit Süßigkeiten und Hefewecken wollte sie gerne haben?

Laura sagte nichts, sondern lächelte ihrer Nichte nur zu. »Okay, dann darfst du dich mit den anderen treffen. Aber ich möchte nicht, dass du im Dunkeln alleine nach Hause gehst.«

»Wir treffen uns nachmittags bei Debby. Also bei Tageslicht.« Hanna grinste. »Und später kann ich ja mit euch nach Hause gehen.« Fragend schaute sie Laura an. »Kommt Tobias auch mit?«

»Ich weiß es nicht«, sagte Laura. »Warum habt ihr ihn nicht gefragt, als er eben da war?«

»Ich weiß nicht.« Hanna senkte den Kopf. »Aber es wäre so schön, wenn wir anschließend alle zusammen zu Abend essen. So wie wir es früher immer zusammen mit Mama und Papa gemacht haben.«

Die Worte ihrer Nichte berührten Laura tief. »Ich frage ihn«, sagte sie sofort. Laura war klar, dass die Abwesenheit von Anette und Daniel zu besonderen Anlässen besonders schmerzte. Und gerade in dieser verheißungsvollen Zeit, die mit dem Martinsfest eingeläutet wurde. Bis zum ersten Advent dauerte es keine drei Wochen mehr.

»Danke. Sag ihm, er muss unbedingt mitkommen«, bat Hanna. »Und er muss auch nicht kochen. Wir haben nach dem Martinszug immer belegte Brote gemacht und dazu Kakao getrunken.«

»Dann machen wir das auch genau so«, versprach Laura.

Am nächsten Vormittag verpasste sie ihrem getöpferten Kater den letzten Schliff. Dazu brauchte sie nur eine halbe Stunde. Danach musste er auch nicht mehr in feuchte Tücher verpackt, sondern zum Trocknen ins Regal gestellt werden.

»Er ist wunderschön geworden«, lobte Pia. »Du hast Talent. Was willst du denn jetzt töpfern?«

»Ich habe noch nicht darüber nachgedacht«, gab Laura zu. »Heute fange ich sowieso nichts Neues an. Ich will noch rauf in die Kanzlei, die Sachen von der Verhandlung gestern nacharbeiten.«

»Seit du bei Peter arbeitest, hast du immer weniger Zeit für den Kurs«, beklagte sich Ursula. »Irgendwann hörst du ganz auf.«

»Nein, das wird nicht passieren«, sagte Laura. »Ich kann nicht ausschließen, dass ich hin und wieder eine Stunde ausfallen lassen muss, aber natürlich bleibe ich in diesem Kurs.« Sie ließ ihren Blick durch die Runde gleiten.

»Wie schön, dass du so gerne töpferst«, sagte Balbine herzlich.

»Ja, das auch.« Laura lachte. »Aber vor allem bin ich gerne mit euch zusammen.«

Pia begleitete sie bis zum Ausgang. »Ich bin sehr froh, dass du jetzt bei Peter arbeitest. Das tut auch ihm gut«, sagte sie ernst. Sie schwieg einen Moment, bevor sie hinzufügte: »Irgendwie kommt es mir so vor, als hättest du schon immer in Tannreuth gelebt, auch wenn du erst ein paar Wochen hier bist.«

So ähnlich empfand Laura auch. Nachdem sie immer geglaubt hatte, nirgendwo anders als in einer Großstadt leben zu können, kam es ihr jetzt so vor, als wäre sie zu Hause angekommen. In einem kleinen Dorf zwischen Hügeln, dichten Kieferwäldern und Menschen, die ihr ans Herz gewachsen waren.

»Es war die beste Entscheidung meines Lebens, nach Tannreuth zu kommen«, sagte sie zu Pia.

Peter Stöckel war nicht allein in seinem Büro. Er saß hinter seinem Schreibtisch, ihm gegenüber hatte sein Freund Platz genommen. Laura konnte sich sogar noch an dessen Namen erinnern: Gernot Bernau.

»Entschuldigung, ich wollte nicht stören«, sagte Laura hastig.

»Sie stören nicht. Ganz im Gegenteil.« Peter Stöckel reichte ihr die Hand und gratulierte ihr zum Prozessgewinn, bevor er auf den freien Stuhl neben Gernot Bernau wies und sie bat, Platz zu nehmen. »Eine objektive Meinung wäre nicht schlecht. Ich bin ja ein bisschen befangen, weil es sich bei meinem Mandanten um einen persönlichen Freund handelt.«

Laura dachte an Sven, der in Berlin noch immer gegen Joachim Quasten kämpfte. Inzwischen war es ihm gelungen, die Mieter des Nachbarhauses, das der Immobilienmogul vor Kurzem ebenfalls zum Zwecke der Entmietung und Luxussanierung gekauft hatte, aufzuwiegeln. »Ja, das kenne ich«, stimmte sie Peter Stöckels Aussage erneut zu.

»Ich werde um einen Unterhalt für meine zukünftige Ex-Frau nicht herumkommen«, sagte Gernot Bernau. »Aber ich finde ihre Ansprüche völlig überzogen.« Er reichte ihr ein Schreiben, das offensichtlich vom Anwalt seiner Frau kam.

»Ich bin nicht auf Scheidungen spezialisiert.« Sie hatte es schon einmal erwähnt.

Peter Stöckel lächelte. »Dass ihr jungen Leute euch immer spezialisieren wollt. Das Generalistendasein ist in unserem Beruf doch sehr viel spannender.«

»Ich will einfach nur wissen, ob meine Frau das alles verlangen kann«, kam Gernot Bernau auf das ursprüngliche Thema zurück. Er wies auf den Brief in Lauras Hand, in dem eine lange Liste von Forderungen aufgeführt war.

»Donnerwetter«, entfuhr es ihr, nachdem sie den Brief gelesen hatte. »Der Kollege wird sich über den Streitwert freuen, den er dafür ansetzen kann.« Sie schwieg sekundenlang. »Und wir uns auch«, gab sie zu. Sie wandte sich an Gernot Bernau. »Wie lange sind Sie verheiratet?«

»Ein Jahr«, sagte er beschämt und fügte leise hinzu: »Ich habe wirklich geglaubt, dass sie mich liebt.« Seine Gedanken schienen sich in die Vergangenheit zu flüchten. Ein bitteres Lächeln umspielte seine Mundwinkel.

»Nur ein Jahr!«, wiederholte Laura erschüttert. Noch einmal las sie die Liste an Forderungen durch und kam zu der Vermutung, dass Gernot Bernaus Ehefrau von vornherein nur auf das lukrative Ende ihrer Ehe hingearbeitet hatte. Allein der Trennungsunterhalt, den sie verlangte, war erheblich.

»Ist Ihre Frau berufstätig?«, fragte sie.

Gernot Bernau schüttelte den Kopf. »Sie gibt lieber Geld aus, als es zu verdienen. Ich hatte ihr ein eigenes Konto eingerichtet, aber das war ständig überzogen.«

»Und vor Ihrer Eheschließung? Hat sie da gearbeitet?«

»Als Model.« Gernot Bernaus Lächeln geriet ein wenig schief. »Aber mit eher mäßigem Erfolg.«

»Wenn es Ihnen recht ist, möchte ich mir die Unterlagen gründlich durchlesen. Und dann sollten wir Ihre Frau und deren Anwalt zu einem Gespräch in unsere Kanzlei bitten«, schlug Laura vor. »Vorher legen wir natürlich fest, wie weit Sie Ihrer Frau entgegenkommen.«

»Am liebsten würde ich ihr überhaupt nichts bezahlen«, sagte Gernot Bernau unzufrieden.

»Lösen Sie sich von diesem Wunsch. Ich würde gerne einen Deal aushandeln, der es Ihnen ermöglicht, nicht jeden Monat an dieses eine Jahr Ehe zu denken. Also eine Abfindung, die Ihnen vielleicht ein bisschen wehtut, Ihnen aber gleichzeitig die Möglichkeit einräumt, einen endgültigen Schlussstrich zu ziehen.«

»Ist Frau Strohner nicht großartig?«, rief Peter Stöckel begeistert aus.

Laura errötete vor Freude über dieses Lob, nahm es Gernot Bernau aber nicht übel, dass er nicht in Jubel ausbrach. Immerhin musste er sich nun damit auseinandersetzen, dass ihn das Ende seiner kurzen Ehe einiges kosten würde.

Die Kinder waren sehr aufgeregt, als es am Martinstag endlich losging. Hanna hatte das Haus schon am Nachmittag verlassen und würde mit Debbie zum Schulhof kommen. Dort sollte der Martinszug starten und auch wieder enden.

Laura wunderte sich über die Stofftaschen, die Juna und Leo mit sich trugen. »Wofür braucht ihr die denn?«

»Da kommt nachher unsere Martinstüte rein«, behauptete Leo. »Dann können wir die besser nach Hause tragen.«

Es kam Laura so vor, als wären die Taschen bereits jetzt nicht ganz leer, aber solange sie sie selber trugen, sollte ihr das egal sein.

Als Tobias kam, wirkte er nur mäßig begeistert. »Ich mache das nur für die Kinder«, raunte er Laura zu. »Ich habe eigentlich keine Lust, mich unter die neugierige Bevölkerung zu mischen.« Er warf ihr einen derart gequälten Blick zu, dass sie laut lachen musste.

»Je geheimnisvoller du dich gibst, umso neugieriger werden die Menschen.« Sie schlüpfte in ihren Mantel. »Ich weiß es aber sehr zu schätzen, dass du uns der Kinder wegen trotzdem begleitest.«

Er lächelte schief, und Laura hatte irgendwie das Gefühl, dass sein Widerstand nicht ganz so stark war, wie er vorgab. Sie wusste zwar nichts von ihm, doch seine Reaktionen konnte sie inzwischen ganz gut deuten. »Im Grunde freust du dich doch, dass du dabei bist«, zog sie ihn auf.

»Ich freue mich auch, dass du dabei bist«, rief Juna. »Können wir jetzt gehen?«

Der Abend war eisig kalt, Frost lag in der Luft. Hin und wieder war zwischen den Bäumen die zunehmende Sichel des Mondes zu sehen. Der Himmel war übersät mit leuchtenden Sternen, die ihr Echo unten im Tal fanden. Die vielen Lichter leuchteten zu ihnen hinauf. Und zwei Lichter leuchteten ein paar Meter vor ihnen.

Leon und Juna hatten bereits ihre Laternen eingeschaltet. Sie wirkten aufgeregt, tuschelten hin und wieder miteinander, aber Laura war zu weit von ihnen entfernt, um sie zu verstehen.

Tobias ging so dicht neben ihr, dass sich ihre Arme und Schultern bisweilen berührten. Laura schaute sich um, ließ die Landschaft auf sich wirken. Es war selten, dass sie nachts draußen war, ganz im Gegenteil zu Berlin, aber die Nacht hier schien alles zu verzaubern. Wie riesige Wächter säumten die Kiefern ihren Weg.

»Wie schön es hier ist«, sagte sie ergriffen.

»Deshalb lebe ich hier.«

Laura war überrascht, dass er etwas von sich preisgab, und wartete gespannt, ob da noch mehr kam.

»Und wegen der vermeintlichen Einsamkeit«, fügte er kurz darauf hinzu. »Als ich diesen Entschluss fasste, war mir allerdings nicht bewusst, dass man sich in einer Großstadt bedeutend besser vor Menschen verstecken kann als ausgerechnet hier in Tannreuth.«

»In welcher Großstadt hast du denn gelebt?«, erkundigte sich Laura betont beiläufig.

Er schwieg.

Als sie ihn ansah, grinste er lediglich.

»Okay, keine Fragen.« Sie seufzte. »Allmählich finde ich das aber ziemlich albern.«

Jetzt lachte er laut auf. »Ich weiß genau, was du bezweckst. Aber es wird dir nicht gelingen, mich so herauszufordern. Irgendwann werde ich dir alles von mir erzählen, aber den Zeitpunkt dafür bestimme ich.«

Trotz aller Ungeduld war Laura bereit, darauf zu warten. Wieder sah sie ihn an. Ein tiefes, warmes Gefühl erfüllte sie so plötzlich, dass es sie selbst überraschte. Und dann wurde ihr klar, dass es gar nicht so plötzlich auf sie einstürmte, sie hatte es bisher nur nicht zugelassen.

Ausgerechnet Tobias? Und ausgerechnet zu diesem Zeitpunkt?

Die Erkenntnis, dass Tobias für sie inzwischen mehr war als ein Nachbar, beschäftigte Laura den ganzen Weg bis ins Dorf.

Sie begegneten anderen Familien, die dem Schulhof zustrebten, die Laura aber, ebenso wie die vielen Lämpchen, die entlang des Weges in den Fenstern standen, kaum wahrnahm.

Tobias war ebenso still wie sie selbst, aber das lag wahrscheinlich vor allem an den neugierigen Blicken, die ihn streiften.

Auf dem Schulhof versuchten Lehrerinnen und die Erzieherinnen aus dem Kindergarten das Getümmel einigermaßen zu kontrollieren.

Die größeren Kinder standen ein wenig abseits in Grüppchen zusammen. Laura erkannte Hanna in einer Mädchengruppe.

Leo gesellte sich zu seinen Mitschülern, aber Laura sah, dass er sich immer wieder umschaute.

Juna stand in ihrer Kindergartengruppe neben Marie. Dazu gehörten drei weitere Mädchen und zwei Jungen. Bille stellte sie in Zweierreihen auf, um später dem Zug zu folgen. Als Marie sich neben Juna stellte, war plötzlich Leo da und drängte sie zur Seite.

Laura konnte nicht verstehen, was er sagte, aber Maries verärgertes Gesicht veränderte sich. Schließlich lachte sie und stellte sich neben eines der anderen Mädchen hinter Leo und Juna.

»Muss er nicht bei seiner Klasse stehen?«, fragte Tobias. »Was haben die beiden vor?«

»Du hast also auch das Gefühl, dass sie etwas planen?«

»Sie haben gestern schon den ganzen Nachmittag miteinander getuschelt, aber ich habe nur die Worte *Brot* und *St. Martin* verstanden. Vielleicht wollen sie das Pferd des heiligen Martins mit deinem Supermarktbrot füttern.« Er lachte.

»Bäcker Eckert kann mich nicht leiden«, sagte Laura. »Deshalb kaufe ich auch nicht gerne bei ihm ein.«

»Ich mache mir keine Gedanken darüber, ob er mich leiden kann oder nicht.« Ungerührt zuckte Tobias mit den Schultern. »Ich mag sein Brot, alles andere ist mir egal. Übrigens spielt er heute Abend den Bettler.«

»Woher weißt du das? Du sprichst doch mit keinem Menschen im Dorf.«

»Das stimmt jetzt nicht so ganz«, sagte er grinsend. »Ich berichte nur nichts von mir. Das hindert die Leute aber nicht daran, von sich zu erzählen. Bäcker Eckert hat mir gestern verraten, dass er schon seit Jahren den Bettler spielt.«

»Duzt der dich eigentlich?«, wollte Laura wissen.

»Ja. Dich nicht?«, antwortete er mit einer Gegenfrage.

»Nein! Mich siezt er. Aber erst nachdem ich mich geweigert hatte, das zu kaufen, was er mir vorgeschrieben hatte.«

»Und du kaufst nicht mehr bei ihm ein, weil er dich jetzt siezt?« Ungläubig schaute Tobias sie an, dann begann er plötzlich laut zu lachen. »Wenn ich es recht bedenke, sind es eigentlich nicht die Einheimischen, die sich seltsam verhalten.«

Laura warf den Kopf in den Nacken. »Da hast du ja so was von recht«, sagte sie mit einem anzüglichen Lächeln.

Als er sie wieder anschaute, immer noch belustigt lächelnd und gleichzeitig intensiv und durchdringend, da spürte sie mit einem Mal den schnellen Schlag ihres Herzens.

Das hat mir gerade noch gefehlt. Mein Leben ist auch so schon kompliziert genug!

Laura war froh, als der heilige Martin endlich hoch zu Ross angeritten kam und der ganze Zug sich hinter ihm in Bewegung setzte.

Laura kannte den Mann nicht, der den heiligen Martin verkörperte. Er trug einen Helm, einen roten Mantel und ein Schwert, das verdächtig wie angemalte Pappmaché aussah. Außerdem einen angeklebten Bart, der wahrscheinlich verhindern sollte, dass die Kinder ihn erkannten.

Die kleineren Kinder waren fasziniert von ihrem St. Martin und folgten ihm singend bis zu der Stelle, wo der arme Bettler hockte und die Vorbeiziehenden um eine milde Gabe anbettelte. Er trug ebenfalls einen angeklebten Bart und eine schäbige Hose, über die sich sein dicker Bauch wölbte.

»Ich habe selten einen so gut genährten Bettler gesehen«, flüsterte Tobias.

Dummerweise hatte sich der ganze Zug gerade um den Bettler versammelt, und es wurde in genau dem Moment sehr still, als Laura wegen Tobias' Bemerkung laut auflachte.

Alle Blicke wandten sich ihr zu. Auch die des Bettlers, und darin erkannte Laura unverhohlenen Ärger.

»Der wird dich nie wieder duzen«, flüsterte Tobias, als sie nicht mehr im Fokus der anderen standen.

Laura stieß ihn leicht mit dem Ellbogen an. »Hör auf«, zischte sie. »Ich habe schon genug Aufmerksamkeit erregt.«

Leider war es noch nicht vorbei, denn in diesem Moment traten Leo und Juna vor den Bettler.

Laura schloss kurz die Augen und schickte ein Stoßgebet zum Himmel. *Bitte nicht! Was auch immer die beiden vorhaben ... bitte nicht!*

»Lieber Bettler«, begann Juna mit ihrem hellen Stimmchen. »Wir haben dir auch etwas mitgebracht, damit du keinen Hunger mehr hast.«

»Ja«, stimmte Leo jetzt ein. »Wir haben dir Brot mitgebracht.

Leider nicht das gute von Bäcker Eckert. Meine Tante kauft das Brot nämlich immer im Supermarkt.«

Rundum war Gelächter zu hören, während Laura wie erstarrt dastand. »Bitte tu was!«, flüsterte sie Tobias zu.

»Ich denke nicht mal daran«, gab er launig zurück. »Aber ich korrigiere meine Behauptung von eben. Bäcker Eckert wird dich nicht mehr nur nicht duzen, er erteilt dir wahrscheinlich Hausverbot.«

»Braucht er nicht, da gehe ich freiwillig nicht mehr hin«, zischte sie. »Eher backe ich mein Brot selbst.«

»Damit hättest du den Kindern vorher drohen sollen.« Tobias grinste über das ganze Gesicht. »Ich bin sicher, dann hätten sie auf diesen Auftritt verzichtet.«

Laura warf ihm einen vernichtenden Blick zu. Dann konzentrierte sie sich wieder auf Juna und Leo, in der Hoffnung, dass sie sich endlich zurückzogen, aber die beiden waren noch nicht fertig.

»Wenn du mal richtig doll Hunger hast, kannst du auch zu uns kommen. Tante Laura hat gesagt, wir sollen den Menschen in Not helfen.«

»Aber wir gehen dann mit dir zu Tobias. Tante Laura kann nämlich nicht gut kochen«, fügte Juna hinzu und erweckte damit erneut die Heiterkeit der Umstehenden.

Damit drehten die beiden sich um, aber Leo hatte dem heiligen Martin noch etwas zu sagen.

»Ich finde das nicht gut, dass du dem Bettler nur den halben Mantel gibst. Guck mal, wie dick der ist, da passt ja nicht mal der ganze Mantel drumherum.«

Unter der begeisterten Zustimmung der Anwesenden reichte St. Martin dem Bettler tatsächlich den kompletten Mantel.

Dann war es zu Lauras Erleichterung vorbei. Der Zug zog singend weiter bis zu einer Wiese, wo ein großes Martinsfeuer entfacht wurde.

Anschließend ging es zurück zur Schule, wo der heilige Martin Tüten mit Süßigkeiten und einer aus Hefeteig gebackenen Gans überreichte.

»Tolle Aktion.« Bille kam kurz zu ihnen. Ihr Blick streifte Tobias neugierig, dann konzentrierte sie sich wieder auf Laura. »Hast du das Gesicht von Bäcker Eckert gesehen, als die Kinder ihm das Brot aus dem Supermarkt gegeben haben?« Bille kicherte. »Ich habe mich lange nicht mehr so amüsiert.«

»Meine Begeisterung hält sich in Grenzen«, erwiderte Laura.

»Das war so toll!« Auch Ursula tauchte jetzt neben ihr auf. Ihr Blick wechselte zwischen Tobias und Laura hin und her, aber zum Glück sagte oder fragte auch sie nichts. Allerdings machte Laura sich darauf gefasst, dass sie am kommenden Montag von allen Frauen des Töpferkurses mit Fragen bombardiert wurde.

»Zum Glück hat Wendelin alles mit seinem Handy gefilmt«, fuhr Ursula fort.

»Auch das noch«, stöhnte Laura. »Könnt ihr das bitte wieder löschen?«

»Ja, aber das ergibt wenig Sinn«, erwiderte Ursula. »Wir waren da nicht die Einzigen …« Sie schloss Laura in die Arme. »Jetzt gräm dich doch nicht deshalb! Wir hatten alle so viel Spaß, und die beiden waren einfach nur rührend.«

»Ja, aber auch schrecklich peinlich.« Hanna kam dazu und hielt ihre Martinstüte bereits in den Händen. »Ich bin trotzdem stolz auf die Kleinen. Meine Freundinnen fanden die Aktion auch ziemlich cool.«

Laura staunte nicht schlecht, als sonntags darauf ausgerechnet Bäcker Eckert vor der Haustür stand. Mit einer riesigen Kuchenschachtel in den Händen.

»Herr Eckert?« Laura schaute ihn überrascht an.

»Ich bin der Lorenz«, sagte er und hielt ihr die Schachtel hin.

»Ich finde es großartig, was Leo und Juna am Donnerstag gemacht haben. Du machst das wirklich toll mit den Kindern. Einen schönen Sonntag noch.«

Laura wusste nicht, was sie sagen sollte. »Vielen Dank«, rief sie ihm nach, als er sich entfernte. Dass er sie wieder duzte, bedeutete ihr sehr viel mehr als das Kuchenpaket.

»Kinder, ab sofort gibt es kein Brot mehr aus dem Supermarkt«, verkündete sie, als sie ins Wohnzimmer zurückkehrte. Ein Jubelschrei empfing sie zur Antwort.

Laura wusste, dass sie sich den Töpferfrauen irgendwann stellen musste. Deshalb verwarf sie am Montagmorgen den Impuls, nicht in den Kurs zu gehen, auch ganz schnell. Und so waren wie erwartet alle Augen auf sie gerichtet, als sie den Raum betrat.

»Guten Morgen«, rief sie betont freundlich und wandte sich gleich darauf an Pia in dem Versuch, zunächst ein anderes Thema anzuschlagen. »Ich habe beschlossen, einen Weihnachtsengel zu töpfern. Glaubst du, der wird rechtzeitig vor Weihnachten fertig? Also, der soll mindestens so groß sein.« Sie zeigte die Höhe von einem halben Meter an. »Und eine Schale in den Händen halten, in die ich eine Kerze stellen kann. Oder nein, lieber doch nicht«, sagte sie gleich darauf. »Eine Kerze ist viel zu gefährlich mit den Kindern und Kasimir. Da muss ich mir noch etwas anderes überlegen.« Sie verstummte, als ihr nichts mehr einfiel.

»Na endlich«, kommentierte Kathi ihr Schweigen. »Dann können wir uns ja endlich den wichtigen Dingen zuwenden. Wir sind doch deine Freundinnen, nicht wahr?«

»Ja!« Laura wusste genau, worauf diese Einleitung hinlief. »Noch!«

Kathi tat so, als hätte sie das nicht gehört. »Und da sagst du uns nicht, was zwischen dir und dem schönen Tobias ist? Wo du doch weißt, wie interessiert wir an allem sind, was ihn betrifft?«

Interessiert? ›Neugierig‹ wäre der passende Begriff, dachte Laura. Sie wollte nicht über Gefühle reden, die sie selbst gerade erst entdeckt hatte. Um Zeit zu schinden, drehte sie den Spieß einfach um. Sie schaute Kathi durchdringend an. »Wir sind auch alle sehr an deiner Geschichte interessiert. Wieso sagst du uns nicht, warum du dich von deinem Mann getrennt hast?«

Atemloses Schweigen hing mit einem Mal in der Luft. Niemand hatte es bisher gewagt, Kathi diese Frage zu stellen. Die anderen Frauen schauten Laura geschockt an, nur Kathi zuckte gleichgültig mit den Schultern. »Woher soll ich wissen, dass euch das interessiert? Mich hat niemand gefragt.« Sie schaute in die Runde. »Wollt ihr das wirklich wissen?«

Alle nickten, die Aufmerksamkeit konzentrierte sich jetzt ausschließlich auf Kathi.

»Lorenz hat einen anderen«, sagte Kathi kurz und bündig.

»Eine andere?« Balbine schaute sie mit großen Augen von der Seite an. »Wen denn? Kennen wir die?«

»Du hast mir nicht zugehört«, sagte Kathi. »Er hat einen anderen!« Die letzten beiden Worte betonte sie. »Und ja, ich kenne ihn.«

Schweigen breitete sich aus. Das war eine Neuigkeit, die alle Frauen erst mal sacken lassen mussten.

»Warum nicht?«, sagte Balbine schließlich. »Aber warum hast du uns das nicht erzählt?«

»Ich falle Lorenz damit nicht in den Rücken, wenn ihr das meint.« Kathis Augen füllten sich mit Tränen. »Er wollte sich längst zu seinem Freund bekennen, er hat es nur meinetwegen nicht getan. Es ist schon schlimm genug, wenn der eigene Mann fremdgeht, aber wenn du dann auch noch feststellen musst, dass er sich ausgerechnet in einen Mann verliebt hat, ist das doppelt schlimm. Denn damit weißt du als Frau, dass du keine Chance hast, ihn je wieder für dich zu gewinnen.«

»Ach, Kathi!« Balbine nahm die Freundin in die Arme. »Und dann bist du einfach still und friedlich in eure Ferienwohnung gezogen und hast das alles ganz allein ausgestanden?«

Kathi lächelte unter Tränen. »Von still und friedlich kann keine Rede sein. Anfangs war es ziemlich schlimm, aber inzwischen können wir wieder miteinander reden. Na ja ... Meistens jedenfalls. Und auch nur, wenn es unbedingt sein muss. Aber ich bin manchmal noch ganz schön wütend. Ich habe die Bäckerei seither nie mehr betreten und auch kein Brot und keinen Kuchen mehr von ihm gegessen. Er ist aber auch noch wütend auf mich, weil er seit unserer Trennung die Ferienwohnung nicht mehr an Touristen vermieten kann. Und weil ich nicht mehr im Laden arbeite, er mir aber trotzdem jeden Monat Unterhalt bezahlen muss. So, jetzt wisst ihr alles über mich.« Sie wirkte erschöpft, nachdem sie sich alles von der Seele geredet hatte.

Laura hatte Mitleid mit ihr, freute sich aber gleichzeitig darüber, dass sich das Interesse der Frauen nicht mehr auf sie richtete. Bis Kathi den Kopf hob und sie anschaute. »Jetzt bist du an der Reihe! Was ist mit dir und dem schönen Tobias?«

»Er hat ein paarmal für die Kinder gekocht und mit den Kleinen die Laternen gebastelt. Deshalb wollten sie auch, dass er uns zum Martinszug begleitet. Das ist auch schon alles.«

»Und was ist mit der Statue? Warum wohnt er in dem kleinen Waldhaus?«, fragte Ursula.

»Und wie verdient er seinen Lebensunterhalt?«, wollte Susanne wissen. »Er muss Geld haben, weil er Martin einen Auftrag für die komplette Neuverkabelung des kleinen Waldhauses in Aussicht gestellt hat. Außerdem hat er offenbar ziemlich viel Ahnung von den Arbeiten, die da gemacht werden müssen. Jedenfalls sagt Martin das.«

»Wo kommt er überhaupt her?« Balbine stellte nur diese eine Frage, aber auch die konnte Laura nicht beantworten.

»Ich weiß es nicht. Keine Fragen, das hat Tobias von Anfang an so festgelegt. Wenn ich es hin und wieder vergesse, erinnert er mich sofort daran.«

»Und wie ist es umgekehrt?«, fragte Pia. »Stellt er dir auch keine Fragen?«

Laura schüttelte den Kopf. »Nie.«

Ursula blickte sie verständnislos an. »Du weißt also nichts über ihn. Hast du keine Angst um die Kinder, wenn er mit ihnen allein ist? Ich hätte an deiner Stelle keine ruhige Minute.«

»Es ist ein bisschen so, als hätten er und die Kinder sich gesucht und gefunden«, sagte Laura. »Ich glaube, sie sehen in ihm eine Art Vaterersatz. Und er kümmert sich so liebevoll um sie, dass ich ihm inzwischen absolut vertraue.«

»Trotz allem … Er ist ein Fremder«, gab Ursula zu bedenken.

»Es ist verrückt … ich weiß auch nicht, wie ich es erklären soll«, begann Laura langsam. »Es stimmt, ich weiß nichts von ihm. Aber er ist trotzdem kein Fremder für mich. Er ist mir inzwischen so vertraut, dass ich ihm vollkommen vertraue. Übrigens vertraut Kasimir ihm auch!«

Jetzt erntete sie nur noch ungläubige Blicke. »Du verlässt dich auf deinen Kater?«, fragte Kathi entgeistert.

»Er hat ein feines Gespür für Menschen.« Laura erzählte, wie unterschiedlich Kasimir auf Tobias oder Joachim Quasten reagiert hatte.

Ein bisschen überraschend stimmte Balbine ihr zu. »Tiere haben ein feines Gespür für Menschen. Hundertprozentig darauf verlassen würde ich mich allerdings nicht.«

»Gibt es noch jemanden, den ihr mit Fragen löchern wollt, oder können wir jetzt töpfern?«, fragte Pia.

Kapitel 18

Am ersten Advent fiel Schnee!

»Tante Laura! Tante Laura!«

Laura fuhr hoch. In diesem Moment wurde die Tür zu ihrem Zimmer aufgerissen, und Juna sprang mit Anlauf auf ihr Bett.

»Draußen ist alles ganz weiß«, stieß Juna atemlos hervor. »Sooo viel Schnee habe ich noch nie gesehen! Kommt heute das Christkind?«

Laura legte sich zurück. »Heute noch nicht. Aber wir haben den ersten Advent. Wir zünden eine Kerze an unserem Kranz an, und später gehen wir ins Dorf zum Weihnachtsmarkt.«

»Ui.« Juna sprang vom Bett. »Das sag ich ganz schnell Hanna und Leo. Und dem Tobias muss ich das auch noch sagen.«

»Stopp!«, hielt Laura die Kleine zurück. »Lass deine Geschwister bitte ausschlafen. Und Tobias schläft bestimmt auch noch.«

»Tobias macht heute Pfannkuchen zum Frühstück«, sagte Juna.

»Ja, das hat er gestern versprochen. Ich freue mich darauf, ich mag Pfannkuchen.«

»Tante Laura?«

»Ja, meine Süße.«

»Ich hab kalte Füße.«

Laura schlug ihre Decke zurück. »Dann komm ganz schnell ins Bett.«

Juna schlüpfte unter die Decke. Eine ganze Weile blieb es still, und Juna atmete zunehmend ruhiger.

»Tante Laura?« Das wispernde Stimmchen war diesmal ganz dicht an Lauras Ohr.

»Ja?«

»Schläfst du?«

»Ja«, behauptete Laura.

Juna kicherte. »Aber du redest mit mir.«

»Weil du mit mir redest. Aber ich würde gerne noch ein bisschen schlafen.«

Eine kurze Pause folgte, in der Laura erneut Hoffnung schöpfte ...

»Ich will aber nicht mehr schlafen. Ich hab Hunger.«

Sonst war es doch immer Leo, der Hunger hatte.

»Kann ich den Tobias holen, damit der Pfannkuchen macht?«, fragte Juna.

»Tobias schläft bestimmt noch«, wiederholte Laura und setzte sich seufzend auf. »Soll ich dir Pfannkuchen machen?«

»Nein!« Juna klang so entsetzt, dass Laura laut lachen musste.

»Können wir jetzt aufstehen«, bettelte Juna. »Ich bin nicht mehr müde.«

»Aber vielleicht bin ich ja noch müde«, gab Laura zu bedenken.

»Nein, du bist ja wach. Müde Leute schlafen«, erwiderte das Kind mit unwiderlegbarer Logik. Plötzlich hob sie die Nase und schnupperte. Auch Laura nahm den köstlichen Duft wahr.

»Pfannkuchen!«, rief Juna und sprang mit einem Satz aus dem Bett. Laura hörte, wie sie die Treppe hinunterlief. Sie stand auf und folgte ihr. Als sie den unteren Treppenabsatz erreichte, schaute sie sich überrascht um. Über Nacht hatte sich das Wohnzimmer in einen Weihnachtstraum verwandelt!

»Da staunst du, nicht wahr?« Hanna kam aus der Küche und machte stolz eine ausholende Handbewegung.

Die Fenster waren mit weißen Papiersternen und Lichterketten geschmückt. Auf den Fensterbrettern lagen ausgebreitete Tannenzweige, auf denen Kugeln und Kerzen drapiert waren. In einer großen Bodenvase neben dem Kamin steckten hohe, geschmückte Tannenzweige.

Eine Schale mit Nüssen und Äpfeln stand auf dem Wohnzimmertisch.

»Das ist noch nicht alles.« Hanna griff nach ihrer Hand und zog sie ins angrenzende Esszimmer. Ein riesiger Adventskranz hing genau über dem Esstisch von der Decke. Die erste Kerze brannte bereits.

Laura war überwältigt. »Hast du das alles alleine gemacht?«

»Tobias hat mir geholfen«, verriet Hanna. »Er ist heute Morgen schon ganz früh hergekommen.«

»Ich hätte dir auch sehr gern geholfen«, sagte Laura leise.

»Ich weiß.« Hanna senkte den Kopf. »Ich wusste aber nicht, ob ich das Geschmückte aushalte, weil es mich an früher erinnert. Und dann hätten Tobias und ich alles wieder weggemacht, ohne dass jemand etwas bemerkt. So hatte ich es mit Tobias besprochen.«

»Ich verstehe.« Laura strich ihrer Nichte zärtlich über den Kopf. »Und wie ist das jetzt für dich mit den geschmückten Räumen?«

Hanna lächelte. »Jetzt weiß ich, dass ich es gar nicht anders haben will. Es macht mich nicht traurig oder so. Ein bisschen ist es sogar so, als wären Mama und Papa bei uns.«

Laura zog das Mädchen gerührt in die Arme. »Das sind sie auch, da bin ich ganz sicher.«

Sekundenlang standen sie eng umschlungen inmitten des Raumes, bis Hanna sich aus ihren Armen löste. »Ich muss dir noch etwas zeigen.« Wieder zog sie Laura hinter sich her, diesmal zurück ins Wohnzimmer zur Terrassentür.

Schnee bedeckte die Landschaft. Die Äste der Kiefern bogen

sich unter der weißen Last. Aus den Schornsteinen der Häuser im Tal stieg weißer Rauch kerzengerade in die Luft. Der Schnee auf den Dächern glitzerte im Sonnenlicht.

»Guten Morgen!«

Laura fuhr herum. Tobias stand hinter ihr, sein Blick glitt an ihr hinab. Natürlich trug sie ausgerechnet jetzt wieder den Pyjama mit den aufgedruckten Teddys.

»Sehr sexy!« Er grinste.

»Was heißt sexy?« Juna war gleichzeitig mit Tobias ins Wohnzimmer gekommen. Fragend schaute sie Laura an.

»Das erklärt dir Tobias«, erwiderte Laura schadenfroh. »Ich gehe jetzt erst einmal unter die Dusche.«

Als Laura wieder nach unten kam, frisch geduscht und angezogen, saßen die Kinder und Tobias im Esszimmer am Tisch. Der Duft nach Tannengrün und Pfannkuchen erfüllte den Raum.

»Setz dich«, bat Tobias, während er selbst aufstand. Er eilte nach nebenan in die Küche und kam mit einem Teller voller Pfannkuchen und der gefüllten Kaffeekanne zurück. Hanna stellte Weihnachtsmusik an, die leise im Hintergrund spielte, während sie durch die Fenster die verschneite Landschaft sehen konnten. Der Zauber der Weihnachtszeit erfüllte das ganze Haus.

Laura überlegte, wann sie sich zum letzten Mal so wohlgefühlt hatte. Ihre Erinnerungen reisten weit in der Zeit zurück, bis in ihre Kindheit. Weihnachten mit den Eltern und Anette. Damals hatte es diesen Zauber gegeben, das Warten auf die Bescherung, den Duft nach Tannen und Weihnachtsbraten.

Dankbarkeit und Traurigkeit erfüllten sie gleichermaßen. Sie hatten eine schöne Kindheit gehabt – aber jetzt gab es aus dieser Familie nur noch sie.

In den letzten Jahren hingegen war Weihnachten nicht mehr als eine teure, unfeierliche Angelegenheit gewesen. Benedikt hatte ihr Schmuck geschenkt, an dem ihr nichts lag, sie ihm teuren, importierten Cognac und exklusive Designerstücke.

Am ersten Weihnachtstag waren sie stets verreist. Immer hatte Benedikt das Hotel ausgesucht. Luxuriös musste es sein, irgendwo an einem Strand mit Sonnengarantie und illustrem Publikum. Das war seine Welt.

Und lange Zeit habe ich geglaubt, es wäre auch meine Welt.

Inzwischen wusste Laura, dass sie dieses einfache Leben in Tannreuth allem Luxus vorzog. Sie liebte die Ursprünglichkeit, die sie hier in der Natur und den Menschen fand.

»Wo ist eigentlich Kasimir?«, unterbrach Tobias ihre Gedanken. »Ich habe ihn den ganzen Morgen noch nicht gesehen.«

Sofort herrschte helle Aufregung am Tisch. Alle sprangen auf und begannen mit der Suche, doch Kasimir war nirgendwo zu finden.

»Wir müssen den Schnee wegmachen.« Juna weinte. »Er ist bestimmt im Schnee und kommt allein nicht mehr raus.«

»Nein, ganz bestimmt nicht«, sagte Tobias beruhigend. »Lasst uns mal in Ruhe nachdenken. Wer hat ihn wann zuletzt gesehen?«

»Gestern Abend war er noch da«, sagte Hanna. »Ich habe ihn gesehen, nachdem Tante Laura ihn gefüttert hatte.«

»Ja, da habe ich ihn auch noch gesehen«, sagte Laura nachdenklich. »Hat ihn danach jemand rausgelassen?«

Die Kinder schüttelten die Köpfe.

»Dann muss er irgendwo im Haus sein«, sagte Tobias bestimmt. »Also, noch einmal alle ausschwärmen und suchen.«

Juna und Leo durchsuchten die obere Etage, Hanna das Erdgeschoss, während Laura und Tobias hinunter in den Keller gingen.

Es war kalt hier unten, Laura umschlang sich mit den Armen. Niemals war Kasimir hier unten. Es liebte es warm und behaglich.

Sie fror so sehr, dass sie Tobias die Suche in der Waschküche überließ, aber auch da war Kasimir nirgendwo zu finden.

»Vielleicht ist er doch entwischt, als Hanna mich heute Morgen reingelassen hat«, sagte Tobias deprimiert. »Und wir haben es beide nicht bemerkt. Vorstellen kann ich mir das zwar nicht, aber eigentlich gibt es keine andere Erklärung.«

Laura machte sich jetzt große Sorgen. Auch da draußen war es viel zu kalt, der Kater war das nicht gewohnt und würde nicht lange damit zurechtkommen. »Hoffentlich kommt er bald wieder nach Hause.« Kasimir war so sehr Teil der Familie geworden, dass sie sich nicht vorstellen mochte, wie ein Leben ohne ihn sein sollte.

Sie wollten den Waschkeller gerade verlassen, als Lauras Blick auf die Waschmaschine fiel. War da eine Bewegung gewesen? Laura trat einen Schritt vor. Da war etwas in der Trommel ihrer Waschmaschine ...

»Kasimir?«

Das Köpfchen des Katers tauchte zwischen der Schmutzwäsche auf, die sie in der Trommel bereits gesammelt hatte.

»Du lieber Himmel«, stieß Tobias hervor. »Stell dir vor, du hättest die Maschine angestellt!«

Kasimir miaute erbärmlich, sprang aber nicht heraus.

»Was stimmt denn nicht mit dir?« Als Laura näher trat, zog Kasimir sich wieder in die Trommel zurück. Er wehrte sich allerdings nicht, als sie nach ihm griff und ihn herauszog. Zitternd schmiegte er sich in ihre Arme.

Tobias trat neben sie und streichelte Kasimir. »Er wirkt völlig verstört«, sagte er. »Hoffentlich ist er nicht krank.«

»Dann fahre ich sofort mit ihm zum Tierarzt.« Laura schmiegte ihr Gesicht an Kasimirs Köpfchen.

»Heute ist Sonntag«, erinnerte Tobias sie. »Erster Advent.«

»Das ist mir egal. Ich rufe Balbine an, die sorgt schon dafür, dass ihr Mann sich um Kasimir kümmert.«

»Lass uns erst einmal mit ihm nach oben gehen.« Tobias ging voraus, Laura folgte ihm.

Als sie oben ankamen, wurde Kasimir unruhig.

»Kasimir ist wieder da!« Juna kam auf sie zugerannt und griff mit beiden Händchen nach ihm.

Die Nähe seiner kleinen Freundin schien den Kater zu beruhigen, er begann sogar zu schnurren. Als Juna ihn nach wenigen Minuten auf den Boden setzte, lief er hinter ihnen her ins Wohnzimmer, blieb dort jedoch plötzlich wie erstarrt stehen, den Blick auf die Terrassentür gerichtet. Er miaute laut auf, machte auf dem Absatz kehrt und rannte zurück zur Kellertreppe.

Hanna trat ans Fenster. »Was ist mit ihm?«, fragte sie erschrocken. »Da draußen ist doch nichts.«

»Doch, da draußen ist etwas. Alles ist weiß, das kennt er nicht.« Tobias lachte. »Kasimir hat einfach nur Angst vor Schnee.«

»Der Arme!« Laura empfand Mitleid mit dem kleinen Tier. »Ich hole ihn. Er kann doch nicht den ganzen Winter in der Waschmaschine verbringen.«

»Wir können ihn aber auch nicht zwingen, hier oben zu bleiben oder sogar rauszugehen.«

»Vielleicht zeigen wir ihm einfach, dass Schnee nicht gefährlich ist«, schlug Hanna vor.

Als Leo auch noch dazukam, schmiedeten sie gemeinsam Pläne, doch Kasimir widersetzte sich allem. Sobald sie ihn nach oben holten, warf er einen Blick aus der Terrassentür und zog sich anschließend schleunigst wieder in die vermeintliche Sicherheit der Waschmaschinentrommel zurück.

»Lass ihm einfach Zeit«, schlug Tobias vor. »Er gewöhnt sich schon an den Schnee.«

»Aber im Keller ist es kalt«, wandte Laura ein.

»Und da ist er ganz allein«, sagte Juna und hatte bereits wieder Tränen in den Augen.

»Wehe, einer von euch stellt die Waschmaschine an, wenn er in der Trommel sitzt«, sagte Hanna drohend.

»Ich werde die Maschine nie mehr anstellen, ohne mich vorher zu vergewissern, ob Kasimir darin sitzt«, versicherte Laura.

»Jetzt ist der arme Kasimir ganz allein im Keller«, sagte Juna weinerlich. »Können wir nicht alle in den Keller gehen?«

»Er kommt irgendwann von allein wieder nach oben«, prophezeite Tobias. »Spätestens wenn er Hunger hat.«

Aber die fröhliche Adventstimmung war erst einmal dahin.

Es dauerte keine zwei Stunden, bis der kleine Kater im Wohnzimmer erschien. Laura hielt den Atem an. Die Kinder hielten sich in ihren Zimmern auf, Tobias war nach Hause gegangen. Er wollte am Nachmittag wiederkommen, um sie alle zu einem Besuch auf dem Tannreuther Weihnachtsmarkt abzuholen.

Laura saß auf dem Sofa, ein Buch in den Händen. Vorsichtig, steifbeinig, näherte der kleine Kater sich der Terrassentür. Offensichtlich hatte er vor allem den Entschluss gefasst, dem unbekannten weißen Feind vor der Tür den Kampf anzusagen. Seine Schwanzspitze schlug hin und her, ein tiefes Grollen entrang sich seiner Kehle.

Laura ließ ihn in Ruhe und beobachtete ihn.

Kasimir seinerseits beobachtete den Schnee vor der Tür, offensichtlich schwankend zwischen der Absicht, sich einem möglichen Kampf zu stellen oder die Flucht zu ergreifen. Als nichts passierte, hörte er zuerst auf, die weiße Gefahr akustisch zu bedrohen. Nach weiteren Minuten schien er allmählich zu begreifen, dass das da draußen kein Lebewesen war. Er setzte sich auf seine Hinterpfoten, wandte den Blick aber nicht von der Tür.

Laura beschloss, dass es Zeit für den nächsten Schritt war. Sie legte ihr Buch beiseite und öffnete die Terrassentür.

Sofort sprang Kasimir auf, verharrte aber auf der Stelle und ließ sie nicht aus den Augen.

Laura hingegen beachtete ihn nicht weiter, als sie hinaustrat und mit den Füßen knöcheltief im Schnee versank. Ihre Hausschuhe würde sie nachher erst einmal auf die Heizung stellen müssen, aber das war ihr egal. Denn ihr Einsatz zahlte sich innerhalb kürzester Zeit aus. Kasimir wurde nun so neugierig, dass er langsam näher kam und mit dem ersten Schnee seines Lebens Bekanntschaft schloss.

Er trat ein paar Schritte vor, beschnupperte die weiße Pracht und schien endgültig festzustellen, dass keine Gefahr bestand.

»Komm, mein Kleiner«, lockte Laura, deren Füße jetzt ziemlich kalt waren.

Er zögerte kurz, dann hob er die Pfote, setzte sie in den Schnee – und zog sie ganz schnell wieder zurück. Nein, dieses kalte Weiße war ganz offensichtlich nichts für ihn. Er drehte sich um, stolzierte zum Sofa und sprang hinauf. Dort drehte er sich einmal um sich selbst und rollte sich schließlich zusammen, um sich nach seiner Heldentat auszuruhen.

Alle Häuser im Ort waren weihnachtlich geschmückt. Überall in den Fenstern hingen Sterne und Lichter. Auf dem Marktplatz waren bunte Buden aufgebaut. Es roch nach Glühwein und gebrannten Mandeln.

Bäcker Eckert servierte Christstollen, den er in Würfel geschnitten und mit Butter bestrichen hatte. Es gab heiße Waffeln und Kakao für die Kinder. Zahlreiche Stände boten wundervolle Handarbeiten an. Die Kinder standen vor einem Häuschen mit Spielzeug, Hanna hatte eine Freundin getroffen und unterhielt sich mit ihr.

Laura erfuhr, dass sich an den Adventssonntagen der Kirchenchor jeden Nachmittag zu jeder vollen Stunde auf dem Marktplatz traf. Ergriffen blieb sie stehen, als die zehn Männer und Frauen das erste Weihnachtslied anstimmten: *»Es ist ein Ros entsprungen, aus einer Wurzel zart ...«*

Es dämmerte bereits. Leise begann es zu schneien, und die Lichter an dem großen Weihnachtsbaum inmitten des Marktplatzes wurden eingeschaltet. Tobias stand neben Laura. Ihre Blicke trafen sich, sie lächelten einander zu.

Nie zuvor hatte Laura ein so starkes Gefühl der Nähe und Zuneigung empfunden wie in diesem Moment. Ihre Gesichter näherten sich einander – und dann bemerkte Laura im Augenwinkel ihre Töpferfreundinnen. Balbine, Kathi, Ursula, Susanne und Pia standen zusammen in der Nähe des Glühweinstandes und schauten grinsend in ihre Richtung. Es war ihnen anzusehen, dass sie genau das erwarteten, was gerade beinahe passiert wäre.

Laura jedoch ließ sich nichts anmerken. Sie zog sich ein Stück zurück und winkte den Freundinnen zu.

Tobias blickte sie verwirrt an, dann bemerkte er die Frauen ebenfalls. Der Zauber des Augenblicks löste sich auf, aber etwas davon schwang in ihnen beiden nach. Laura erkannte es ganz deutlich, als sie und Tobias sich wieder anschauten.

Abends im Waldhaus ging Laura wie immer ihre Runde. Heute deckte sie zuerst Leo zu, der mit ausgebreiteten Armen und Beinen in seinem Bett lag und die Bettdecke wieder von sich gestrampelt hatte. Er schien etwas Schönes zu träumen und lächelte im Schlaf.

Auch Juna schlief. Wie immer zusammen mit Kasimir in einem Bett. Der kleine Kater hob nur kurz den Kopf, dann schlief auch er weiter. Von seinem Schneeabenteuer hatte er sich inzwischen vollständig erholt.

Hanna lag noch wach in ihrem Bett. Nur die Nachttischlampe in ihrem Zimmer brannte. Sie ließ das Buch sinken, in dem sie gerade las, und schaute Laura strahlend an. »Das war so ein schöner Tag heute!«, sagte sie glücklich.

Laura setzte sich zu ihr auf die Bettkante. »Ja, das fand ich auch. Danke, dass du das heute Morgen so schön mit Tobias geschmückt hast.« Sie griff nach Hannas Hand. »Aber war es nicht zu schwer für dich? Leo und Juna sind ja noch sehr klein. Ich habe nicht das Gefühl, dass die Erinnerung sie stark belastet. Ich habe mich aber den ganzen Tag immer wieder gefragt, wie es dir geht.«

»Das habe ich dir doch heute Morgen schon gesagt.« Hanna lächelte. »Es fühlt sich so an, als wären Mama und Papa dabei. Ich vermisse sie ganz doll, und das wird auch immer so bleiben, aber mit dir ist das Leben hier wieder richtig schön.«

Laura beugte sich zu dem Mädchen hinunter und küsste es auf die Wange. »Umgekehrt ist das genauso«, sagte sie. »Mein Leben ist durch euch so richtig schön geworden. Schlaf jetzt, meine Süße. Morgen beginnt ein neuer schöner Tag.«

»Machst du das Licht aus?«, bat Hanna und schloss bereits die Augen.

Laura kam ihrem Wunsch nach. Als sie aufstand und wie jeden Abend automatisch zum Nachbarhaus hinausschaute, sah sie Tobias. Er stand im Schneegestöber und blickte zu ihr hoch.

Und mit einem Mal erfüllte sie brennende Sehnsucht – so stark, dass sie das Gefühl nicht länger ignorieren konnte.

Hastig eilte sie die Treppe hinunter. Sie riss die Haustür auf, und dann war er auch schon da, zog sie stürmisch in seine Arme und küsste sie. So, wie sie es sich schon den ganzen Tag gewünscht hatte, oder vielleicht schon viel länger …

Der Zeitpunkt war gekommen, Altes endgültig abzuschließen, damit sie Neues beginnen konnte. Später, als sie allein war, setzte sie sich an den Esstisch, füllte sich ein Glas mit Rotwein und schrieb einen langen und sehr persönlichen Brief an Benedikt …

Kapitel 19

So ganz verlor Kasimir seinen Widerwillen vor dem kalten Schnee auch in der folgenden Woche nie. Er vergaß es nur hin und wieder, wenn es gerade schneite und dicke Schneeflocken vom Himmel fielen. Dann erwachte in ihm der Jagdinstinkt und siegte über seine Abscheu.

»Tante Laura!«

Laura fuhr aus dem Schlaf hoch und schaute sich verwirrt um. Es war noch dunkel, nur durch die Flurlampe schien Licht durch die offene Tür.

Kasimir sprang zu ihr aufs Bett, während Juna neben ihrem Bett stand und von einem Fuß auf den nächsten trat. Wie immer morgens war sie barfuß und hatte offensichtlich kalte Füße.

»Zieh dir deine Hausschuhe an«, befahl Laura.

»Das geht nicht«, flüsterte das Mädchen.

»Warum nicht?« Auch Laura sprach automatisch leise.

»Da hat einer was reingesteckt.«

Laura presste die Lippen aufeinander, um nicht laut aufzulachen.

»Wirklich?«, gab sie sich dennoch ahnungslos.

»Ja, lauter Sachen!«, wisperte das Mädchen.

»Und warum flüsterst du jetzt?«, wollte Laura in normaler Lautstärke wissen.

»Vielleicht ist der noch da.«

Mit *der* war der Nikolaus gemeint. Laura hatte den Kinder gestern versichert, dass der gerne über Nacht kam.

Hanna wusste inzwischen, dass es nicht der Nikolaus war, der den Kindern etwas in die Schuhe steckte, so wie sie auch nicht mehr an das Christkind glaubte.

Leo glaubte fest daran und konnte sich im Gegensatz zu Juna sogar noch an den letzten Nikolaustag erinnern.

»Der Nikolaus ist bestimmt nicht mehr da«, sagte Laura jetzt. »Er muss so vielen Kindern Geschenke bringen, dass er sich nirgendwo lange aufhalten kann.«

Sie schielte auf ihren Wecker. Erst kurz nach sechs.

»Kannst du mit mir gehen und gucken, ob er wirklich weg ist?«, bettelte Juna. »Bitte, bitte, Tante Laura.«

Laura gab den Gedanken an eine weitere Stunde Schlaf vor Schulbeginn auf und erhob sich aus ihrem Bett. Mit Juna an der Hand ging sie zu deren Zimmertür, wo die Hausschuhe des Mädchens standen. Sie waren gefüllt mit Süßigkeiten. Daneben stand eine Tüte, der Juna jetzt ihre Beachtung schenkte. Darin war die Puppe, die sie am ersten Advent auf dem Weihnachtsmarkt gesehen und bewundert hatte.

Junas Stimme war schrill vor Freude, als sie ausrief: »Ich hab dich mir so gewünscht!«

»Pst.« Laura legte den Finger über die Lippen, aber es war zu spät. Sekunden später erschien Leo in seiner Zimmertür. Er blieb kurz an der Schwelle stehen und rieb sich die Augen. Dann bemerkte er Juna mit ihrer Puppe auf dem Arm und senkte den Kopf zu seinen eigenen Schuhen. Er schnellte vor, griff den Schokoweihnachtsmann, riss die bedruckte Aluminiumfolie ab und biss ihm den Kopf ab.

»Leo«, stöhnte Laura. »Konntest du nicht bis nach dem Frühstück warten?«

Leos Antwort war ebenso klar wie eindeutig: »Nein!« Danach packte er ebenfalls die Tüte neben seinen Schuhen aus. Er hatte ein Polizeiauto bekommen, dass auf Knopfdruck Blaulicht und Martinshorn einstellte. Dadurch wachte zu guter Letzt auch noch Hanna auf. Sie hatte neben den Süßigkeiten ein Buch bekommen, das sie sich gewünscht hatte.

Laura war glücklich über die Freude der Kinder. Sie frühstückten zusammen, danach brach zuerst Hanna auf. Später brachte Laura Leo zur Schule, danach Juna in den Kindergarten. Als sie das Mädchen dort abgab, sah sie auf den ersten Blick, dass Bille geweint hatte.

»Was ist los mit dir, Bille? Seit Wochen sehe ich doch, dass etwas nicht stimmt.«

Bille schüttelte den Kopf und presste die Lippen aufeinander. »Es ist alles okay«, stieß sie nach einer Weile hervor. »Ich glaube, ich habe mich nur ein bisschen erkältet.«

»Mama hat die ganze Nacht geweint.«

Weder Laura noch Bille hatte Marie bemerkt, die sich jetzt mit finsterer Miene zu ihnen gesellte. »Ich hab das gehört.«

»Nein, Marie, da irrst du dich«, sagte Bille hastig. Dabei füllten sich ihre Augen auch jetzt wieder mit Tränen. »Geh mit den anderen Kindern spielen.«

»Nein!« Marie stemmte die Hände in die Taille. »Ich will nicht spielen, wenn du traurig bist.«

»Warum bist du denn traurig?«, wandte sich Laura sanft an Bille. »Kann ich dir vielleicht irgendwie helfen?«

Doch Bille schüttelte lediglich den Kopf.

»Mama weint immer, wenn der Hans böse zu ihr ist«, berichtete Marie. »Und gestern war er sehr böse. Und dann hat er gesagt, wenn sie das nicht macht, wirft er uns aus dem Haus.« Marie schaute jetzt abwechselnd zwischen Bille und Laura hin und her. »Ich weiß aber nicht, was Mama machen muss.«

Bille senkte den Blick. »Ich muss nichts machen, du hast dich verhört«, sagte sie. »Geh jetzt bitte mit den anderen spielen, Marie.«

»Kannst du dem Hans nicht sagen, dass er Mama nichts tun darf?«, wandte sich Marie hilfesuchend an Laura und offenbarte damit, in welch großer Not sie selbst durch die Sorgen ihrer Mutter steckte.

»Ich werde es versuchen«, versprach Laura. »Aber dann musst du jetzt wirklich zu den anderen Kindern gehen, damit ich in Ruhe mit deiner Mutter reden kann.«

Nur widerstrebend gab Marie nach. Sie schaute sich immer wieder um, während sie zu Juna und den anderen trottete.

»Sag mir doch bitte, was los ist«, bat Laura leise. »Was will dieser Hans von dir?«

Bille schnäuzte sich in ihr Taschentuch und atmete tief durch. »Ich habe eine kleine Wohnung auf seinem Bauernhof«, begann sie zögernd. »Eigentlich hatte er sie als Ferienwohnung genutzt, bevor ich mit Marie hierherzog. Es gibt kaum Mietwohnungen in Tannreuth, und ich war froh, als ich diese Wohnung mieten konnte.« Sie verstummte, nervös verflocht sie ihre Finger ineinander.

»Aber dann gab es Probleme?«, half Laura nach.

Bille nickte mit mutloser Miene. »Zuerst verlangte er immer mehr Geld, weil er angeblich mehr mit der Wohnung verdient, wenn er sie als Ferienwohnung vermietet. Irgendwann konnte ich aber nicht mehr bezahlen, so viel verdiene ich als Erzieherin nicht. Ausziehen kann ich aber auch nicht, weil ich keine Wohnung in der Nähe finde.« Sie fuhr sich mit beiden Händen durchs Gesicht.

»Und was hat er dann verlangt?«

»Ich sollte auf seinem Hof arbeiten. Putzen, auf dem Feld mithelfen, eben alles, was so anfällt.«

Was für ein Mistkerl! Er nutzte die Not einer alleinerziehenden Mutter aus, kassierte die Miete und beschäftigte sie nebenbei auch noch als unbezahlte Arbeitskraft. Neben ihrer Empörung regte sich bereits die Juristin in Laura.

»Und was war gestern Abend?«, fragte Laura sanft.

»Kannst du dir das nicht denken?« Eine Träne rollte über Billes Gesicht. »Jetzt verlangt er, dass ich die Nächte bei ihm verbringe, wenn ihm danach ist. Heute Abend will er eine Antwort von mir.«

Laura traute ihren Ohren nicht. Das durfte ja wohl nicht wahr sein! »Und wenn du nicht damit einverstanden bist?«

»Muss ich mit Marie ausziehen.« Bille schluchzte leise auf. »Verdammt, ich darf nicht weinen«, sagte sie. »Nicht hier vor den Kindern, und schon gar nicht vor Marie.«

»Nein, nicht weinen«, bat Laura, obwohl die Situation wirklich zum Heulen war. Sie spürte eine solche Wut in sich, dass sie am liebsten auf der Stelle zu diesem Landwirt gefahren wäre, um ihm zu sagen, was sie von ihm hielt. Damit war Bille allerdings auch nicht geholfen. »Gib mir ein paar Stunden Zeit«, sagte sie. »Ich werde eine Lösung finden. Wenn es gar nicht anders geht, kommst du erst einmal zu uns ins Waldhaus.«

Irgendwie würden sie zwei Personen mehr schon unterbringen.

»Du hast seit über einer halben Stunde kein einziges Wort gesagt«, beschwerte Kathi sich plötzlich.

Laura schaute auf und begriff, dass sie mit ihr gesprochen hatte. »Tut mir leid, ich bin mit meinen Gedanken woanders.«

»Bei Tobias?«, fragte Balbine neugierig.

Laura quittierte die Frage mit einem Kopfschütteln. »Nein.« Seit dem Gespräch mit Bille hatte sie hin und her überlegt, wie sie ihr helfen konnte, aber wie sie es auch drehte und wendete, ihr fiel keine nachhaltige Lösung ein. Außerdem war sie fest entschlossen, Bauer Hans nicht so einfach davonkommen zu lassen, aber auch da war ihr noch keine zündende Idee gekommen. Klar war, dass sich etwas ändern musste. Und zwar schnell. Laura fasste einen Entschluss. »Wenn ich euch jetzt etwas erzähle, kann ich mich dann darauf verlassen, dass das in diesem Raum bleibt?«

»Hast du jemals das Gefühl gehabt, dass du uns nicht vertrauen kannst?«, fragte Kathi mit blitzenden Augen.

»Nein, nie.« Laura lächelte leicht. »Also: Eine gute Freundin hat ein Problem ...«, begann sie, aber plötzlich kamen ihr Zweifel. Beging sie einen Vertrauensbruch, wenn sie das weitergab, was Bille ihr erzählt hatte? Auch wenn es ihr nur darum ging, ihr zu helfen, und sie dazu von den Frauen einen Rat erhoffte?

»Geht es um Bille?«, fragte Ursula.

Laura starrte sie überrascht an. »Woher weißt du das?«

»Wir sind hier in Tannreuth.« Ursula lächelte. »Eine der Kindergartenmütter hat dich vorhin zusammen mit Bille gesehen. Bille soll geweint haben.«

»Ja.« Laura atmete tief durch und weihte ihre Freundinnen ein.

»Dieser Mistkerl«, zischte Balbine, als Laura ihre Erzählung beendet hatte.

»Ich kenne ihn nicht«, sagte Laura, »aber Gutes habe ich bisher noch nicht von ihm gehört.« Sie erzählte von den frauenfeindlichen Sprüchen, die Leo von Hans übernommen hatte.

»Das passt zu ihm«, bestätigte Susanne. »Auch sein Verhalten gegenüber Bille. Er scheint zu glauben, dass er das größte Geschenk an die Frauenwelt ist.«

»Aber keine Frau will dieses Geschenk.« Ursula kicherte. »Ich finde, wir sollten ihm einen gehörigen Denkzettel verpassen.«

»Die Idee ist mir auch schon gekommen«, stimmte Laura ihr zu. »Aber mir geht es vor allem erst einmal um Bille. Sie braucht eine Wohnung und die Sicherheit, dass sie und Marie dort unbehelligt leben können.«

Balbine erhob sich mit einem Ruck und begann, ihre Sachen

wegzuräumen, obwohl die beiden Stunden noch nicht vorbei waren.

»Wieso hast du es plötzlich so eilig?«, wunderte sich Pia.

»Weil ich was klären muss.« Balbine wandte sich an Laura. »Ich melde mich bei dir.« Damit eilte sie davon.

»Kannst du am Donnerstagvormittag auf jeden Fall hier sein?«, bat Peter Stöckel, als Laura nach dem Töpferkurs kurz in der Kanzlei vorbeischaute. Er hatte ihr in der vergangenen Woche das Du angeboten, nachdem er sie einige Male aus Versehen geduzt hatte.

»Ja, natürlich. Ist etwas Besonderes?«, wollte sie wissen.

»Jennifer Bernau will mit ihrem Anwalt kommen und die Details der Scheidung klären.«

»Sie will vor allem so viel wie möglich für sich herausschlagen.« Laura schnaubte verächtlich.

»Gernot hätte wissen müssen, dass sie es nur auf sein Vermögen abgesehen hatte. Alle haben ihn gewarnt, und ich selbst habe ihm sogar mehrfach geraten, einen Ehevertrag abzuschließen.«

»Schade, dass er nicht auf dich gehört hat.« Laura bedauerte das ehrlich. »Dann wäre die Scheidung bedeutend preiswerter für ihn geworden.«

Peter Stöckel lächelte bitter. »Das Geld tut ihm nicht weh. Er hat durch diese Eheschließung weitaus mehr verloren, und ...« Er wurde unterbrochen, als in diesem Moment Lauras Handy klingelte.

Es war Balbine. Laura nahm das Gespräch an. »Wir treffen uns um siebzehn Uhr auf Hans' Bauernhof. Bist du dabei?«, verkündete Balbine ohne Umschweife.

»Was habt ihr denn vor?«, fragte Laura alarmiert.

»Bille zieht um.« In Balbines Stimme schwang ein drohender Unterton mit, als sie hinzufügte: »Und wir alle helfen ihr.«

Laura beschloss, von Anfang an dabei zu sein, nicht zuletzt falls sich eine rechtlich bedenkliche Situation ergab. »Ich bin pünktlich da«, versprach sie und beendete das Gespräch.

Sie entschuldigte sich bei Peter Stöckel für die Unterbrechung.

»Kein Problem. Was ist eigentlich mit der Kanzlei in Berlin?«, fragte er dann. »Hast du dich da inzwischen mit deinem Partner einigen können?«

Sie schüttelte den Kopf. »Dabei würde ich das gerne noch in diesem Jahr abschließen. Ich wollte es Benedikt nicht am Telefon zwischen zwei Gerichtsterminen sagen, aber auch nicht per SMS mitteilen. Also habe ich seit langer Zeit mal wieder einen Brief geschrieben und ihm alles erklärt. Bisher hat er darauf nicht reagiert.«

Peter Stöckel schwieg einen Moment. »Wie wäre es denn, wenn ich die Verhandlungen mit deinem Partner wegen der Auflösung und Trennung übernehme und du dich dafür um die Scheidungsverhandlungen meines Freundes kümmerst? So können wir beide die Fälle abgeben, in die wir zu sehr persönlich involviert sind«, schlug er vor.

»Das wäre großartig«, sagte Laura begeistert. »Sofern dein Freund damit einverstanden ist.«

Peter winkte ab. »Daran habe ich keine Zweifel. Gernot ist ziemlich begeistert von dir.« Er schaute auf seine Armbanduhr. »Ich habe gleich einen Gerichtstermin und muss noch meine Akten zusammensuchen.«

Als Laura allein in der Kanzlei war, nutzte sie die verbliebene Zeit, um sich um den Schriftverkehr zu kümmern. Dabei schweiften ihre Gedanken aber immer wieder ab. Seit Peters Vorschlag dachte sie ständig an Benedikt und beschloss, ihm zumindest mitzuteilen, dass ihr neuer Kollege die Abwicklung ihrer Kanzleianteile vornehmen würde. Peter Stöckel konnte dann auch gleich mit ihm verhandeln, wie er sich die Aufteilung des gemeinsamen Apartments vorstellte.

Laura war bereit, ihm für ihren Anteil eine Ratenzahlung einzuräumen, die ihm Luft für alle anderen finanziellen Verpflichtungen lassen würde.

Schade nur, dass sie ihn wieder einmal nicht persönlich erreichte. Dabei hätte sie eigentlich damit rechnen müssen, dass er um diese Zeit vor Gericht war.

Sie vernahm die Ansage seiner Mailbox und atmete tief durch, bevor sie ihm mitteilte: »Hallo, Benedikt. Ich hätte dich lieber persönlich gesprochen, aber irgendwie scheinen wir beide dafür nicht mehr den passenden Zeitpunkt zu finden. Mein Kollege Peter Stöckel wird sich bald mit dir in Verbindung setzen. Ich habe dir ja geschrieben, dass ich nicht mehr nach Berlin zurückkehre. Mein Leben findet jetzt hier statt – und das ist auch gut so. Lass uns alles bitte so schnell und friedlich wie möglich klären. Ich bin sicher, wir finden einen Kompromiss, der uns beiden gerecht wird. Alles Gute ...« Bei den letzten Worten schwankte ihre Stimme ein wenig. Sie war sich durchaus sicher, genau richtig zu handeln, aber es war dennoch ein Abschied für immer. Von einem Menschen, mit dem sie eine lange Zeit ihres Lebens geteilt hatte. Von einem Ort, der zeitlebens ihr Wohnort gewesen war, und von einer Arbeitsstelle, die sie erfüllt hatte.

Aber jetzt war sie in Tannreuth. Und hier hatte sie ihr Zuhause gefunden. Manchmal war es schon seltsam, wie sich alles im Leben fügte.

»Ich dachte schon, du kommst nicht mehr«, sagte Balbine. Sie stand mit den anderen Frauen bereits vor der Einfahrt zum Bauernhof und trat ungeduldig von einem Fuß auf den anderen.

»Ich musste erst die Kinder unterbringen«, sagte Laura. Sie dachte an Tobias, der gerade bei ihnen war und das Abendessen zubereitete. Dieses tiefe, warme Gefühl, die Zärtlichkeit, die sie erfüllte, ließ sie sekundenlang vergessen, dass sie hier im kalten

Schnee stand und eine unerfreuliche Aufgabe vor ihr lag. Aber was genau hatten die anderen vor?

Sie erfuhr es wenig später, als sie den Hof betraten. Hans, der Hausherr auf dem Bauernhof, musste sie aus einem der Fenster gesehen haben. Grinsend kam er aus der Tür.

Laura erkannte ihn sofort. Dass ausgerechnet dieser Mann als heiliger Martin durchs Dorf ritt und die Rolle eines Barmherzigen spielte, empörte sie.

»Damenbesuch?« Seine Stimme klang spöttisch. »Und dann gleich so viele? Was kann ich denn für euch tun?«

Balbine trat vor. »Wir wissen, was du von Bille verlangt hast.«

Das Grinsen auf seinem Gesicht wandelte sich in Unsicherheit. »Verschwindet!«, sagte er grob.

»Sehr gerne. Aber Bille nehmen wir mit.« Kathi trat vor. »Und damit dir gleich ein für alle Mal klar ist, was wir von dir halten, haben wir unsere Anwältin mitgebracht.«

Die Frauen traten zur Seite und plötzlich richteten sich alle Blicke auf Laura. Auch Hans schaute sie an. Von Kopf bis Fuß. Mit einem Blick, der Laura anwiderte. Und dann erschien auch wieder das überhebliche Grinsen auf seinem Gesicht. »Du bist Rechtsanwältin? Was für eine Verschwendung! Frauen wie du gehören an den Herd.«

Das war mit Abstand das Dümmste, was Laura seit langer Zeit gehört hatte! Sie atmete tief durch und bemühte sich, Ruhe zu bewahren, als sie hoch erhobenen Hauptes sagte: »Leider ist Dummheit nicht strafbar, sonst würde ich Sie sofort verhaften lassen. Aber Mietwucher und sexuelle Nötigung sind strafbar.« Sie siezte ihn bewusst. »Ich werde meiner Mandantin raten, gerichtlich gegen Sie vorzugehen.«

Kathi musterte sie staunend. »Du bist ja richtig beeindruckend als Rechtsanwältin.«

»Vor Gericht bin ich noch beeindruckender«, sagte Laura, ohne Hans aus den Augen zu lassen.

»Aber wir können uns doch bestimmt irgendwie so einigen.« Der grobschlächtige Mann wirkte jetzt regelrecht verstört.

Plötzlich trat Bille zu ihnen. Sie trug eine Schürze und hielt einen Putzeimer in der Hand. »Was macht ihr denn hier?«, fragte sie erstaunt.

»Du ziehst heute um«, sagte Balbine fröhlich. »Wir sind da, um dir zu helfen.«

Bille stellte den Putzeimer auf den Boden und musterte die Frauen nacheinander mit ungläubigem Blick, bis er schließlich an Laura hängen blieb.

»Ich hoffe, du nimmst es mir nicht übel, dass ich die Damen hier eingeweiht habe«, sagte Laura. »Ich weiß nicht genau, was sie vorhaben, aber sie wollen dir helfen.«

»Mein Mann und ich haben auch eine Ferienwohnung, und zwar in dem Haus neben der Schule«, sagte Balbine. »Ich habe mit ihm gesprochen – und wir sind zu dem Schluss gekommen, dass wir dir die Wohnung dauerhaft vermieten möchten.«

Bille starrte sie an, öffnete und schloss den Mund, ohne dass ein Wort über ihre Lippen kam. Dann schlug sie die Hände vors Gesicht und begann zu weinen.

Balbine eilte zu ihr und nahm sie in die Arme. »Nicht weinen«, sagte sie liebevoll. »Alles wird gut. Und jetzt packen wir deine Sachen ein, und dann bringen wir dich und Marie in euer neues Zuhause.«

Bille konnte immer noch nichts sagen. Sie nickte überwältigt, flog auf Laura zu und umarmte sie. »Danke«, sagte Bille immer wieder. »Danke, danke, danke …«

Kapitel 20

»Dein Freund ist einverstanden«, sagte Peter Stöckel zwei Tage später.

Laura atmete erleichtert auf. Benedikt hatte nicht auf ihren Brief reagiert, aber eigentlich hatte sie auch nicht damit gerechnet. Wahrscheinlich war er sogar froh, weil nach ihrer Entscheidung einer Vereinbarung mit Joachim Quasten nun nichts mehr im Wege stand.

»Wir sollen ihm deine Vorstellungen unterbreiten, danach will er sich mit uns in Verbindung setzen. Ich hatte den Eindruck, dass er alles so schnell wie möglich hinter sich bringen will.«

Laura fühlte sich erleichtert. »Danke, Peter.«

Peter lächelte. »Denkst du an das Treffen morgen mit Jennifer Bernau und ihrem Anwalt?«, bat er, als sie sich verabschiedete.

Laura hatte inzwischen einige Vorschläge ausgearbeitet, die sie Jennifer Bernau und deren Anwalt unterbreiten wollte. Mit Peter Stöckel und Gernot Bernau war alles abgesprochen. »Ich werde pünktlich sein«, versprach Laura und machte sich auf den Weg zum Kindergarten, um Juna abzuholen.

Bille kam sofort zu ihr und umarmte sie gleich wieder.

»Wie gefällt es dir in deiner neuen Wohnung?«, wollte Laura wissen.

»Die ist traumhaft. Marie hat jetzt ein schönes großes Zimmer, die Küche ist modern ausgestattet, und wir sind da völlig ungestört. Ich muss nicht mehr ständig Angst haben, dass Hans plötzlich in der Tür steht.« Bille begann zu kichern. »Der hat übrigens große Angst, dass du ihn vor Gericht zerrst.«

»Ich hätte durchaus Lust dazu.« Laura lächelte grimmig.

Bille winkte ab. »Ich will einfach nur noch meine Ruhe haben.«

»Ganz ungeschoren kommt er mir nicht davon.« Laura spürte die Kampfeslust, die sie immer erfasste, wenn sie für einen Mandanten stritt. »Kannst du mir bitte eine Aufstellung der Zeiten machen, die du für ihn gearbeitet hast? Ich werde ihm jede Minute in Rechnung stellen.«

In Billes Augen leuchtete es auf. »Vielleicht kann ich Marie dann zu Weihnachten die Puppenstube schenken, die sie sich so sehr wünscht!«

»Dafür werde ich sorgen«, versprach Laura.

»Eigentlich könnte ich ja auch bei dir bleiben und morgen ganz früh aus dem Haus schleichen, bevor die Kinder aufwachen«, flüsterte Tobias am Abend zwischen zwei Küssen.

Laura schüttelte lachend den Kopf. »Ich lasse doch keinen Mann bei mir übernachten, von dem ich immer noch nicht mehr als den Vornamen weiß.«

Tobias rückte von ihr ab und blickte sie ernst an. »Okay, dann erzähle ich alles von mir, was du wissen willst. Lass uns nach oben gehen.«

Sie legte eine Hand auf seine Brust und spürte den harten Schlag seines Herzens. »Ich weiß dein Angebot sehr zu schätzen«, sagte sie und küsste ihn sanft. »Aber nicht heute Abend. Ich habe morgen eine schwierige Verhandlung.«

»Nun, auf einen Tag mehr oder weniger kommt es nun auch nicht an«, sagte Tobias grinsend. »Ich drücke dir die Daumen für morgen.« Er verabschiedete sich mit einem zärtlichen Kuss. Laura schaute ihm nach, als er hinüber zu seinem Haus ging. Fast bereute sie ihre Entscheidung, und am liebsten hätte sie ihn zurückgerufen. Aber es war einfach nicht der richtige Zeitpunkt, und es würden noch mehr Tage mit Tobias kommen …

In der Nacht hatte es wieder geschneit. Kasimir saß an der Terrassentür und betrachtete im Licht der Außenbeleuchtung die Schneedecke.

Laura fand, dass er ein bisschen verzweifelt aussah. Er liebte seine Spaziergänge durch den Garten und die Ausflüge zu Tobias. Er hatte zwar inzwischen keine Angst mehr vor dem Schnee, aber er wollte mit dem kalten Zeug nicht in Berührung kommen.

Laura beugte sich zu ihm hinunter und streichelte ihn. »Das bleibt nicht so«, versprach sie ihm. »In ein paar Monaten ist Frühling, dann wird alles grün, und du kannst draußen wieder herumstromern.«

»Miau!«, erwiderte er kläglich. Und dann, mit einem Blick in den Garten, kam ein zweites, ziemlich herausforderndes »Miau«. Wahrscheinlich erwartete er von ihr, dass sie den Schnee wegschaffte. Jedenfalls interpretierte Laura es so.

»Das kann ich nicht.« Sie lachte. »Du musst einfach nur ein bisschen Geduld haben.«

Sie deckte den Frühstückstisch, kurz darauf kamen nacheinander die Kinder nach unten. Um Hanna musste sie sich nicht kümmern, die entschied selbst, was sie anziehen wollte. Und Leo war völlig unkompliziert. Er zog genau das an, was sie ihm zurechtlegte. Hin und wieder musste Laura ihm bei den Knöpfen helfen, aber alles andere klappte schon gut.

Juna war eher eigenwillig und nicht immer zufrieden mit Lauras Kleiderauswahl, obwohl Laura diese am Abend meist mit ihr für den nächsten Tag absprach. Heute erschien sie in einem hellen Sommerkleidchen und weißen Sandalen.

Laura war überrascht. »Juna, so kannst du nicht rausgehen.«

Juna schob schmollend die Unterlippe vor. »Ich will die ollen dicken Pullover aber nicht mehr anziehen.«

»Es ist doch viel zu kalt«, sagte Laura. »Es hat letzte Nacht sogar wieder geschneit.«

»Mir ist aber ganz warm«, sagte Juna.

»Weil hier die Heizung an ist«, sagte Hanna. »Draußen ist es eisig.«

»Mir ist ganz warm«, wiederholte Juna.

»Komm, setz dich erst einmal zu uns. Soll ich dir ein Brot schmieren?«, versuchte Laura das Thema zu wechseln. »Ich hab keinen Hunger«, sagte Juna.

Laura war sofort beunruhigt. »Das ist ja was ganz Neues.« Plötzlich fiel ihr auf, dass Junas Gesicht ganz rot war. Sie legte eine Hand auf die Stirn des Mädchens. »Meine Güte, du glühst ja.«

Das darf doch nicht wahr sein! Ausgerechnet heute!

»Mein Kopf tut weh«, klagte Juna auch prompt.

Laura befand sich in einem schrecklichen Zwiespalt. Sie wusste, dass Peter Stöckel heute fest mit ihrer Anwesenheit rechnete, wollte aber Juna in diesem Zustand nicht allein lassen.

»Was mache ich denn jetzt?« Fragend sah sie Hanna an, ohne allerdings wirklich eine Antwort von ihr zu erwarten.

»Juna aufs Sofa legen und gut zudecken.« Hanna lächelte. »Jedenfalls hat Mama das immer mit uns gemacht, wenn wir krank waren.«

Das war schon mal ein erster Schritt, brachte Laura aber nicht wirklich weiter. »Dann muss ich den Termin heute eben absagen«, überlegte sie laut. »Juna, geh bitte ins Wohnzimmer und leg dich hin. Ich hole dir dein Kopfkissen und deine Decke.« *Und den Kinderarzt muss ich anrufen*, dachte sie, während sie nach oben lief. *Gibt es in Tannreuth überhaupt einen Kinderarzt? Oder muss ich mit einem fiebernden Kind über die verschneiten Straßen in die Kreisstadt fahren? Wie erkläre ich Peter Stöckel, dass ich den Termin heute nicht einhalten kann?*

In Windeseile suchte sie alles für Juna zusammen. Kopfkissen, Decke und einen warmen Pyjama. Als sie zurück ins Wohnzimmer kam, war Tobias da.

»Ich hab ihn angerufen«, sagte Hanna und fügte altklug hinzu: »Wir brauchen jetzt jemanden, der die Nerven behält.«

»Darf Tobias bei mir bleiben, wenn du arbeiten gehst?«, krähte Juna, die bereits auf dem Sofa lag und wie eine kleine Diva wirkte, in ihrem hellen Sommerkleid und den fieberroten Wangen.

»Sie hat Fieber, ist aber sonst ganz munter. Das kommt bei Kindern oft vor«, sagte Tobias ruhig.

»Du bist Kinderarzt?«, fragte Laura hoffnungsvoll.

Tobias schüttelte lächelnd den Kopf und beantwortete ihre Frage: »Ich bin Architekt.« Er hielt sein Handy hoch. »Mein medizinisches Fachwissen beziehe ich über Google. Juna wirkt ganz munter, du musst dir also keine Sorgen machen. Sollte sich ihr Zustand verschlechtern, rufe ich dich an.«

»Okay!« Laura fuhr sich mit beiden Händen durchs Haar.

»Tobias, machst du mir Pfannkuchen?«, bettelte Juna.

»Dann will ich aber auch zu Hause bleiben und Pfannkuchen essen«, verlangte Leo prompt.

»Du gehst zur Schule!« Laura konnte allmählich wieder klare Gedanken fassen. »Ich mache dir heute Mittag Pfannkuchen.«

»Du?« Leo zog ein langes Gesicht.

Laura nickte entschlossen. »Jedenfalls wirst du nicht die Schule schwänzen. Los, ihr beiden«, forderte sie Hanna und Leo auf. »Holt eure Sachen, ich nehme euch im Wagen mit.« Sie wandte sich Tobias zu. »Ich bin dir unglaublich dankbar. Übrigens hätte ich darauf getippt, dass du Koch bist.«

Er grinste. »Ich hätte es dir gestern Abend schon gesagt, aber du wolltest mich ja unbedingt loswerden.«

»Ich weiß ja immerhin schon, dass du Architekt bist. Und unter Escalaphobia leidest.«

»Ja, immerhin. Aber ich muss dich enttäuschen, ich leide nicht darunter«, erwiderte er trocken. »So oft benutze ich keine Rolltreppe.«

Laura lächelte. Sie widerstand dem Impuls, ihm um den Hals zu fallen und ihn zu küssen. Wenn die Kinder nicht dabei gewesen wären ...

Sie wandte sich an Juna. »Und du bleibst schön unter der Decke liegen und hörst auf Tobias. Ich komme so schnell wie möglich nach Hause.«

Hanna und Leo gingen nach oben, um ihre Schultaschen zu holen. Juna kuschelte mit Kasimir, der inzwischen zu ihr aufs Sofa gesprungen war.

Laura ging ins Esszimmer, wo ihre eigene Aktentasche stand. Tobias folgte ihr und nahm sie in die Arme, als sie alleine waren. »Du musst dir keine Sorgen machen«, sagte er und küsste sie. »Sobald du zurück bist, reden wir.«

»Ja.« Laura hauchte noch schnell einen Kuss auf seinen Mund, dann hörte sie auch schon, dass Hanna und Leo die Treppe herunterkamen.

Zu diesem Zeitpunkt konnte Laura nicht ahnen, dass sie bereits in wenigen Stunden mehr erfahren würde, als ihr lieb war, und damit ihr Leben einmal mehr auf den Kopf gestellt wurde ...

Jeden Morgen erfreute sich Laura an der Weihnachtsdekoration in der Kanzlei. Ein geschmückter Weihnachtsbaum zierte den Eingangsbereich, auf den Schreibtischen standen Gestecke aus Tannenzweigen, Weihnachtskugeln und getrocknete Orangenscheiben. In Berlin hätte Benedikt diesen »Weihnachtskitsch«, wie er es nannte, niemals zugelassen.

Der Duft frisch gebrühten Kaffees lag in der Luft.

Gernot Bernau war bereits da. Er wirkte sichtlich nervös. »Ich habe Jennifer seit einem Jahr nicht mehr gesehen«, sagte er aufgeregt.

»Du musst dich dem nicht aussetzen. Laura und ich können die Verhandlung auch allein führen«, schlug Peter ihm mit besorgter Miene vor.

»Ich werde ihr nicht aus dem Weg gehen«, erwiderte Gernot Bernau entschlossen. »Das Treffen heute ist für mich ein endgültiger Abschluss.« Leise und wie zu sich selbst fügte er hinzu: »Außerdem muss ich mir noch einmal bewusst machen, was für ein Narr ich war.« Er schwieg einen Moment und ließ seinen Blick aus dem Fenster schweifen. »Hoffentlich geht das alles ziemlich schnell. Der Wetterbericht hat starke Schneefälle mit Verkehrsbehinderungen vorausgesagt. Ich möchte rechtzeitig wieder in Freiburg sein«, wechselte er das Thema.

»Wir bemühen uns. Aber versprechen können wir dir das nicht«, sagte Peter Stöckel beschwichtigend und führte Gernot in das Besprechungszimmer neben seinem Büro. Dort gab es für solche Zwecke einen Konferenztisch mit acht Stühlen.

Als es klingelte, ging Peter zur Tür der Kanzlei und öffnete. Weil Gernot Bernau zu nervös war, sich zu setzen, blieb auch Laura stehen. Sie vernahm Stimmen aus dem Flur, die helle einer Frau und die dunkle eines Mannes. Dazwischen Peters Stimme, der die Gegenseite in den Raum führte.

Laura berührte kurz Gernot Bernaus Arm, als die Tür aufgestoßen wurde. Es sollte eine beruhigende Geste sein, doch dann war sie es, die erstarrte. Sie kannte diese Frau, die mit einem siegessicheren und überaus arroganten Lächeln den Raum betrat. Wochenlang hatte sie sich mit dieser Frau beschäftigt. Stück für Stück – und in Gedanken. Jennifer Bernau war das lebende Vorbild der Statue, die Kasimir zerstört, die sie in wochenlanger Kleinarbeit zusammengeflickt und die Tobias schließlich in die Mülltonne geworfen hatte! Die Erkenntnis schlug mit voller Macht zu und beschäftigte Laura so sehr, dass sie sich kaum noch auf die anschließende Verhandlung konzentrieren konnte. Die Worte rauschten an ihr vorbei, während sich in ihren Gedanken unzählige Fragen formten, auf die sie keine Antwort fand.

Kapitel 21

»Was war denn los mit dir?« In Peters Stimme schwang ein leiser Vorwurf mit.

»Es ist doch alles gut gegangen«, sagte Gernot Bernau beschwichtigend.

Es war Laura schwergefallen, die Verhandlung zu führen. Letztendlich hatte sie es geschafft, sich wenigstens vor Jennifer Bernau und deren Rechtsanwalt nichts anmerken zu lassen. Peter Stöckel aber hatte bemerkt, dass etwas nicht stimmte.

Die ganze Zeit hatte sie sich gefragt, was Jennifer Bernau mit Tobias verband. Wieso hatte er diese Statue besessen, die ihrem Ebenbild entsprach? Und was hatten seine Worte zu bedeuten, die er ausgesprochen hatte, als er die reparierte Statue in die Mülltonne warf: »Es gibt Dinge, die können einfach nicht repariert werden.«

Gestern Abend noch hatte er ihr alles über sich erzählen wollen, aber sie hatte ihn auf später vertröstet ...

Plötzlich wurde ihr bewusst, dass die beiden Männer sie anschauten. Sie warteten offensichtlich auf eine Erklärung, und die hatten sie auch verdient.

»Es tut mir sehr leid. Aber der Anblick dieser Frau hat es mir schwer gemacht, mich zu konzentrieren«, begann sie mit einer Entschuldigung. »Ich habe sie nämlich schon einmal gesehen.«

»Sie kennen Jennifer?«, fragte Gernot Bernau überrascht.

»Nein.« Laura schüttelte den Kopf. »Aber ich habe sie schon einmal gesehen. Vielmehr eine Statue von ihr. Und das wiederum berührt auch mein eigenes Leben.«

»Eine Statue?«, wiederholte Gernot Bernau tonlos. »Ich kenne nur einen Menschen, der eine Statue mit Jennifers Ebenbild besitzt. Mein Sohn Tobias.«

Laura traute ihren Ohren nicht. »Tobias ist Ihr Sohn?«, flüsterte sie.

Mit einem Mal kam Leben in ihren Mandanten. »Sie kennen ihn? Haben Sie ihn gesehen? Wissen Sie, wo er ist?« Hektisch rote Flecken zeichneten sich auf Gernot Bernaus Stirn und Wangen ab.

»Er ist mein Nachbar«, erwiderte Laura.

Gernot wandte sich an Peter. »Tobias ist in Tannreuth? Wieso hast du mir nichts gesagt?«

»Weil ich es nicht wusste! Ich habe natürlich gehört, dass neuerdings jemand im kleinen Waldhaus wohnt, aber woher soll ich wissen, dass es sich dabei um deinen Sohn handelt? Ich bin ihm hier in Tannreuth nicht begegnet.«

»Das kleine Waldhaus!« Gernot Bernau starrte vor sich hin. »Wieso bin ich nie auf die Idee gekommen, dass er sich dorthin zurückgezogen hat! Er hat das Haus von seiner Mutter geerbt.«

Laura schwirrte der Kopf, und zudem fuhren ihre Gefühle Achterbahn. Ihr war das mit einem Mal alles zu viel. Sie musste nach Hause, sie musste mit Tobias reden. Sie wollte von ihm wissen, was ihn mit Jennifer Bernau verbunden hatte. Hatte er womöglich ein Verhältnis mit der Frau seines Vaters ...?

Laura mochte den Gedanken nicht zu Ende denken. Trotzdem drängte sich ihr die Frage auf, was Tobias empfand, wenn er erfuhr, dass sein Vater und Jennifer sich scheiden ließen. Dann war Jennifer frei! Was bedeutete das für ihn?

Sie sprang auf. »Entschuldigung«, stieß sie hervor, »ich muss hier raus.« Sie rannte nach draußen, bemerkte erst auf der Straße, dass sie ihre Tasche und ihren Mantel vergessen hatte. Schneidende Kälte umfing sie, das Schneetreiben war stärker geworden.

Dann stand Peter plötzlich neben ihr, legte ihr den Mantel um die Schulter und reichte ihr die Tasche. »Soll ich dich nach Hause fahren?«

Laura schüttelte den Kopf. »Das geht schon«, sagte sie. »Aber ich muss jetzt mit Tobias reden.«

Köstlicher Essensduft schlug ihr entgegen, als sie die Haustür öffnete. Prompt drehte sich ihr der Magen um. Sie schloss die Tür hinter sich und lehnte einen Moment mit geschlossenen Augen dagegen.

»Da bist du ja«, vernahm sie Tobias' Stimme. Dann war er neben ihr, griff nach ihrem Arm. »Geht es dir nicht gut?«

Sie öffnete die Augen. »Ich habe heute Jennifer gesehen«, sagte sie ohne Umschweife.

Er wurde blass. Abrupt ließ er ihren Arm los. »Woher weißt du, wer Jennifer ist?«, fragte er heiser.

»Ich habe auch deinen Vater kennengelernt«, fuhr sie fort, ohne seine Frage zu beantworten. »Er und Jennifer lassen sich übrigens scheiden.«

Vielleicht hätte sie anders anfangen, ihn behutsamer darauf vorbereiten und ihm sagen sollen, dass sie eigentlich immer noch nichts wusste, außer einigen Fragmenten, die keine zusammenhängende Geschichte ergaben. Dazwischen reimte sie sich lediglich eine ganze Menge zusammen.

Tobias starrte sie finster an. In seinem Gesicht zeichneten sich gleichermaßen Wut und Schmerz ab. »Weiß mein Vater, wo ich bin?«

»Ja, jetzt weiß er es.« Sie schluckte schwer, streckte die Hand nach ihm aus. »Tobias, was hat das alles zu bedeuten?«

Ausgerechnet in diesem Moment kam Hanna aus der Schule, und Laura fiel siedend heiß ein, dass sie gleich Leo abholen sollte. Der war heute eine Stunde länger geblieben, weil die Klasse gemeinsam eine Krippe bastelte. Und nach Juna hatte sie auch noch nicht geschaut. So viel, um das sie sich kümmern musste ... Alles wuchs ihr über den Kopf – und plötzlich brach sie in Tränen aus.

Hanna kam zu ihr und umschlang sie mit beiden Armen. »Was hast du mit Tante Laura gemacht?«, fauchte sie Tobias wütend an.

Für ihn war das offensichtlich auch alles zu viel. Er schnappte sich wortlos seine Jacke und ging.

»Habt ihr euch gestritten?«, fragte Hanna unglücklich.

»Nein.« Laura zog das Mädchen ganz fest an sich. »Ich kann es dir gerade nicht erklären, aber ich werde es später versuchen. Hanna, ich brauche jetzt deine Hilfe.«

Hanna nickte.

»Du musst dich um Juna kümmern, während ich Leo abhole. Danach essen wir zusammen, und dann versuche ich dir alles zu erklären.«

Hanna stimmte sofort zu.

Bevor Laura das Haus verließ, schaute sie noch nach Juna. Der Kleinen ging es inzwischen deutlich besser. Sie lag immer noch auf dem Sofa und blätterte in einem Bilderbuch.

»Ich beeile mich«, versprach Laura. Als sie das Haus verließ, huschte Kasimir an ihr vorbei und verschwand im dichten Schneetreiben.

»Kasimir!« Er konnte unmöglich bei diesem Wetter draußen bleiben! Doch darum musste sie sich später kümmern, sie würde nicht lange weg sein.

Die Fahrt zurück ins Dorf war anstrengend. Laura konnte kaum etwas sehen, obwohl sie die Scheibenwischer auf die höchste Stufe gestellt hatte.

Leo sprang zu ihr ins Auto, kaum dass sie an der Schule angehalten hatte. »Was gibt es heute Mittag zu essen?«

Ein Ton kam über ihre Lippen, der gleichzeitig nach Lachen und Schluchzen klang. Leos übliche Frage klang so absurd in dieser Situation.

»Keine Ahnung«, sagte sie. »Tobias hat gekocht.«

»Dann ist es ja gut.« Leos Stimme klang erleichtert.

Vielleicht kocht er nie wieder für euch, weil er demnächst für Jenny kocht.

Laura hatte bisher nicht gewusst, dass sie überhaupt zur Eifersucht fähig war. Aber ihre Fantasie gaukelte ihr Bilder von Tobias und Jennifer vor, die sich tief in ihr einbrannten und ihr geradezu körperliche Schmerzen verursachten.

Als sie wieder nach Hause kam, sah sie Gernot Bernaus Wagen in der Einfahrt zum kleinen Waldhaus stehen.

»Wer ist das denn?«, fragte Leo.

»Keine Ahnung«, log Laura. »Besuch für Tobias.«

Als sie aus dem Wagen stieg, kam Gernot Bernau gerade aus der Einfahrt, mit bedrückter Miene, hochgezogenen Schultern, die Hände in den Manteltaschen vergraben. Offensichtlich war der Besuch bei seinem Sohn nicht erfreulich gewesen.

Der Mann war so sehr in Gedanken versunken, dass er Laura nicht bemerkte. Und plötzlich war Kasimir da. Laut miauend schoss er zwischen Gernot Bernaus Beine. Der Mann taumelte, versuchte Halt zu finden, und stürzte schwer zu Boden.

Laura rannte zu ihm. Vergeblich versuchte er, sich zu erheben. »Mein Fuß ...« Er stöhnte leise auf. »Diese verdammte Katze«, schimpfte er gleich darauf.

Leo baute sich vor ihm auf. »Kasimir ist keine verdammte

Katze! Er ist ein verdammter Kater, und verdammt ist er sowieso überhaupt nicht.«

»Leo, lauf zu Tobias, und sag ihm, dass er sofort kommen muss.«

»Um dem da zu helfen?« Trotzig schob Leo seine Händchen in die Taschen seiner Winterjacke. »Nee, das mach ich nicht. Der hat gemeine Sachen über Kasimir gesagt.«

»Leo, das ist kein Spaß!« Laura fasste den Jungen bei den Schultern und schüttelte ihn leicht. »Hol – sofort – Tobias!«

Leo sagte kein Wort mehr. Er nickte nur und lief zum kleinen Waldhaus.

»Er wird nicht kommen«, keuchte Gernot Bernau. »Er hat mir schon einmal gesagt, dass er mich in seinem Leben nicht mehr sehen will. Und genau diese Worte hat er vor ein paar Minuten wiederholt.«

Laura ging nicht darauf ein. »Sie müssen aufstehen«, sagte sie. »Sie können nicht hier im Schnee liegen bleiben, das ist viel zu gefährlich.«

»Kümmern Sie sich nicht um mich«, sagte Gernot Bernau. »Ich habe es nicht verdient. Was ich meinem Sohn angetan habe ...«

»Müssen Sie mit ihm selbst klären. Aber ich werde Sie hier auf keinen Fall im Schnee liegen lassen«, sagte Laura energisch. Inzwischen fiel der Schnee so dicht, dass sie kaum noch einen halben Meter weit schauen konnte. Noch einmal versuchte sie, Gernot Bernau beim Aufstehen zu helfen, doch auch diesmal sank der Mann mit einem Schmerzlaut zurück.

Endlich kam Tobias. In seinem Blick lag unverhohlener Hass. Laura rechnete bereits damit, dass er rigoros ablehnen würde, seinem Vater zu helfen, doch er packte ihn wortlos unter den Armen.

Laura stützte den älteren Mann auf der anderen Seite, und endlich stand er wieder, konnte aber keinen Schritt allein gehen.

»Sie können jetzt nicht mehr fahren«, sagte Laura. »Nicht mit diesen Schmerzen und nicht bei diesem Wetter.«

»Ich will ihn nicht bei mir haben«, sagte Tobias hart.

»Dann kommt er eben mit zu uns«, sagte Laura.

Danach sagte Tobias kein Wort mehr. Er stützte seinen Vater, bis er im Wohnzimmer auf dem Sessel saß. Dann verschwand er wortlos.

Juna richtete sich auf dem Sofa auf und betrachtete den Fremden interessiert. »Bist du auch krank?«

Gernot Bernau nickte. Kleine Schweißtropfen standen auf seiner Stirn. Er schien große Schmerzen zu haben.

»Dann kannst du das Sofa haben«, beschloss Juna. »Ich bin nicht mehr richtig krank.«

»Danke, Kleine«, brach es aus Gernot Bernau heraus. »Aber ich schaffe es nicht bis zum Sofa.«

Es kostete Laura Überwindung, Gernot Bernau Schuhe und Strümpfe auszuziehen und das Fußgelenk zu kontrollieren. Es war stark angeschwollen. »Ich weiß nicht, ob es verstaucht oder der Fuß gebrochen ist. Ich rufe sofort den Rettungsdienst an, damit Sie abgeholt werden.«

Er nickte, lehnte sich mit geschlossenen Augen zurück.

Laura wählte die Notrufnummer und erfuhr, dass im Moment kein Rettungswagen nach Tannreuth durchkam. »Die Straßen sind völlig zugeschneit. Es kann Stunden dauern, bis die Räumfahrzeuge den Weg freigemacht haben.«

Immerhin erhielt Laura noch ein paar hilfreiche Tipps. Und so kühlte sie das geschwollene Fußgelenk, und glücklicherweise hatte sie auch Schmerzmittel im Haus.

Ein aufregender Tag fand sein Ende. Nach ihrer abendlichen Runde durch die Kinderzimmer schaute Laura wieder aus Hannas Fenster hinüber zu Tobias. Heute Abend war sein Haus wegen des dichten Schneetreibens kaum zu sehen.

»Müssen wir morgen in die Schule?«, fragte Hanna müde.

»Nein. Ich werde das Risiko nicht eingehen, euch im Schneetreiben zu verlieren.« Laura beugte sich zu ihrer Nichte hinunter und küsste sie auf die Wange.

»Du wolltest mir noch erzählen, weshalb Tobias so sauer war«, erinnerte Hanna sie. »Aber dann kam der alte Mann, und dann haben wir es beide vergessen.«

»Der alte Mann ist Tobias Vater«, sagte Laura lächelnd. »Und die beiden haben offensichtlich große Probleme miteinander. Etwas Genaues weiß ich aber auch noch nicht.« Die Sache mit Jennifer verschwieg sie.

»Wenn man in einer Familie Probleme hat, muss man einfach darüber reden«, sagte Hanna.

»Das setzt voraus, dass beide miteinander reden wollen.« Laura strich liebevoll über die Hand des Mädchens. »Schlaf jetzt, meine Süße. Ich bin sicher, dass alles gut wird.«

»Bis Weihnachten?«, murmelte das Mädchen und dann schlief es ein, bevor Laura antworten konnte.

Ich fürchte, da braucht es ein Wunder, wenn das alles bis Weihnachten wieder in Ordnung kommen soll, dachte Laura. Im Moment glaubte sie überhaupt nicht daran, dass es jemals eine Aussöhnung zwischen Tobias und seinem Vater geben würde. Aber was bedeutete das alles für sie und Tobias?

»Leisten Sie mir noch ein wenig Gesellschaft?«, bat Gernot Bernau, als sie auch noch einmal nach ihm schaute. Er saß immer noch auf dem Sessel und würde in dieser unbequemen Haltung auch die Nacht verbringen müssen.

Laura hatte einen anderen Sessel so vor ihn hingeschoben, dass er wenigstens die Beine hochlegen konnte. Dazu hatte sie ihm ein Kissen für den Nacken und eine Decke gebracht.

Nur aus Höflichkeit setzte Laura sich aufs Sofa. Eigentlich hatte sie genug von diesem Tag und wollte ins Bett.

»Tobias und Jennifer wären heute miteinander verheiratet, wenn ich nicht gewesen wäre«, sagte er plötzlich.

Ein Stich bohrte sich tief in Lauras Herz, und mit ihm verschwand das Bedürfnis, sich zurückzuziehen. Sie beugte sich ein wenig vor, musste Gernot Bernau aber nicht zum Weiterreden auffordern. Die Worte sprudelten ganz von selbst aus ihm heraus.

»Ich fürchte, ich war kein guter Vater. Meine erste Frau ist sehr früh gestorben, und Tobias wurde von Kindermädchen und dem Hauspersonal aufgezogen. Ich hatte nur selten Zeit für ihn.« Ein bitteres Lächeln umspielte die Lippen des Mannes. »Er hat mir wenig Kummer bereitet, war ein guter Schüler, studierte Architektur und arbeitete schließlich in meinem Unternehmen. Und dann war da plötzlich diese Frau ...« Gernot Bernau verstummte. Ausgerechnet an diesem Punkt.

»Jennifer«, half Laura nach.

»Ja, Jennifer. Er war völlig verzaubert von ihr, wollte sie heiraten. Sie hatte seinen Antrag bereits angenommen, als Tobias sie das erste Mal mitbrachte, um sie mir vorzustellen. Erst da hat sie erfahren, wie vermögend ich bin, und plötzlich schien sie sich für mich zu interessieren. Ich alter Narr habe mir nur zu gern einreden lassen, dass sich eine junge Frau wie sie in mich verliebt. Ich habe ihren Lügen geglaubt, ihren Versprechungen – und letztendlich habe ich dadurch meinen Sohn verloren. Als Tobias erfuhr, dass Jennifer sich für mich entschieden hatte, sagte er mir, dass er mich nie wieder sehen will. Und dann verschwand er aus meinem Leben.« Er schluckte schwer, dann suchte er Lauras Blick. »Bis heute Morgen. Und für einen kurzen Augenblick habe ich gehofft, dass das Schicksal doch noch ein Einsehen mit mir hat.«

»Vielleicht braucht er nur ein wenig Zeit«, sagte Laura beruhigend, dabei hatte sie selbst Schwierigkeiten, mit dem Gefühlschaos in ihr umzugehen.

»Ich glaube nicht, dass er mir je wieder verzeihen kann.« Gernot Bernau sah sie verzweifelt an. »Aber ich habe da noch ein ganz anderes Problem. Eines, bei dem ich unbedingt Hilfe brauche.«

Nicht noch mehr Probleme, flehte Laura innerlich. »Worum geht es?«, fragte sie höflich.

»Ich muss mal. Und das ziemlich dringend ...«

»Tobias!« Mit beiden Händen schlug sie gegen seine Haustür. »Mach bitte sofort auf.«

Die Tür wurde so plötzlich aufgerissen, dass sie nach vorn taumelte, direkt in seine Arme. Sie schaute zu ihm auf. »Du bist ein Idiot«, sagte sie zärtlich.

Tobias ließ sie los. »Wenn du wegen meines Vaters gekommen bist ...«

»Ja, bin ich«, unterbrach sie ihn. »Und du wirst es nicht wagen, mich unverrichteter Dinge wegzuschicken. Es gibt Sachen, die kann ich nun einmal nicht erledigen.« Sie schilderte ihm das Problem seines Vaters.

Zähneknirschend kam Tobias mit. Wortlos half er seinem Vater, brachte ihn schließlich zurück ins Wohnzimmer und half sogar dabei, ihn aufs Sofa zu betten.

»Danke, mein Junge«, sagte Gernot Bernau gerührt.

»Ich bin nicht dein Junge!«, sagte Tobias schneidend, drehte sich um und ging.

Mitten im Zimmer saß Kasimir. Laura bemerkte, wie der Blick des Katers zwischen den beiden Männern hin und her wechselte. Es sah fast so aus, als versuche er zu ergründen, was hier eigentlich passierte.

Es dauerte achtundvierzig Stunden, bis die Straßen endlich wieder frei waren. Aber auch danach blieb Gernot Bernau noch ein paar Tage bei Laura und den Kindern. Laura hatte es ihm angeboten, wegen ihres schlechten Gewissens, schließlich war es ihr Kater, der

Gernot Bernau zu Fall gebracht hatte. Außerdem spürte sie die Einsamkeit des Mannes. Er war nicht in einer Verfassung, in der sie ihn einfach nach Hause schicken wollte. Seine Anwesenheit störte sie nicht weiter, auch wenn er dadurch das Wohnzimmer blockierte und nachts auf dem Sofa schlief. Und sie wollte ihn vor allem wegen Tobias nicht gehen lassen. Vielleicht gab es doch noch so etwas wie ein Wunder.

Gernot Bernaus Fußgelenk war offensichtlich nicht gebrochen, denn die Schwellung hatte leicht nachgelassen und er konnte sich humpelnd bewegen. Eigentlich hätte er sich abholen und in seine Freiburger Villa bringen lassen können. Er hätte auch ein paar Tage bei seinem Freund Peter Stöckel bleiben können, aber Laura hegte den Verdacht, dass auch er selbst vor allem wegen Tobias weiterhin ihre Gastfreundschaft in Anspruch nahm. Und sie trotz aller Unbequemlichkeiten, die das für ihn bedeutete, auch bis zum nächsten Wochenende ausreizte.

Mit Tobias hatte Laura bisher über die Sache nicht gesprochen. Er wusste nicht einmal, dass sie jetzt die ganze Geschichte kannte. Leider ließ er sich kaum noch bei ihr und den Kindern blicken. Aber dann trat Kasimir wieder in Aktion ...

Der vierte Advent!

Laura war wehmütig zumute, als sie daran dachte, dass Tobias die ersten beiden Kerzen angezündet hatte. Sie vermisste ihn jeden Tag mehr. Seine Küsse, seine Umarmungen ...

Es klingelte an der Tür. Als Laura sie öffnete, stand Tobias davor. Er hielt Kasimir auf den Armen. »Ich weiß nicht, was mit ihm los ist«, sagte er. »Er sitzt miauend vor meiner Tür, kommt aber nicht rein, wenn ich die Tür öffne.«

»Komm doch rein«, sagte Laura mit klopfendem Herzen. Die Sehnsucht in ihr war stärker denn je.

»Nein!« Er drückte ihr Kasimir in die Arme und ging.

»War das Tobias?«, fragte Gernot Bernau, als sie kurz darauf ins Wohnzimmer kam.

»Ja.« Sie spürte, dass er sie prüfend musterte.

»Vielleicht sollte ich endlich verschwinden«, sagte er. »Ich will meinem Sohn kein zweites Mal die Chance auf sein Glück zerstören.«

Laura schaute überrascht auf.

»Sie lieben ihn doch, habe ich recht?« Er lächelte.

»Ja«, gab Laura zu. »Ich liebe ihn. Eine ganze Zeit lang habe ich geglaubt, dass er für mich ebenso empfindet, aber jetzt bin ich mir nicht sicher, ob sein Herz nicht immer noch Jennifer gehört. Vielleicht hat er nie aufgehört, sie zu lieben.«

»Hoffentlich nicht«, sagte Gernot Bernau leise. »Das hat er nicht verdient. Und sie hat es nicht verdient, dass er ihr immer noch nachtrauert.«

Später am Abend lagen alle bereits im Bett, aber Laura konnte nicht schlafen. Ziemlich bald beschloss sie, ein wenig frische Luft zu schnappen.

Dick eingepackt in ihrer Winterjacke stapfte sie durch den Abend. Der Schnee knirschte unter ihren Füßen. Sie hatte kein Ziel, hing ihren Gedanken nach.

Als sie das Dorf erreichte und durch die erleuchteten, weihnachtlich geschmückten Fenster sah, da wurde ihr plötzlich leicht ums Herz. Aus der Kirche drang der Gesang des Kirchenchors, der trotz der späten Stunde noch probte.

»Stille Nacht, heilige Nacht …«

Jetzt verstehe ich, was dir dieser Ort bedeutet hat. Laura schickte einen Gruß in den Sternenhimmel. Irgendwo dort oben waren Anette und Daniel und lächelten ihr zu.

»Alles wird gut«, flüsterte Laura. Dann drehte sie sich um und ging zurück. Nach Hause!

Am nächsten Tag wiederholte Kasimir sein Spielchen. Wenn er bei Laura und den Kindern war, verlangte er, hinausgelassen zu werden. Dann lief er zu Tobias und schrie so lange vor dessen Haustür, bis der ihn wieder zurückbrachte.

Als es dämmerte und Kasimir zum vierten Mal jammernd vor der Terrassentür saß, stand Gernot Bernau auf. Er nahm Kasimir auf die Arme und humpelte zur Tür. »Wünschen Sie mir Glück«, sagte er zu Laura, dann verließ er zusammen mit Kasimir das Haus.

Gefolgt von den Kindern lief Laura nach oben in Hannas Zimmer. Alle vier standen sie am Fenster und schauten hinüber.

Tobias war gerade dabei, den Schnee von seiner Auffahrt zu schaufeln. Seine Miene verfinsterte sich, als er seinen Vater erblickte. Kasimir hielt still auf Gernot Bernaus Armen.

Die Männer sprachen miteinander. Die Worte konnte Laura nicht verstehen, aber an den Mienen erkannte sie, dass es keine freundliche Unterhaltung war.

Plötzlich schaute Tobias hoch. Sein Blick traf ihren – und plötzlich wurde seine Miene milder. Er sagte etwas, und dann ging er zusammen mit seinem Vater ins Haus.

Ängstlich schaute Hanna zu ihrer Tante auf. »Was hat das zu bedeuten?«

»Dass es Weihnachtswunder gibt«, flüsterte Laura.

»Weil Kasimir unser Weihnachtskater ist«, sagte Juna fröhlich. »Ich glaube, deshalb ist der auch zu uns gekommen.«

Damit er Wunder vollbringt! Laura war plötzlich ganz leicht ums Herz. *Kasimir, unser Weihnachtskater.*

Epilog

Sie hatten sich nur einen kurzen Moment zurückgezogen.

»Weil ich dir unbedingt sagen muss, wie sehr ich dich liebe.« Tobias zog sie fest in seine Arme, dann löste er sich von ihr und grinste. »Verrate es meinem Vater bitte nicht, aber inzwischen bin ich ihm dankbar, dass er mich vor einer Ehe mit Jennifer bewahrt hat.«

»Du empfindest also nichts mehr für sie?«

»Schon lange nicht mehr. So richtig bewusst wurde mir das, als Kasimir die Statue umwarf. Da war nichts in mir. Kein Gefühl, kein Bedauern.«

»Das hättest du mir auch gleich sagen können.« Laura lachte. »Es war ziemlich viel Arbeit, das Teil wieder zusammenzukleben.«

»Ja, aber durch all das haben wir uns kennengelernt.« Er küsste sie. »Ich liebe dich!«

»Ich liebe dich!«, sagte sie zärtlich.

Hand in Hand gingen sie zurück und konnten durch die Fenster in die erleuchtete Stube schauen.

Sie hatten Gernot Bernau eingeladen, Peter Stöckel und Pia. Bille war mit Marie da. Und Kathi, die jetzt in Pias Laden arbeitete und eine eigene Töpferrunde betreute. Sie wirkte glücklich und hatte sich endlich damit abgefunden, dass ihr Mann sich von ihr getrennt hatte. Morgen wollte noch Tante Agnes mit ihrem

Freund Karl zu Besuch kommen. Und von Sven hatte sie auch gute Nachrichten erhalten. Er und Delia hatten ein Haus gekauft, das sie noch vor der Geburt ihres ersten Kindes beziehen konnten.

Die Kinder saßen vor dem geschmückten Tannenbaum auf dem Boden und spielten mit ihren Weihnachtsgeschenken, die Erwachsenen hatten es sich auf Sessel und Sofa gemütlich gemacht. Der Weihnachtspunsch stand auf dem Tisch. Eine Karaffe für die Kinder ohne Alkohol, eine für die Erwachsenen mit ordentlich viel Rum.

Und da war Kasimir auf seinem Kissen. Er wartete darauf, dass endlich alle im Haus waren. Mit seinen großen Augen schaute er sie an, und wenn Laura es auch nicht hören konnte, so war sie sicher, dass er in diesem Moment zufrieden schnurrte.

Weihnachtszauber und Hochzeitsglocken in der Seidenvilla

Tabea Bach
WEIHNACHTEN IN
DER SEIDENVILLA
Eine Geschichte im Veneto

176 Seiten
ISBN 978-3-404-18521-4

Dieses Weihnachtsfest wird ein ganz besonderes in der Seidenvilla, denn Nathalie und Amadeo werden heiraten. Die Vorbereitungen laufen auf Hochtouren. Allerdings herrscht dicke Luft zwischen den Brautleuten, denn Amadeo erhält am Tag vor der Hochzeit einen Anruf von seiner einstigen Jugendliebe und fährt daraufhin eilig nach Venedig. Dass Nathalies Mutter Angela ihn begleitet, um Seidenschals zum Weihnachtsmarkt-Stand zu bringen, beruhigt Nathalie kaum. Doch dann entwickelt sich alles ganz anders als erwartet ...
Eine wunderbare Weihnachtsgeschichte zur erfolgreichen *Seidenvilla*-Saga